书有道 · 阅无界

策划出品 | YUEKE 阅客

山水空灵

罗华顺 著

羊城晚报出版社
·广州·

图书在版编目（CIP）数据

山水空灵 / 罗华顺著 . -- 广州：羊城晚报出版社，
2024. 12. -- ISBN 978-7-5543-1379-4

Ⅰ . I267

中国国家版本馆 CIP 数据核字第 202464RK56 号

山水空灵

SHANSHUI KONGLING

责任编辑	杨映瑜　姚纪芳
责任技编	张广生
装帧设计	阅客·书筑设计
出版发行	羊城晚报出版社
	（广州市天河区黄埔大道中 309 号羊城创意产业园 3-13B　邮编：510665）
	发行部电话：（020）87133053
出版人	陶　勇
经　销	广东新华发行集团股份有限公司
印　刷	广州广禾科技股份有限公司
规　格	787 毫米 ×1092 毫米　1/16　印张 18.5　字数 284 千
版　次	2025 年 4 月第 1 版　　2025 年 4 月第 1 次印刷
书　号	ISBN 978-7-5543-1379-4
定　价	66.00 元

感悟历史自然与人的深刻关系

杨　克

　　散文集《山水空灵》犹如一场心灵之旅，能够引领读者穿越山川湖海，透过作者的文字去感受自然的浩瀚与生活的诗意。作者在字里行间流露出他对自然的深情与对生命的赞叹，将人生经历、情感思索与自然山水相互交织，以一种宁静悠远的笔触，将人与自然的关系、生命的本质娓娓道来。

　　从这部散文集中，我们可以看出他对山水的理解已超越了单纯的景物描写，更像是寻觅自身与天地间共鸣的过程。山水不再只是美丽的风景，而是作为一种心灵的映照，体现了人与自然和谐共生的关系。在他的笔下，大自然的每一个细微之处都似乎具备了一种灵性——花草树木、山川湖泊，无不在他柔和而深情的描述中显得栩栩如生。通过对这些自然景物的观察与体悟，他似乎在阐释一种朴素而深沉的人生哲学，或许人们在自然中找寻的，不是超然于自我之外的世界，而是藏于内心深处的宁静与安详。

　　作者的文字语言以细腻见长，既展示了大自然的奇伟瑰丽，也流露出一份淡然的从容。他的每一篇散文，似乎都带着他从海岸到山间的脚步印记，透露出他在岁月中淬炼出的温润和包容。这种文字之美，不仅在于字词的精妙组合，也在于他对大自然生命力的赞美与敬畏。在本书中，他的语言如清风拂面，带来一丝清新的慰藉。他将大自然视作人生的启迪，将人类的生活体验与自然的无常变化融为一体。这种手法在某种程度上也是一种对内在自由与宁静的追求。

如在《青甘秋日边塞诗》中，他以游记的形式展现了青海、甘肃等地秋天边塞的宏阔美丽，文中的每一小节都在描绘诗意般的场景，细腻地刻画了青甘地区的自然与文化。从温泉之奢到胡杨之韧，从大漠之音到古关之雄，整篇文字描绘了他对青甘秋日的深厚情感，也融入了他对边塞诗意的理解与传承。

这篇散文的创新之处在于为当代西部地域注入了古代边塞诗的视角。惜时的边塞诗通常侧重于描写边疆的荒凉与辽阔，但在本文中，作者不仅呈现了边疆本身蕴含的苍凉孤寂之感，更是以秋日为背景，将青甘地区的自然景观和文化古迹一一展现出来。其叙述的边疆之美在于苍茫辽阔，更在于对自然的敬畏与对人文的沉思，而此篇游记正是以这种诗意的视角，将青甘地区的美景铺陈开来。他的行文方式吸收了边塞诗"景中有情，情随景生"的手法，既有对青甘地区自然景观的描绘，也有对历史文化的呼应。文中，张掖七彩丹霞如调色板般绚丽，呈现出一种自然的狂野美；而金塔胡杨林的坚韧和嘉峪关的雄壮，则展现了边塞诗中"天涯共此时"的悲壮。细腻描绘的自然景观与"雄关漫道"的意境交相辉映，体现出一种既古老又现代的诗意。在"秋叶如诗胡杨林"一节中，胡杨被描述为"沙漠英雄树""活三千年不死，死三千年不倒，倒三千年不朽"。胡杨林的存在不仅是自然的奇迹，更是边塞诗主人公的坚韧与不屈的象征。胡杨在荒漠中顽强生存，象征着人类面对恶劣环境时表现出的坚忍，这与边塞诗中反映的"征人情怀"相呼应。这种以胡杨象征边塞英雄之韧性的描写，为整篇散文增添了一份人文厚度和生命力。在讲述敦煌的部分，作者不仅描述了鸣沙山和月牙泉的景象，还描述了其观看《乐动敦煌》演出的体验，让人不禁联想到"胡笳声动"和"羌笛悠悠"。敦煌古乐和现代科技相结合，音乐、舞蹈与历史交织在一起，以艺术的形式再现了敦煌千年历史，使人仿佛回到古丝绸之路的繁荣岁月，展现了青甘地区的文化魅力。这种写作手法让作者的青甘之旅变得不仅是一次风景观光，也是一次文化追溯。

嘉峪关作为"天下第一雄关"，在秋日的金黄映衬下显得格外壮丽。文中，作者登上城楼，望着祁连山脉的连绵起伏，描绘其为"一层金黄与深红的织锦"，秋色赋予了它温柔与华美。秋风拂过城墙，如同穿越时光，令人感受边关岁月的沧桑。而他在描述水上雅丹景区时，则着力于独特的水上奇景。水上雅丹地貌在秋日阳光下显得神秘而雄伟，这种"汪洋魔城"的景象既有沙漠的辽远，又有海洋的柔和，让读者产生强烈的视觉对比。在德令哈的海子纪念馆，作者探寻了诗人海子的痕迹，并从中体悟到海子对爱情与生命的追寻。作者对海子的敬仰，不仅是对一位诗人的致敬，更是对青甘边塞诗意的追随。德令哈的夜晚与海子的诗篇交织着，似乎在表达一种穿越时空的诗意传承。此外，他笔下的茶卡盐湖宛如"天空之镜"，是自然的一大奇观。湖泊、雪山常常象征着清澈的心灵与辽远的思绪，而茶卡盐湖的纯净，使人仿佛进入了世外桃源。青海湖的日出如同一幅自然画卷，天、地、人浑然一体，这种对自然美的讴歌呼应了边塞诗中的辽远意象。此情此景，让作者感到自己的心灵仿佛被净化，他在大自然的庇佑下找到了内心的平和。青海湖日出的美是边塞诗意的极致展现，既有壮阔，也有柔美。

作者的散文反映了他对祖国山河的敬意和热爱。中国广袤的疆土、丰饶的文化与深厚的历史积淀，都在他的笔触中幻化为丰富的诗意。无论是广东的山水还是内蒙古的辽阔，作者都通过细腻的文字，将那些令人心动的景致一一记录下来，仿佛是一部图景式的诗篇，亦是一份对故土的真挚献礼。这种文字的温度，让读者在阅读时，不仅能感受到那些自然之美，也能体会到他作为一位游子对家园的深厚情感。

《又闻中秋月饼香》曾获第六届"中华情"全国诗歌散文联赛金奖，作者自己也颇为看重这篇作品。这是一篇具情感深度和文化厚度的散文，通过追忆童年中秋，将节日氛围和对亲人的怀念融为一体。特别是文章开头描述的月饼香味和家人团聚的场景，使读者可以感受到那份浓浓的亲情。文章对于中秋月饼的描述细腻动人，从月饼的香气、口感到制作情景都描写得生动具体，给人以身临其境之感。作者回忆起童年时那半个月饼带来的满足感，充满了质朴的幸福感。文中对于月亮升起、檀香燃烧等细节的描写也极为生动，使中秋赏月的场景更加立体鲜活。同时，本文回溯了中秋文化丰富的历史和传说，包括拜月的传统、嫦娥奔月的故事等。中秋月亮是万家团圆的象征，作者将对家人团聚的期盼和对家乡的依恋都寄托于圆月之上。特别是在双亲去世后，中秋的团圆变成了其内心深处的一种缺失，令整篇文章增添了感伤和遗憾的情绪。

本文结构清晰，作者先以"月饼香"引入主题，然后逐步展开对中秋记忆的叙述，最后以"团圆的缺失"来收束情感。行文语言优美流畅，尤其是对于月亮的描写充满了诗意。如"月亮穿透云层又伸出圆圆的头，一轮巨大圆圆的银盘又悄悄地挂在深邃的天空"，生动形象地赋予月亮一种拟人的特质，使月亮仿佛有了生命。同时，文章中融入的诗句和传统故事也为之增加了散文的韵味和文学性。

在结尾部分，作者借月亮的圆缺表达了人生的聚散无常，将中秋团圆的意象与人生哲理结合在一起。他从简单的月饼香味延展到对人生的深层次思考，使文章具有更深刻的内涵，超越了一般的节日散文，赋予作品独特的哲理意蕴。

除了神州名山大川，作者对描写广东本地的山水之美也颇为别有心得。如在《神奇梦幻丹霞山》中，他以本土视角表达了内心对韶关丹霞山的亲近与热爱。相比于外地游客的好奇和惊叹，作者的本土身份令其文字传达出一种亲密感，丹霞山不仅是一个旅游胜地，更是岭南大地的一部分，让本文更具地方特色和独特的情感层次，为读者带来了温暖的乡土气息。在本文，作者无论是对阳元石的形态、锦江的柔美，还是对"水上丹霞"的倒影、宝珠峰的险峻，都充满了生动的细节描写。如"阳元石酷似男性生殖器""水上丹霞被染上了一层金色的光辉"等，将丹霞山之奇表现得淋漓尽致，让读者仿佛亲临其境。这种景物描写不仅表现了丹霞山的自然壮丽，也蕴含了作者对自然的敬畏之情。尤其是在描写景观时，他善于使用拟人等修辞手法，赋予景色生命感。如"山因水而活，水因山而媚"等拟人句不仅增强了画面感，还创造出一种梦幻般的意境。此外，作者在描写丹霞山时，注重将自然地貌与文化历史相结合，并融入丰富的文化内涵。文中提到，丹霞山是"丹霞地貌"的命名地，具有科学研究和科普教育的价值。同时，周边的瑶塘村、南华寺等历史文化元素，使得丹霞山自然风景与人文历史相得益彰。这种文化层面的补充，增强了文章的厚重感，也让丹霞山不仅是"奇山异石"，也是具有丰富历史底蕴的文化遗产。

在本文中，作者巧将个人情感和内心感悟穿插在游历经历中，使这段旅程变得更加温暖而真实。他在与导游、朋友们互动时的愉悦，夜晚与朋友坐在客栈茶几前观赏日落的宁静，为同行好友送上生日祝福的温馨等，这些有关情感的细节都让文章更具人情味，这种情感投入极大地增强了作品的感染力，让读者感受到丹霞山不仅是一个壮丽的景点，更是一个能够放松心灵的温暖之地。

值得一提的是，在本书的许多文章中，我们不难察觉作者具有一定的当代意识，善将环境保护意识隐于文中。他通过对自然之美的深情描绘，强调了自然是需要被保护的宝贵资源的观点，引发读者对环境和生态文明的思考，让人意识到珍爱和保护大自然的重要性。这种间接的环保观念，使得文章更具价值。

作者的写作历程充满了对大自然的敬畏与感恩。这样的作品是一种生命的回响，是他心灵深处对天地山川的礼赞。正是出于对生命美好与自然壮丽的最高致敬，他将个人的经历、思想与情感融入其中，让读者透过字里行间感受到一种质朴的真情和对生命的敬畏。他的文字教会我们，如何在这个充满纷扰与喧嚣的时代，通过自然的视角重新审视生活，复活历史文化，找到生命的宁静与从容。

（作者系中国作家协会主席团委员、中国诗歌学会会长）

目
CONTENTS
录

第三辑　异国漫记

第四辑　平凡逸记

第五辑 浮生随记

第六辑 故人往事

第七辑 节庆感记

神州

第一辑

行记

青甘秋日边塞诗

一、抵达日奢享温泉

2011年6月，我在北京参加"第二届全国诗词与发展论坛"诗歌比赛时，在领奖台上与来自西北师范大学的叶教授相识，并结为诗友，一直保持联系。2020年，我们又一起在第六届"中华情"全国诗歌散文联赛颁奖盛典获"最美散文奖"。

随后，每次笔会叶教授都会建议我游玩体验"青甘大环线"。他说，青甘大环线的四季变化各有特色，每个季节都有其独特的风景——春季万物复苏，百花争妍；夏季绿意盎然，适合避暑；秋季层林尽染，景色如画；冬季则银装素裹，静谧神秘。

作为诗人，他认为第一次到青甘大环线旅游，最好选择春季或秋季，特别是秋季。秋天的西北，金色的高原野性又斑斓，辽阔又舒适，铺天盖地的胡杨林千姿百态，柔波荡漾与绚烂秋色在这里相互碰撞。山河已秋，迅疾热烈，人们仿佛进入了画中的幻影世界。这时候的青甘大环线不但风景优美、气候宜人，而且可避开人山人海的旅游旺季，来一场深度旅游，从而写出一些好作品。

于是，在2024年中秋节后的第五天，我和妻子与深圳驴友共24人一起前往中国大西北，领略金塔幻影、青甘风物，品读灿烂丰硕、层林尽染的"秋日边塞诗"！

9月22日早上6点20分左右，我们从深圳出发，经过三个多小时的飞行，在上午10点半到达兰州。接机的年轻小伙姓贾，看起来有点儿憨厚，他带大伙儿来到一辆印有"青甘欢乐游"字样的"2+1"排布豪华大巴车前。小贾说，这种车是头等舱车，乘坐空间宽敞，能确保旅客的舒适度，未来8天，我们都是乘坐这辆车出行。

因为机场距离兰州市中心有点儿远，约70千米。于是，我们选择在机场附近吃过午餐后，再沿着祁连山脉的"丝绸之路"前行。不一会儿，我们就到了戈壁特征明显的地带。从车窗向外望，高速公路两旁生长着一株株耐寒耐旱的小草，它们散落在贫瘠的山体和平地，不时可以看到写着"封山育草"字样的牌子，宽广的草地四周都围着铁丝网。小贾说，这是"脆弱草原区"，当地政府为了禁止人们进入破坏草地，保护这片脆弱的草坪，投入了大量财力、物力修建了草原保护区。

在经过兰州市和武威县等地时，我看见了秋收后的广袤的青稞地，即将收成的玉米、苹果和一块块绿油油的燕麦地。人们正在满怀喜悦地收获皮薄肉厚、个头大、口感细腻的马铃薯，一包包装满马铃薯的红袋子被整齐地排放在田头，仿佛是一首首西北的秋天诗。

据小贾介绍，甘肃的特色农产品众多，如兰州百合、苦水玫瑰、天水花牛苹果、瓜州蜜瓜、武都花椒、兰州黑瓜子、金徽酒、定西马铃薯、靖远羊羔肉和酒泉洋葱等；到了立秋时分，兰州、张掖等红古地区主要产出甘蓝、菜花、松花菜、娃娃菜、西兰花等蔬菜及被誉为"丝绸之路仙果"的张掖圆梨。

约5个小时后，我们到达张掖市区。张掖是国家级历史名城，位于河西走廊中部，东临武威市和金昌市。张掖古称"甘州"，在古丝绸之路上，张掖是进入河西走廊的重要驿镇，是中原通往西亚、东欧各国进行经济文化交流和友好往来的要塞。张掖历史悠久、文化灿烂、山川秀丽、民风淳朴、水草丰美，素有"塞上江南""金张掖"的美誉。

这时是下午5点多，我们已经来不及游览七彩丹霞旅游景区了。因此，我们只好入住张掖市滨河新区中心地段的福来登温泉酒店，在抵达当天体验"不出房门，奢享温泉浴"。这家酒店共7层，拥有200余间含有天然温泉泡池、风格迥异的客房。

二、七彩绚丽调色板

第二天，吃完早餐后，我们前往七彩丹霞旅游景区，赏七色丹霞，叹人间彩虹。从酒店出发，40分钟后我们便到达七彩丹霞的入口处。随后，我们花了大约两个小时，沿着蜿蜒山路游览丹霞地貌美景，一起走进这片绚丽的调色板，感受大自然的魅力。

据小贾介绍，丹霞地貌大约形成在600万年前，是世界十大神奇地理奇观。景区很大，我们乘坐区间车前往四大观景台。1号观景台是最大的，2号观景台能俯瞰全景，3号观景台、4号观景台能看到最美的景色。我们乘坐电瓶车，前往1号观景台和4号观景台。

我站在观景台上，放眼望去，只见晨曦洒落在张掖的大地上，七彩丹霞便如同一位沉睡的公主，刚刚苏醒。不远处，山峦起伏，沟壑纵横，丹霞地貌在阳光的照射下，呈现出红、黄、橙、绿、青、蓝、紫等多种色彩，这些色彩浓烈地交织在一起，如同一块巨大的调色板，让人惊叹不已。

在七彩丹霞的怀抱中，时间好像变得特别缓慢，我仿佛感受到阳光透过云层洒在山间，光影交错，斑斓色彩随着光线的变化而流转，如同梦幻般的童话世界。这里的地貌形态各异，有的像一座座红色的城堡，有的则像海中翻滚着的巨浪，让人情不禁地赞叹大自然的鬼斧神工。

我们漫步在七彩丹霞之间，感受大自然勃发的生命力，这里的每一寸土地都充满了活力和希望。在这片神奇的土地上，大自然慷慨地挥洒出了无尽的色彩，绘就了一幅幅震撼人心的壮丽画卷，写下了一首首动人的诗歌，让人陶醉其中，流连忘返。

丹霞地貌是大自然赠予人类的一份厚礼。它以斑斓的色彩、奇特的地貌和丰富的层次感，吸引着无数游客前来探寻其魅力。

三、秋叶如诗胡杨林

从七彩丹霞出来，吃过午餐后，我们从张掖出发，坐了约3个小时的车到达金塔，前往金塔沙漠胡杨林景区，观赏水畔金色胡杨林，感受原始生命力。

金塔沙漠胡杨林景区位于甘肃金塔的潮湖林场，由胡杨林金波湖核心游览区、沙枣林观光休闲区、瀚海红柳林保育区、沙漠康体理疗区和芦苇湿地迷宫区5个功能区组成，占地面积8万余亩。

胡杨是杨柳科胡杨亚属植物，是古老的珍奇树种之一。它因为能顽强地生存繁衍于沙漠之中，所以被人们誉为"沙漠英雄树"，甚至有"活三千年不死，死三千年不倒，倒三千年不朽"的评价。行走在胡杨林中，能看到千奇百怪、神态万千的胡杨树。有的胡杨树十分粗壮，几个成年男子都难以合抱；有的胡杨树高大挺拔，足足有七八丈之高；有的胡杨树长相怪异，好似苍龙腾跃、虬蟠狂舞，令人叹为观止。

我登上观景台远眺，唯见初秋时分，胡杨树的叶子闪耀着金色的光芒，胡杨林仿佛一片金黄色的海洋，在秋日的照耀下点缀着沙漠绿洲。

你若也漫步在胡杨林中，一定会被它的美深深震撼，因为每一棵胡杨树都在诉说一个古老的故事。如诗如歌的金秋胡杨林，千姿百态的树影，在阳光下摇曳生姿，让人如饮金波，如痴如醉。

四、天下雄关嘉峪城

第三天，吃过早餐后，我们从酒店出发，游览"天下第一雄关"嘉峪关城楼，体验"天下雄关沾一身，嘉峪烽火英雄气"。

嘉峪关关城建于明洪武五年（1372），因地势险要，建筑雄伟，被誉为"天下第一雄关"，也是古丝绸之路的必经之地。关城依山傍水，北倚嘉峪山，南临讨赖河，城墙高耸，烽火台林立，构成了一幅壮观的防御画卷。漫步关城之上，可以想象当年边关将士守卫国土、抵御外敌的英勇场景，感受那份穿越时空的壮志豪情。

小贾介绍说，春日里，嘉峪关周围草木葱郁，山花烂漫，与古老的城墙相映成趣，增添了几分生机与柔美；夏日，则见蓝天白云之下，关城更显巍峨，烈日下的城墙仿佛诉说着千年的沧桑；秋风起时，金黄的落叶慢慢飘落，铺满古道，为这座历史名城披上了一袭萧瑟的外衣；冬日雪后，嘉峪关银装素裹，更显庄严与肃穆，让人不禁沉醉于这份宁静与壮美之中。

小贾带着我们从城外到城内，通过凹凸不平的石条城门路，穿过看戏台、关照门、将军府来到城内，边走边向我们介绍这座屹立于中国西北的雄伟关隘。

它是长城西端的重要起点，自古以来便是"丝绸之路"上的咽喉要地，承载着厚重的历史与文化的积淀。它不仅仅是一道军事防御的屏障，更是中华民族坚韧不拔、勇于开拓精神的象征。

我站在城楼上，放眼望去，只见祁连山脉连绵不绝，不禁感叹几千年来的烽火狼烟与世事沧桑！当下正值初秋，这座屹立于西北边陲的雄关披上了一层金黄、深红的织锦，展现出别样的壮丽与温柔。秋风轻拂，带着几分凉意与远方的信息，拂过斑驳的箭楼，穿过古老的城墙，仿佛在低语着千年前的故事。

天空高远湛蓝，几朵白云悠然自得，与远处连绵不绝的祁连山脉相映成趣，山巅已悄然染上了秋日的金黄与火红，层林尽染，美不胜收。嘉峪关城楼在秋阳的照耀下，更显古朴庄重，每一块砖石都似乎在诉说着过往的辉煌与沧桑。

城下，金黄色的胡杨林如同燃烧的火焰，将大地装扮得分外妖娆。落叶铺满了古道，人们踏上去就沙沙作响，每一步都像是岁月的回响。偶尔有一两只南飞的大雁划破长空，留下一串串悠长的鸣叫声，为秋日更添了几分寂寥深远。

小贾继续介绍说，如果到了傍晚时分，夕阳如血，将嘉峪关城楼染成金色，与天边绚烂的晚霞交相辉映，美得动人心魄。此时，如果我们站在城楼上远眺，就会看见"大漠孤烟直，长河落日圆"的壮丽美景。听着小贾的介绍，我的心中不禁涌起一股豪迈之情，期待自己能穿越时空，与古人共赏这秋日胜景。

除了壮观的关城，嘉峪关周边还有众多值得探索的自然风光和人文景观，如悬壁长城、长城第一墩、嘉峪关长城博物馆等，每一处都承载着丰富的历史故事，等待着人们去细细品味。

真的，嘉峪关的秋天就是一首无言的诗、一幅流动的画，它用独特的方式讲述着这片土地上的历史变迁，让人在赞叹自然之美的同时，还深深感受历史的厚重与文化的传承。

五、大漠戈壁驼铃声

感慨完秋日的边陲雄关，第三天下午，我们坐了约5个小时的车前往敦煌，游览敦煌鸣沙山和月牙泉，体验大漠戈壁驼铃声，然后前往敦煌尚和颐景酒店入住。

在去敦煌的路上，我看见一辆辆大卡车拉着一条条大型风力发电机叶片到戈壁滩。车窗远处遍布风力电站和太阳能电站，规模之大，让人叹为观止。

来到敦煌鸣沙山，我们夫妻俩首先自费体验骑骆驼的乐趣，感受"阳关古道，寒烟斜阳"的汉唐古道风韵。然后，脚踩柔软的沙漠，翻越鸣沙山，聆听悠扬的驼铃声。

敦煌鸣沙山是敦煌著名的沙漠景区，以其悠扬的沙音而闻名。它位于甘肃酒泉的鸣沙山月牙泉景区内，是国家级重点旅游风景名胜区，也是中国四大鸣沙山之一。敦煌鸣沙山的主峰海拔1700多米，东西长40余千米，南北宽约20千米，由红、黄、绿、黑、白等五色细沙堆积而成。鸣沙山的奇特之处在于当人们从山顶滑下时，沙粒在滑落过程中相互摩擦产生共振，沙子就会发出"呜呜"声，听起来就像管弦乐，因此得名"鸣沙山"。

敦煌鸣沙山独具魅力，以其独特的形态和神秘的声音吸引着无数游客。在这片沙漠的怀抱中，它如同一座巨大的金色沙丘，屹立在天际，散发着无尽魅力。

当阳光洒落在敦煌鸣沙山的表面，金色的沙粒闪烁着耀眼的光芒，仿佛一座辉煌的金山般。沙丘的轮廓在蓝天的映衬下清晰可见，给人留下了深刻的印象。微风拂过，沙粒随风起舞，形成了一道道优美的沙纹，充满诗情画意。

最令人惊叹的是它那神秘的声音。当我们走在沙丘之上，脚下会发出"呜呜"的声响，好像是无数的沙子在低声细语。这种声音会随着我们脚步的移动而不断变化，时而低沉，时而高亢，就像一首大自然的交响乐，令人陶醉其中。

敦煌鸣沙山的美丽神秘令人难以忘怀。在这里，人们可以感受到大自然的神奇和美丽，也可以找到内心的宁静与平和。

从敦煌鸣沙山下来，我和妻子又自费体验了自驾越野车穿越沙漠，来到"亘古沙不填泉，泉不枯竭"的月牙泉。这是一湾清澈的泉，被高耸的沙山环抱，形成了独特的沙水共生的自然景观。

月牙泉是敦煌鸣沙山月牙泉景区的重要组成部分。月牙泉南北长近100米，东西宽约25米，泉水东深西浅，最深处约5米，因其形状弯曲如新月而得名。

月牙泉自古以来就是敦煌八景之一，被誉为"沙漠第一泉"，其泉水清澈湛蓝，在沙漠环境中显得尤为珍贵独特。月牙泉不仅因其自然景观吸引游客，还因其深厚的历史文化背景而闻名。它曾是丝绸之路上的重要景点，吸引了无数旅行者和探险者前来体验。

同时，月牙泉的维护和保护工作也备受重视。近年来，当地政府通过一系列工程措施和严格的水资源管理，使月牙泉的水域面积、水位得到了有效恢复，确保了这一自然奇观能持续展现。此外，景区还致力于提升服务质量和管理水平，通过创新服务模式和严格的质量管理体系，为游客提供优质的旅游体验。

总而言之，月牙泉不仅是一个自然奇迹，还是历史文化的重要载体，对于了解敦煌的历史文化和自然环境具有重要意义。

六、敦煌之音动心弦

游览完敦煌鸣沙山和月牙泉，晚上，我们夫妻俩和部分团友一起在敦煌大剧院观看了大型艺术舞蹈《乐动敦煌》。

《乐动敦煌》讲述了西域少年白歆追寻艺术的故事，它由中宣部支持，甘肃省委宣传部策划，是甘肃演艺集团出品的全球首部洞窟式沉浸体验剧。2019年10月3日，这部剧在兰州首演，通过活化敦煌古乐器、古乐谱的研发成果，运用了五弦琵琶、排箫等民族乐器及仿制敦煌古乐器，演绎了胡旋舞、琵琶舞等敦煌舞蹈，配合取材自敦煌古乐谱和西域曲调的剧目乐曲，还原了敦煌壁画中的乐舞盛景。结合音乐、影像、灯光、机械、装置、舞美道具等多种科技手段及演员的真人演绎，《乐动敦煌》再现了敦煌音乐、舞蹈、诗歌、壁画等盛景，展现了传承发展了千百年的古乐文化魅力，观众能沉浸式体验、感受敦煌文化的独特魅力。

《乐动敦煌》是敦煌的音乐盛宴，乐动人心，为游客呈现一场音乐与文化的完美碰撞，让游客在旅途中享受高级音乐盛宴。导演张华在《乐动敦煌》的创作过程中，对主剧目不断进行精心打磨、反复排练，同步升级剧场设备设施、灯光舞台效果等，实现了剧目的改版升级，使得演出更加精致，深受观众喜爱，确保了《乐动敦煌》能够更好地传达敦煌文化的魅力，成为展示敦煌文化的重要窗口。

七、千佛奇观莫高窟

第四天上午，我们从敦煌来到了莫高窟，在莫高窟游玩了约两个小时。

莫高窟俗称"千佛洞"，位于敦煌鸣沙山的东麓断崖上。它始建于十六国时期，历经多个朝代的连续营建，逐渐形成了巨大规模。莫高窟现存洞窟 735 个，壁画 4.5 万平方米，泥质彩塑 2415 尊，是世界上现存规模最大、内容最丰富的佛教艺术地。它分为南、北两区，南区是礼佛活动的场所，有洞窟 492 个，保存有大量的壁画和彩塑；北区主要是僧侣修行、居住和瘗埋的场所，有洞窟 243 个，多无彩塑和壁画，但有修行和生活设施。

莫高窟里的洞窟形制多样，主要有禅窟、中心塔柱窟、佛龛窟、佛坛窟、涅槃窟、七佛窟、大像窟等。面积最大的洞窟有 200 多平方米，最小的不足 1 平方米。莫高窟以彩塑和壁画闻名于世，彩塑内容主要有佛、菩萨、弟子、天王、力士像等；壁画主题丰富，多为佛教故事、历史事件、人物传记、神话传说等，采用了浮雕、圆雕、建筑彩绘等多种技法，画面立体生动，色彩丰富。

我们沿途欣赏穿越十朝的绝美壁画，后在数字中心观看电影，了解莫高窟的前世今生，深入领略真正的洞窟奇观，耳闻远方铁马风铃的争鸣，细听敦煌千年历史的耳语。

莫高窟的壮丽景色让人震撼不已。山川环绕，黄沙漫漫也掩盖不住这份古老的艺术气息。在晨光或夕阳的映衬下，莫高窟更加庄严神秘，身在其中，我仿佛听见了古老的佛音回荡空中。

从莫高窟出来，中午我们在敦煌川云食府吃烤全羊。恰逢团友生日，我们都为他点燃生日蜡烛，唱起生日歌，祝福他年年有今日，岁岁有今朝。

八、赏大柴旦翡翠湖

下午，我们翻越当金山，途观被昆仑山、阿尔金山、祁连山等山脉环抱的中国四大盆地之一，素有"聚宝盆"美称的柴达木盆地，来到位于柴达木盆地北缘的大柴旦翡翠湖。

大柴旦翡翠湖地处青海，拥有黑褐色土地、白色盐晶和蓝绿色湖水……色彩艳丽缤纷，让人惊艳。据说，过去的大柴旦翡翠湖是人迹罕至的真实秘境，甚至连当地人都甚少知道。这里的戈壁和沙漠内隐藏了大量的雅丹地貌和科幻电影场景般的油田队伍。在我看来，大柴旦翡翠湖的景色比天空更干净，比梦境更迷幻，四周的盐滩和富含矿物质的水共同组成了一个镜子般的空间。

由于这里海拔 3000 多米，属于典型的内陆高原荒漠气候，氧气稀薄、四季不明、紫外线强、温差较大、干旱少雨、多风寒冷。现在是下午，太阳下山后，气温骤降到 5 摄氏度左右，冻得我们纷纷穿上厚厚的保暖衣。

我们在这里游览了一个多小时，惊叹人间梦幻仙境，随后回到大柴旦县内，享用了特色酸菜鱼，并前往酒店入住。

九、水上雅丹汪洋城

第五天上午，我们从酒店出发，乘车约 4 个半小时，穿越无人区，途观雅丹地貌，探访消失已久的一抹"蒂芙尼蓝"，飞驰在直冲云霄的"网红公路"国道 G315 上，到达乌素特水上雅丹。

汽车开了约3个小时，我们正在穿越人迹罕至、鸟不驻足的荒凉无人区。透过车窗，我发现在荒芜的无人区中建有许多大型的风力电站和太阳能电站。据悉，这些环保电站产生的再生电源能很好地解决当地经济发展的用电问题，甚至环保电站本身还成为旅游路线中一道道靓丽的风景线，给无人区增添生机，将"无人区"变成"聚宝盆"。

在"青甘大环线"上，风力电站随处可见，是这片土地上的一道独特的风景线，电力设施和风力发电的"大风车"成为这里的绝对主角，这些"大风车"笔挺有型，迎风转动，拂去了茫茫戈壁的荒凉，增添了一抹现代工业气息。

离开无人区后，我们见到了大片的雅丹地貌。它是一列列断断续续地延伸的长条形土墩与凹地沟槽间隔分布的地貌组合。近处是大小不一、深浅各异的丹霞地貌，远处是连绵起伏、一泻千里的祁连山脉。碧蓝的天空，白云层层叠叠地环绕着山脉，大自然的风长年累月地拂过这片土地，留下形形色色的怪异诡谲的纹路。

不久，我们来到"水上雅丹"，在此尽情沉醉了两个半小时左右。听小贾说，"水上雅丹"的正式名称为"乌素特雅丹地质公园"，位于青海省海西州大柴旦行委西台地区，是一个由雅丹地貌和湖泊共同构成的独特景观。乌素特雅丹地质公园紧靠G315国道，处于"西宁—青海湖—茶卡盐湖—水上雅丹—敦煌—嘉峪关—张掖"环线旅游的重要节点位置。

清晨的水上雅丹蒙上了一层神秘的面纱。阳光透过云层，将周围的一切染成了金黄色。这里的水清澈透明，宛如镜面，映照着美丽的天空。

我们夫妻俩漫步在水上雅丹的湖边，给一群群野生海鸥投喂鸟食，像回到了新西兰的奥克兰鸟岛，尽情陶醉在这片人与自然和睦相处的净土。

在我看来，水上雅丹的美，既是大气磅礴的，又是细腻入微的，无论是远观还是近玩，都能让人感受到自然的力量与美妙。

十、传奇诗人海子馆

下午，我们从水上雅丹原路返回青海德令哈，夜宿于德令哈的星程酒店。

小贾说，德令哈位于青海省北部，地处柴达木盆地东北边缘、宗务隆山东南麓。

在德令哈，有一座海子纪念馆。据说，著名诗人海子曾两次为了爱情前往西藏，途中特意留宿在德令哈。1986年，海子第一次来到德令哈，留下了一幅照片。1988年，他再次来到德令哈，写下了如今广为人知的诗歌《日记》。这首诗的创作背景与海子的情感状态密切相关。传说，海子迷恋上了一位比他大20多岁的女作家，这位女作家并不漂亮，但海子一直热恋着她。在一个夜晚，海子在北大校园里合着双手，跪在地上，等待着那位女作家，直到第二天天亮。女作家受不了，就回到西部，海子就一路追随而来，在火车经过德令哈时写下了这首小诗。

海子在德令哈时，被这座城市的荒凉景象所触动，以日记的形式，以异乡"弟弟"的口吻，向"姐姐"真情告白。这首诗不仅描绘了德令哈夜色笼罩下的无边"荒凉"的景象，还抒发了诗人内心的忧郁、凄凉而美丽的情绪。于是，一位诗人、一首诗、一座城市，就成了一个传奇。

今天，我们在海子诗歌陈列馆看到这样的标志：海子的"海"，而那"金色"让我们想到金色世界德令哈，想到海子诗中的"太阳"和"麦田"……

我与当代诗人海子是同辈人，一起经历了20世纪80年代中国文学史上的诗歌浪潮重要时期，这一时期的诗歌创作，呈现出多元化和开放化的特点，涌现了多次重要的诗歌运动和形成了各种流派。

海子是一个以诗歌表达内心世界和人生哲学的诗人，而我写的诗则是以大海为抒情意象的海洋诗。海子的写作特点原始质朴、植根大地、神秘深邃，在诗歌创作的路上，海子一直是我向往、崇拜和学习的楷模。

今天，我和海子本人一样，千里迢迢地来到德令哈，只是为了以一种方式来亲近海子，与之对话，只可惜，当我到达德令哈时天色已晚，海子诗歌陈列馆已闭馆，我只能借着夜色在馆外四周瞧瞧，把自己心里想说的话留在这里。

十一、天之镜茶卡盐湖

第六天上午，我们游览了被誉为"天空之镜"，与青海湖、孟达天池齐名的"青海三景"之一的茶卡盐湖。

到达茶卡盐湖后，我们首先坐船到最美的景点，欣赏白色湖面上倒映着的湛蓝天空，体验没有一丝杂质的人间幻境，然后坐小火车返回。

晴朗的初秋阳光灿烂，茶卡盐湖的盐湖如纸，天空作笔，绘出了一幅令人心旷神怡的自然美景；又犹如一面巨大的天空之镜，将蓝天白云、巍峨雪山尽收其中，风光旖旎，美不胜收，仿佛是大自然精心雕琢的一面宝镜，倒映着世间的美好，让人沉醉在这如梦如幻的风光之中。

踏足茶卡盐湖那白花花的一片，就像巨大的雪花平铺在地上，湖面平静得像一面镜子，感觉自己像一个漫步在童话世界里的精灵。

我们尽情地在湖边游玩，天上有云，地上有盐，再好的文字都不及亲眼所见，茶卡盐湖就是宫崎骏的世界，"镜"与"静"、"蓝"与"白"似精灵，引得每个人都或拿出手机、或放飞无人机，将一个个难忘的瞬间记录下来……其间，小贾也免费为我们每个家庭都拍了两张照片，并为我们全体拍了视频，逐一发送。

随后，我们前去欣赏茶卡盐湖的盐雕艺术作品，它是当地盐工发挥自己的创作灵感，利用茶卡盐湖中的盐结晶雕琢而成的，是国内独一无二的旅游纪念品。这些盐雕作品造型多样，多为色彩绚丽的摆件或栩栩如生的人物盐雕，如成吉思汗大型盐雕、西王母盐雕、穆瑶洛桑玛女神雕塑和卧佛盐雕等。

在盐工艺术家的手下，这些盐雕作品不仅展示了茶卡盐湖的自然资源，还融入了当地民族的文化元素，提升了茶卡盐湖的观赏价值，从而进一步传承和推广当地文化。可以说，盐雕作品实现了自然与艺术的完美融合，展现了茶卡盐湖独特的自然风光和深厚的文化底蕴。

开心快乐的时光总是很短暂，三个多小时过去了，大伙儿仍乐不思蜀，直到小贾再三催促，才恋恋不舍地离开……

十二、碧波荡漾青海湖

从茶卡盐湖出来，我们在茶卡镇青海湖入口处附近吃午餐。饭后，我们穿越海拔约 3800 米的橡皮山，经过弯弯曲曲的山路，下行到青海湖南岸的二郎剑景区。一路上，我们见到了群群牦牛和马羊在轻吻嫩绿草地，尽情享用大自然馈赠它们的美味佳肴。

不一会儿，我们来到了湛蓝清澈的青海湖，它像一面巨大的镜子，与天空、云彩、山峦交相辉映，构成一幅壮美的画卷。远处的雪山巍峨耸立，为这片美景增添了一份雄浑与壮丽。

据小贾介绍，青海湖二郎剑景区的生态环境非常好，除了有各种各样的鸟类在湖边自由自在地飞翔，还有许多珍稀动物生存于此，给景区增添了不少生机与活力。走进景区，游客不仅能观赏迷人的自然风光，还能深度体验藏族、蒙古族等少数民族的生活习惯、宗教信仰和传统手工艺等，感受这里的深厚的人文底蕴。此外，游客也可以在景区内享受各种水上活动，如游船、皮划艇等，感受微风拂面，欣赏湖光山色。

在这里，我们不仅看到了迷人的湖上绚丽风光，还见到了许多鸟类和珍稀动物，大伙儿纷纷用手机记录下这难忘的一刻。

晚上，我们享用了特色的藏族宴，夜宿于坐落在青海湖南山北麓山腰，距离青海湖直线距离仅有 2000 米的青海湖观湖国际大酒店。它是青海湖环湖全岸视野最佳的观湖地点，也是环湖唯一按照五星级标准打造的国际型酒店。

翌日清晨，我和个别团友一起观赏了青海湖的日出美景。

晨曦熹微，青海湖畔的东方天际渐渐泛起了橙红，湖面宛如一面镶嵌着金色边框的镜子，太阳从地平线缓缓升起，金色的光芒洒满湖面，湖面波光粼粼，美得让人心醉神迷。湖面上洒满了碎银般的波光，仿佛整个世界都被温暖和希望所包围，偶尔掠过的飞鸟，给这片静谧的风景增添了无限生机……

青海湖的日出如诗如画，令人心旷神怡！

十三、黄河之都大兰州

第七天，在吃过早餐后，我们离开了酒店，前往兰州。

走出酒店，我们就见到了辽阔的祁连山大草原，那草甸如绿色地毯一般，与周围的山脉交相辉映，无数牛群、羊群、马群在草原上享用大自然赐予的盛宴。

不一会儿，我们翻越了游牧文明与农耕文明的分界线——日月山。它地处黄土高原与青藏高原的叠合区，是青海省内外流域的天然分界线，也是中国季风区与非季风区的分界线。

途中，我们还参观了塔尔寺，这座寺庙的酥油花、壁画和堆绣被誉为"塔尔寺艺术三绝"。

因为兰州是黄河唯一穿城而过的省会城市，午餐后，我们便前去欣赏了兰州黄河风情线。

下午，我们参观了兰州水车博览园。兰州水车又叫"天车"，历史悠久，外形奇特，起源于明朝，是古代黄河沿岸最古老的提灌工具。接着，我们又参观了建于清光绪三十三年（1907）的"天下黄河第一桥"——中山桥和黄河母亲塑像。这座塑像蕴含着深刻寓意，象征了哺育中华民族生生不息、不屈不挠的黄河母亲和快乐幸福、茁壮成长的中华儿女。

晚上，我们夫妻俩和诗友叶教授见面了。他带我们在兰州老街的清真文果手抓（兰州老街店）吃晚餐，品尝正宗手抓羊肉餐。兰州的羊肉味道极好，肉质鲜嫩，没有膻味，搭配特色三炮台茶一同食用，令人回味无穷。饭后，我们一起在兰州老街闲逛。

夜幕降临，兰州老街灯火辉煌，叶教授说，兰州是一颗镶嵌在黄河之畔的璀璨明珠，以其独特的地理位置和丰富的文化底蕴，吸引了无数游客的目光。她不仅是一座历史悠久的文化名城，也是一个充满活力与现代气息的都市，将古老与现代完美地融合在了一起。

走进兰州，首先映入眼帘的就是奔腾不息的黄河。黄河从城中穿过，如同一条金色的绸带，赋予了这座城市无尽的生命力。河畔的兰州黄河风情线，绿树成荫，花香四溢，是人们休闲散步的好去处。在这里，我们可以看到古老的黄河铁桥，它见证了兰州的沧桑岁月，也承载着无数人的记忆与情感。

兰州的美，不仅在于她的自然景观，更在于她深厚的文化底蕴。作为古丝绸之路的重要节点，兰州见证了东西方文化的交流与碰撞。漫步在兰州的街头巷尾，一砖一瓦都诉说着兰州的古老故事，让人仿佛穿越时空，回到了那个辉煌的年代。

当然，提到兰州，她的美食也不得不提。兰州拉面享誉全国，以其独特的制作工艺和鲜美的味道成为兰州的一张名片。一碗热腾腾的拉面，搭配上香浓的牛肉和鲜绿的蔬菜，让人回味无穷。在兰州的每一个清晨，都能闻到熟悉而诱人的拉面香气，它不仅仅是一种食物，更是一种生活的仪式感。

随着夜幕的降临，兰州又展现出了另一番风貌。灯火阑珊的街道，热闹非凡的夜市，人们在这里品尝美食，聊天谈笑，享受着生活的美好。兰州的夜，是如此温馨而充满活力。

兰州，这座古老而又年轻的城市，她以黄河为魂，以文化为骨，以美食为韵，谱写着属于兰州自己的独特篇章。

这7天来，我们一行沿着青甘大环线旅行，行程近4000公里，领略了西部大开发后，涅槃重生、华丽蜕变的中国新大西北的美丽风光和风土人情。而让我最为感叹的是，延伸在辽阔的青甘地区上的那纵横交错的高速公路网，特别是青甘线高速公路的建设，对西部地区的经济发展具有重要意义。它不仅完善了国家和区域路网，为青海省新增了一条省际快速通道，加快了兰西城市群高质量发展，促进了黄河沿线旅游资源开发，带动了沿线经济社会发展；还积极响应了国家生态环保号召，通过科学设计和精细化管理，确保了施工过程中的生态环境保护。

我坚信，随着青甘线高速公路的全面建成，区域内的交通将更加便捷，经济发展将迎来新的机遇。这条高速公路将成为连接西部重要经济区的重要纽带，促进人员、物资和信息的流动，进一步推动西部地区的繁荣和发展。

行程第八天，因路况不好，我们从兰州市区出发，坐了约两个小时的车才到达机场，返回深圳，结束了愉快又收获满满的青甘大环线之旅。

春城七彩情

  2018 年 10 月 2 日，我和妻子第二次踏上七彩云南。中午 11 点，我们从惠州起飞，下午 1 点 20 分到达昆明长水国际机场，临窗俯视，远远便看见其顶部像一个虔诚的少女，双手合掌在欢迎远道而来的客人！下机后，热情的阿诗玛导游给我们每人送上一株玫瑰花，祝我们旅途愉快，之后便带我们入住香江大酒店，正式开启了春城之旅。

  因下午没有安排，我们便在酒店附近的小饭馆吃午饭，饭馆不大，但菜式很多，有川菜、粤菜、东北菜等任君挑选，服务员的态度也和蔼可亲，我们点了冬菇肉丝盖饭和酸菜鱼。酒足饭饱后，我们在辖区溜达起来。阔别 25 年，春城的面貌发生了翻天覆地的变化。高速公路纵横交错，城市高楼林立，街道商店琳琅满目，一改当年落后的面貌。

  1995 年，我们第一次到昆明，那时云南改革开放的步伐刚刚开始，经济发展还比较缓慢，旅游业没有真正规范起来，行业管理也没有完全到位，因而个别素质较低的导游时常与不法商人相互勾结，诱导游客购物或向其兜售伪劣产品。记得那时昆明市内最好的宾馆就数锦江大酒店等几家星级酒店了，整座城市很少高楼。从昆明到大理和丽江的高速公路也还没开通，坐汽车要十几个小时。由于饮食习惯不同，街上的小餐馆几乎不卖粤菜等其他菜色。那时游客们都感慨，云南景色秀丽，来此旅游可以大饱眼福，可是菜色稀少，佳肴难觅。如游客想买正宗的云南特产，自行上街购买时常常会与当地人沟通不畅，有的还因此产生矛盾。

日落了，天突然下起中雨，气温也骤然下降，常说秋天的云南，晴天是春，下雨则冬，刚刚的单件秋衣也换成棉衣冬装了！

第二天一早，天还飘着毛毛雨。我们乘车前往位于昆明市西郊约15千米，海拔2000多米，享有"滇中第一佳境"之誉的西山风景区。

在昆明，西山象征真挚的爱情，永不分离，古往今来曾吸引无数游客前来。相传古时有一位公主因耐不住宫中寂寞，私自出宫与一个青年结为夫妻。国王知道后，用计将青年害死，强拆了这桩美满姻缘。为此，公主终日郁郁寡欢，悲痛欲绝，伤心的泪水慢慢汇积成滇池，她最后也仰面倒下化作西山。

而今，西山已是一座国家级森林公园。每年阳春三月，四方市民都会云集这里，唱山歌、对小调、耍龙舞狮、野餐赏景，热闹非凡——这就是昆明著名的"三月三，耍西山"的民间风俗。

车盘绕山路而上，在右侧的山坡上，我看见了抗战时期爱国华侨的纪念碑，碑前放着一束鲜花，一位老者正在墓前打扫。当年为了抵抗日寇入侵，这1000多位爱国华侨千里迢迢回到祖国抗日救国，在残酷的战场上，他们为了祖国英勇献身就义，他们的英灵被集中安葬在这里。《义勇军进行曲》的作者聂耳也安葬在这座山上，两座高耸的纪念碑背靠西山，面朝滇池，默默地守望着滇池，守望着今天幸福快乐的昆明！

是的，西山从前传说的是坚贞爱情的故事，现在传颂更多的是感动天地的英雄爱国歌谣！

不一会儿，我们来到了"龙门胜景"的牌坊前。一群当地中年男女在牌坊左侧的广场上跳起欢快的健身操。我们在景区大门购完票，工作人员给我们每个人都发了一个自动解说器。在游览的过程中，只要我们打开开关，每到一个景点，解说器便会自动解说，这样既减少导游解说时的相互干扰，游客又听得清晰明白。登上缆车，我们一边听着解说，一边游览壮丽的西山风景，眺望美丽的昆明湖——滇池，绿水青山，秋叶火红，美不胜收！

忽然，我看见一群维修缆车栈道的工人，他们为了游客的安全，站在寒风凛冽的栈道上做安检。下了索道，我们顺着古人开凿的崎岖山道往下走，一边欣赏古人在陡壁上留下的笔墨珍宝，一边观赏滇池的激滟旖旎。

山道很陡峭，特别是龙门石窟凿于西山最陡峭的悬壁上，通往这里的路全为古人抠刻而成。可想而知，工程之浩大，历时之长久。尤其是在原石上雕刻而成的文曲星和魁星阁，更让人惊叹不已！山道两旁的凌云宝阁、览海处、天台、云华司留有许多文人墨客的笔迹。

昆明人崇拜龟蛇，路旁龟蛇一体的石雕像被大家摸得光亮，因为他们认为蛇和龟代表长寿，人摸了就会长寿。

除此之外，大家还争相触摸龙门上梁中间的龙珠和旁边关公的宝剑、腰带，希望触摸后会家财万贯、鱼跃龙门。

告别西山，我们继续乘车前往大理，在途中吃了午餐。昆明到大理有300多千米，车程近4个小时。幸亏导游阿诗玛沿途一路绘声绘色地讲解白族的民间风情、大理国的兴衰起落故事等，让我们了解生活在祖国西南边陲的白族人民的风土人情，我们才不觉得那么无聊郁闷，时间过得很充实。

长途跋涉后，我们终于来到了沧海明珠，洱海最大的岛屿——金梭岛。

金梭岛位于洱海的东南部，两面高阔，中部低狭，南北长2000米，宽300多米，面积70多万平方米。因露出水面的山体形状像一把织布梭子而得名。金梭岛具有悠久的历史，民风民俗浓郁，是典型的高原白族渔村。过去由于交通不便，走不出大山，生活资料匮乏，老百姓只能世代在洱海捕捞打鱼为生，虽然生活很艰苦，但老实憨厚的渔民仍感到满足。

遥想当年，每天清晨洱海霞光四射，清澈的海面上，片片海菜花随波荡漾，渔家汉子摇着小船，带着各式各样的捕捞工具，开始了一天中最有盼望的追求，他们将手中沉网、蚕丝挂网、麻线网、中大渔网抛入海里，每一次收网，都是一种丰收的喜悦。

2016年，高速公路开通了，昔日贫穷落后的金梭岛变成了大理的一颗明珠，是名扬全国的旅游景区，岛上的渔民不但可以下海作业，还可就地做起旅游业，村里有了集体经济，衣吃住行得到保障，渔民心里乐开了花，就像《大理三月好风光》唱的一样。春风吹拂海面，朵朵海菜花竞相绽放，勤劳美丽的白族金花随歌翩翩起舞，人似花，花似人，在洱海母亲湖的怀抱里无忧无虑、快乐成长……

下了高速，在洱海边，我们看见几位漂亮的白族金花和负责开船的白族阿鹏哥在热情地欢迎我们。乘船登岛，我们发现岛上的千年古榕枝繁叶茂，幽穴古洞盘曲交错，银苍玉洱灵动逼真。正如明代著名诗人李元阳赞叹的那样："天生翼石似金梭，欲织银苍水上波；一树珊瑚藏海底，清光夜接月中娥。"

我们在溶洞还观看了一场"魅力金梭"表演，上演的是一出美丽的传说：一位善织彩锦的仙女将自己的金梭遗落在洱海，金梭幻化为岛，成为人间仙境，渔歌萦绕耳边，洱海尽收眼底……夜色中，明月在海边徐徐升起，金花们手拿金梭，一边哼着歌谣《洱海有个小月亮》，一边织着渔网，她们用歌声唱出对甜蜜爱情的向往，用双手织出了白族人家的幸福生活。

观赏完洞中美景和白族渔歌表演，金花又带我们参观岛上渔民的特色风情民居。白族的建筑风格与安徽的徽派建筑有点儿相似，都以白色为主，整体黑白分明，房子不高，最多5层，基本是以石头为建筑材料，大理人常言道：大理有三宝，石头砌墙墙不倒。每座房子外观基本相似，大部分房子墙上都绘有许多民族图案，而享有图案的家庭必须是家庭和睦、子孝妻贤，家里没有人有偷抢等不道德行为的。有的在大门上或是墙的显眼处写字，以表明主人的姓氏。

我们参观的是一座老房子，走进里面是一间四合院，在大厅里有几组金花在兜售当地特产，团友们被洱海的水产品和野果子所吸引，纷纷购买，有的人甚至现场让金花烤熟水产品吃。其中有小组是免费与游客一起玩摸珍珠游戏的，游客可以在金花们放置的盆中任意捞起一只蚌，打开后，如果里面有珍珠，归游客所有，如再花28元，金花就送一条白色链子，将珍珠加工成项链。当然，我们都能猜出蚌里面珍珠的秘密，但金花导游说，岛上的渔民以前靠捕捞打鱼为生，近年来大理政府加大了对洱海环境的保护力度，大大降低捕捞强度，渔民的生活来源便从捕捞业慢慢转为旅游业，现在岛上所有收入皆为村民小组集体所有，包括游客眼前看到的一切。他们的行为只为博得游客的开心快乐，为村民增加一些收入，让岛上的孩子们能像城市里的孩子一样，能读上书快乐成长。说到这，我们大家都幡然醒悟了，难怪从登船参观到现在，整个行程安排如此井然有序，岛上如此干净，海水如此清澈！于是我们摸到珍珠后，都纷纷加入了加工行列中，以此来表达我们对白族人民为保护生态环境所付出代价的敬意！

返回岸边时已近黄昏，我们乘车沿着滨海大道向大理市中心进发，一路上欣赏日落黄昏，苍山洱海两岸风光旖旎，百里壮景尽收眼底。

大理由于地少人多，土地匮乏，城市的建筑都是依山而建，巍峨的苍山脚下，白族家园整齐划一。城市中心分为现代化新城区和白族文化浓郁的老城区。位于苍山山脉中心的皇家寺院崇圣寺三塔建于大理国时期，大理人民对此寺院非常敬重。

不一会儿，车子把我们带到满江鸿假日酒店。晚餐后，我们在苍山宽厚的怀抱中甜蜜入眠。

第三天早餐后，我们一行先自驾吉普车，沿着海边走村串巷，游览白族村庄，体验当地民间风情；后又登船游览洱海，欣赏海天一色风月无边的旖旎风光——美丽的海岸线。曼妙的水云间，一层薄雾，几缕轻纱，远在天边的云彩啊，竟也如此幻化迷离！站在罗荃塔的顶上眺望整个大理城，更是山同人郎，水与情长！

下午，我们告别城市喧嚣，来到一望无际的花语牧场，拥着"风花雪月"妙景，伴着落日余晖，漫步在浪漫唯美的大理花海世界。

日落后，秋季的大理还是寒风习习，但不一样的烧烤，热情似火的篝火晚会，让我们忘却寒冷，忘却疲惫，西南边陲少数民族的浪漫风情让大家再次热血沸腾！

夜已深，带着白族人的热情，带着白族人的暖意，我们同兴堂浓苑酒店安然入眠。

由于有早起晨练的习惯，第四天的早上6点我便起床，洗漱后，独自闲庭。此时古城天仍没全亮，大理的作息时间比我们的家乡大概要慢一个小时，只有几个酒店厨房师傅正在忙着准备客人的早餐。走到街上，静悄悄的，只有闪烁的霓虹灯在欢迎远道而来的客人……

上午9点半左右，我们到大理古城。它的历史可追溯至唐天宝年间，又名"紫城""榆叶城"。大理古城四周建有城墙，我们从苍山门进入，漫步到五华楼、龙泉坊……

古城建筑古色古香，街上干净整洁，人流如织却井然有序，当地的小商贩们没有噪声喧嚣，没有占道摆卖，有的在店门前锻打银器，有的在现场制作小吃糕点，有的与游人介绍玉石、银器和茶叶……人人都那么开心，个个都那么自觉，一切都那么友好，那么和谐！最后，我们都在这里买了一些小物件带回家做留念。在这里，真的让我感到中国人的综合素质正在逐步提高，中华儿女的优良传统在这里自然彰显！

逛完大理古城已经是中午11点，从昆明一起来的阿诗玛导游就此要跟我们告别了，我们大家有点儿依依不舍。无奈，下一站我们要乘车直奔丽江，那里有纳西族的新导游。

大理与丽江相距200余千米，那里海拔较高，司机带着我们一路往上奔驰，两个多小时后，我们从高速山路转出，看见了一个美丽城市，它被高山环绕，青山绿水中既有现代化气息，又有强烈的西南少数民族特色，这就是丽江。在丽江，有茶马古道传播丝绸之路的文明故事，又有丽江古城和束河古镇珍藏的宋城千古情。

下了高速路，我们来到一家农庄饭馆，下车便看见一位漂亮的纳西族姑娘迎上来，正是我们游览丽江的导游阿雅。

由于要在太阳落山前登完玉龙雪山，午饭后，我们将行李放在酒店，匆忙前往。一路上，阿雅简单地介绍了丽江的历史和风土人情，并强调上雪山的注意事项。到了雪山脚下，我们首先游览有"仙人遗田"之称的蓝月谷。我们到达时，正好晴空万里，站在蓝月谷望雪山，雪山宛如条条白玉，连着白云从山谷里奔流而来，透明的河水清澈湛蓝，呈月牙形的山谷仿佛一轮镶嵌在雪山脚下的蓝月，真是大自然的鬼斧神工，人间仙境！这些惹人注目的碧水是大雪飘落在玉龙山顶后形成的冰川，后在阳光和地热的作用下慢慢融化，渗透山体，最终汇成瀑布顺谷而下形成的。它们大声喧哗着扑向山下，穿过松林杉木，浇过杜鹃茶花，造就蓝月谷、镜潭湖等一处处人间美景。我们一行在这里尽情地拍照、感叹，几乎忘记来意。在阿雅的再三催促下，我们才恋恋不舍地离开，前往雪山的索道口。

在大索道处，许多人都租借了防寒大衣，每人都带了氧气瓶，因为海拔4500多米的雪山氧气稀薄，我们来自外地，很多人都会有高原反应。缆车每车坐8个人，从山脚到山顶几乎是垂直上升，倚窗俯视，脚下一片片苍翠挺拔的雪松抬头仰望着我们，茫茫云雾也朝着我们汹涌而来，我们好像钻进云雾里，颇有腾云驾雾的感觉。随着海拔不断攀升，我们也开始感到有点儿不舒服，各自都吸起氧来。当我们从缆车下来，走出栈道时，一阵大风吹散了雪山顶上的云雾，玉龙雪山的美景一览无遗地展现在我们的眼前，雪花舞着高贵的身体，托着深深的寒意，从银灰色的天空中悠悠飘落，洒向人间，洒向一切需要白色的地方，像仙女下凡，又像一只只白色蝴蝶在迎风飘舞。雪花的足迹布满整个山谷，整个山峰宛如一片银白色的海洋，我们欢呼雀跃，激动不已，有的还爬向山顶的最高观景台，纷纷寻找最佳位置，把雪山美景拍下来。此时，山顶上的欢呼声、呐喊声带来的热浪几乎让寒冷的雪山沸腾！

天慢慢昏暗了下来，气温骤降，美景也在云雾中消失了。于是，大伙儿纷纷都收起游览兴致，开始排队下山。由于缆车运载能力有限，山上的游客又多，他们在寒冷的雪山顶上站成黑压压的一片。400多名游客自觉地按照工作人员拉起的栅栏缓缓挪动，工作人员不断提醒大家要把手中的氧气吸起来，如感到心脏不舒服就要到吸氧间休息吸氧。我不敢怠慢，不但边走边吸，还多买了两瓶氧气瓶备着。人太多了，大家都觉得下山速度太慢，在一个多小时的前行中，不时有人要求进吸氧间，有个别人顶不住了，便在路上呕吐起来，场面有点悲催……

正当大伙儿在寒风中感到无聊难受时，天空突然飞来两只乌鸦。它们在我们的头顶上空盘旋，并欢快地叫着，似乎在欢送我们。在苍茫的雪山上，黑色的乌鸦显得格外显眼。此时队伍又立刻活跃起来，大家忙着拿出自己的手机对着雪山飞鸟拍照。

据了解，当地的纳西族人把乌鸦视为神鸟，因为乌鸦不但对爱情忠贞不贰，而且有孝道，懂得反哺。乌鸦有两个饭囊，在外出觅食时，都会装满两个饭囊，一个为自己，一个为父母。因此纳西族人十分崇尚乌鸦，据说，日本人也崇尚乌鸦，原因也是如此。

下山了，随着缆车徐徐而下，我对建造这缆车栈道的工人们肃然起敬，4500多米高的雪山既严寒又缺氧，施工的难度之大可想而知，真让人惊叹不已！

从山上下来已是晚上8点多了，我们吃完晚饭，除几位年长的，大伙儿又前往久负"柔软时光"盛誉的丽江古城四方街，去品鉴丽江人们浪漫生活的悠闲，去感受闲情下的安逸与洒脱。

浪漫的酒吧街上，闪烁的霓虹灯伴着青春的律动。幽幽的灯光伴着潺潺河水流淌，河边石凳上，几位游客，一杯好茶，一种情怀，一首老曲在这古老街上悠悠扬扬……

第五天早上，我们前往中国魅力名镇——束河古镇。在这里，我们再一次感受到西南地区少数民族的文化风情。束河曾经是"茶马古道"上的重要驿站之一，也是目前"茶马古道"上保存完好的重要集镇之一，在镇上街道可以看见一条条被踩得光亮的麻石，那便是从前"茶马古道"上一匹匹骏马留下的烙印。现如今，束河古镇的主要街道不仅古色古香，还开满售卖珠宝、药材、茶叶、野果、特产等的商铺，游客能在这里品尝到甜入心扉的野生蜂蜜、鲜花饼、麻豆条等。

是的，云南这一幅幅别样的清明上河图，一定让你流连忘返，叹为观止！

第五天中午，我们在丽江用完午餐，开始了返程之行。从大丽高速公路东海收费站下，经过金梭岛，绕着洱海滨海路，直到大理至昆明的高铁站，在下午6点回到昆明，入住机场附近的林湖湿地度假酒店。第六天早上7点10分，我们从昆明飞回惠州，结束了我们人生的第二次云南之旅。别了，七彩云南！

归雁声声台湾行

在我刚刚懂事的时候，爸爸常常指着大海的东方对我说，穿过海浪，有一个美丽的岛屿叫台湾。那里山清水秀，一年四季瓜果飘香；那里的姑娘出水芙蓉、勤劳善良，一首《阿里山的姑娘》曾让多少小伙思绪蹁跹，一曲《采槟榔》醉倒几多少年郎……多少年了，我曾无数次梦想到那美丽的海岛上去瞧瞧生活在那里的同胞。

2012年6月，我终于实现了心愿，荣幸地参加了惠州赴台考察团。经过签注和机场安检，上午10点，我们的航班准时从深圳起飞，经过一个多小时的飞行，在中午抵达台湾桃园国际机场，来到这神往已久的地方。

刚走到机场的出口大厅，就见到一个笑容可掬的中年女子手里举着写有"惠州贵宾团"的牌子在等候我们。相互介绍后，得知她姓宋，是我们在台的负责人兼向导。

午饭后，按照行程安排，我们首先考察了台湾基隆区渔会，随后几天，我们先后参观了日月潭、高雄港、垦丁、台北故宫博物院及阿里山风景区等。整个行程安排合理舒适，大伙儿兴致勃勃，笑语连连……

台湾地区位于祖国的东南面，西隔台湾海峡与福建省相望，台湾岛是我国第一大岛。

据宋小姐介绍，台湾陆地总面积共3.6万平方千米，山地、丘陵占总面积的三分之二。阿里山是著名的森林风景区，由18座高山组成，属于玉山山脉的支脉，日出、云海、晚霞、森林与高山铁路合称"阿里山五奇"。玉山为台湾第一高峰，山顶终年积雪，四周云雾缭绕，银装素裹。台湾四面环海，受海洋性季风影响，终年气候宜人，冬无严寒，夏无酷暑，四季树木葱茏，百花芬芳，农作物可一年两至三熟。

在台7天，我除了对繁体字有点儿生疏外，对其他都倍感亲切——嗲嗲的普通话、熟悉的闽南语、正宗的梅县客家话，犹如行走在福建和梅州地区，给人印象是山清、路净、道窄、庙多。台湾是摩托车城市，因街道不宽，许多市民都喜欢骑摩托车上班，但人群和车辆都规矩地在城市的大街小巷中穿梭。台湾是台风和地震易发区，除了台北101大楼和几栋高楼外，几乎见不到更高的楼房。

小学课本就出现过的日月潭是台湾最大的天然淡水湖，面积超过9平方千米，由于合理开发和利用，颇负盛名。它位于台湾中部的南投县，因湖的一半形似太阳，另一半像月亮而得名。邵人是高山族的分支，这里记载着邵人许多古老的文化和传说。

我们乘坐游艇泛舟湖上，一边吸着清新空气，饱览澄碧的湖水、绝色的美景，一边听着年轻邵人小伙讲述日月潭的美丽故事。

在湖中的拉鲁岛，我们惊奇地发现那里有一尊猫头鹰塑像。原来，在很久很久以前，族里有一位非常漂亮的女孩，她为了追求自己的幸福，不惜违抗父母之命，与村里的青年私订终身，不小心未婚先孕了。此事令族人感到非常愤怒和羞耻，所有人都因此责备和排斥她，最终女孩忍受不了这种的责难和羞辱，在一个寒冷的夜里独自逃到深山。一天，一位猎人告诉大家，那个女孩已冻死在深山，变成一只猫头鹰，他曾在深山迷路，是她指点迷途。族人不信，都认为是猎人酒后胡言。但打这后，每当族中有人怀孕，人们都会惊奇地发现有一只猫头鹰飞到自己家的屋顶上，发出独特的叫声，似乎在提醒她们：有喜了，请珍爱自己……后来，类似的事情一再发生，族人这才开始相信那只猫头鹰就是女孩的化身，也慢慢地相信猫头鹰能预知妇女怀孕并给在深山迷路的人指引方向。族人非常愧疚，便对猫头鹰敬畏有加，并告诫族人以后不准捕杀猫头鹰。至今，邵人仍保留着禁止猎杀猫头鹰的族规。

邵人小伙边娴熟地驾驶着游艇，继续介绍：每年在这里举办的"国际花火节""万人游渡"、樱花祭活动及农历八月的丰年祭都是邵人的重要庆典，如果有缘赶上，就能看见日月潭人头攒动，热闹非凡。入夜，湖面上空火树银花，让人目不暇接，拍手叫绝；人们穿着艳丽盛装载歌载舞，流连忘返，乐不思蜀。

在邵人小伙绘声绘色的讲述中，我们不知不觉地饱览了拉鲁岛、伊达邵等景点，刚来到对面的岛上，便闻到阵阵扑鼻而来的茶叶蛋香。原来，日月潭还是台湾最大的茶叶产地之一。岛上有一位阿婆便用当地茶叶和土鸡蛋为材料，用自己的巧手腌制茶叶蛋卖给观光游客。"阿婆茶叶蛋"在日月潭一带远近闻名，每天都能卖上好几百只甚至上千只。我们每人尝了两只，的确是品正味鲜。"阿婆茶叶蛋"让我想起我那5岁正在幼儿园上学的小侄孙，茶叶蛋是他的最爱，可惜离家太远了，不然就能让他尝尝。不一会儿，绕岛游览便结束了，我们还犹兴未尽。正当我们要离开时，游艇露天码头突然传来一阵清脆的儿歌声。我循声望去，只见一个5岁左右的小姑娘，前面放着一个小箱子，正对着麦克风认真地歌唱，据说是在为母筹医药费。小朋友歌声悠悠，情意切切……歌声刚落，便赢来阵阵掌声。大伙儿有赞许的，也有叹息的，我的心里却像打碎了"五味瓶"，便在她的小箱里放下小心意，希望她能幸福快乐！

台湾寺庙之多令人惊奇。据宋小姐介绍，全岛大小寺庙近万座。台湾同胞在大海漂浮多年，他们宁可相信"妈祖"，也不敢相信台湾当局。爱国诗人于右任的《望大陆》道出了2300多万台湾同胞的心声——"葬我于高山之上兮，望我故乡；故乡不可见兮，永不能忘。葬我于高山之上兮，望我大陆；大陆不可见兮，只有痛哭。天苍苍，野茫茫；山之上，国有殇。"是啊，台湾本是中国孩子，但却流浪在茫茫大海……说到这儿，宋小姐怀着一种非常羡慕而复杂的心情说，近30多年来，大陆出了一个伟人——邓小平。他带领大陆人民改革开放，实现了国富民强，而台湾却出了两个"小人"。他们让台湾民心涣散，生活每况愈下。昔日的"亚洲四小龙"不见了，年货物吞吐量长居世界前三位的高雄港也下滑为第十二位了。台湾人民被经济飞速发展的大陆吸引，纷纷回到大陆投资，台湾已渐渐变成"空巢孤岛"。"你瞧，为了生活，个别已到退休年龄的老人还要出来打工。"宋小姐指着宾馆门前两位60岁出头，正在待客的出租车司机说……

考察行程很快结束了。离别的当天下午，我们在机场与宋小姐相惜道别。"情天再补虽无术，缺月重圆会有时"，如今家门已敞开，大陆母亲正翘望着走失的孩子早日回家！

　　台湾在我们的视线中渐渐远去，透过机舱口，我看见一行行归雁正飞向那被晚霞染红的祖国大陆……

醉美贵州行

传说有一个美丽而神奇的地方，人们都向往它的青山绿水，鸟语花香；那里四季如春，风光竞秀，满目翠绿，是天然的绿色氧吧。它就是中国闻名的避暑胜地，位于西南云贵高原上的贵州。

一首《贵州美》唱醉了多少人，让多少游客陶醉神往！

甲辰龙年（2024）的春节刚过，天气仍有点儿冷，但抵挡不住我的太极拳拳友对旅游的热情。她们筹划出行路线，购买统一的衣服和道具，决心要将旅途的每个美景都记录下来。我和其他几个男拳友也受她们的邀请，一同前往。

3月13日，我们一行22人踩着春天的脚步，去寻找茅台酒的醇香，从惠州飞到了贵州，开启了"醉美贵州行"。

刚下飞机时，机场上空灰蒙蒙一片，还飘着毛毛雨雾。接团的是一名当地的苗族小伙阿松，他简单介绍自己后，便带领我们游览有"黔南第一山"之称的黔灵山。

到达黔灵山公园时，云雾已逐渐散开。入园后，映入眼帘的是一个山峦险峻、森林葱茏的大峡谷。雨过天晴，满园春色翠绿，空气沁人心脾，路边的樱花相继绽放，或淡白或浅红，就像节日的花灯树。山谷两旁的李树更是尽情怒放，像堆堆白雪点缀在翠绿的山坡上。我们顺着一条大红地毯往山谷前行，途中见一小碧潭，清澈见底，两边山色倒映在水中，相映生辉，别有诗意！

阿松边走边介绍说，黔灵山公园是一个集自然风光、文物古迹、民俗风情和娱乐休闲于一体的综合性公园。这里曾是少数民族的栖息地，有许多历史遗迹和历史文化，是野生动物的乐园。

不一会儿，我们来到山谷尽头的红色教育基地——麒麟洞。这是当年蒋介石在西安事变后囚禁抗日爱国将领张学良和杨虎城的地方。参观完麒麟洞，我们原路返回，在途中看见一群游客围着一只蹲在碧潭围栏柱上的野生猴子拍照。只见猴子静静地蹲在那里来回转头看着游客，一点儿都不惧怕，仿佛在说："你好，朋友！欢迎你到黔州来！"

午饭后，我们来到山清水秀的平坝区。平坝种植樱花的历史悠久，每年三至四月樱花怒放，整个平坝都淹没在粉红色的花海中。此时的平坝气温舒适，阳光明媚，吸引大量游客前来观赏。这里的樱花树种类繁多，有日本樱花、八重樱和山樱花等，每一种的形态、颜色都不相同，都有独特的魅力，给人一种浓郁的美感。

今天阿松带领大家观赏的是全球最大的樱花基地——安顺平坝农场樱花园。据说，这里种植有 50 多万株名贵樱花，主要是早、晚樱花两种，一般来说，早樱的花朵比较小，多为单瓣，颜色多为清新淡雅，如淡粉色、白色等；晚樱的花朵比较大，多为重瓣，颜色也更加鲜艳，如粉色、红色等。春风中，有的吐蕊含姿，有的低吟浅唱，有的自然微醉如云似雾，构成一幅迷人的粉色画卷。漫步花园，我们仿佛走进梦幻般的粉色樱花海洋。微风中，花瓣像雪花般随风飘落，如梦中的花雨一样美。

今年天气较寒冷，我们到来时早樱已绽放，部分晚樱还没有完全盛开，只是枝头挂满含苞待放的花蕾，别有情趣。

我们漫步在樱花园中，感受春天的气息和花海的浪漫。雨后的空气特别清新，我们在和煦的阳光下欣赏樱花，细嗅淡淡的花香，每个人的脸上都洋溢着幸福愉悦的表情。

女拳友们纷纷穿上刚刚买来的汉服，个个手执宫扇，眉目含笑，姿态优雅，神态端庄，展现古代女子的柔美气质。她们尽情地享受自然之美，直到太阳西斜仍乐不思蜀。

翌日，我们来到黄果树瀑布景区，首先观赏秀丽的水、石、树奇观——天星桥景区。它分为天星盆景区、天星洞景区和水上石林区三个部分。它的特点是树、水、石别具一格，三者完美融合，别有韵味。最让人惊奇的还数天然盆景区内的数生步，这里水上有石、石中有水，脚在石上踩，人在水中行，365块跳蹬正好是一年周期。游历其中，看溪水绕石而行，叮咚作响；竹笋高低相间，错落有致；灌木依石而生，藤蔓遒劲，让人印象深刻。只可惜现在是三月，河床的水还不够充沛，我们没能体验最佳时期的浪漫与惊奇。

随后，我们游览位于白水河上的黄果树瀑布群。黄果树瀑布群以黄果树瀑布为中心，由陡坡塘瀑布、螺蛳滩瀑布等姿态各异的十几个地面瀑布和地下瀑布组成。

陡坡塘瀑布位于黄果树瀑布上游，瀑布面宽100多米，高20多米，是黄果树瀑布群中瀑顶最宽的瀑布。瀑布下面宽阔平坦的水面上又形成许多大小不一的碧潭，每当洪水到来之前，它都会发出"轰隆隆"的吼声，因此又叫"吼瀑"。

而黄果树大瀑布则是雄伟壮观，气势磅礴。瀑布面高近80米，宽100多米，共有9级瀑布。站在黄果树瀑布的观景台，水声如雷鸣般响亮，瀑布形成了一道宽阔的水帘飞流直下，在阳光下熠熠生辉，宛如国画大师张大千笔下的水墨画，让人拍案叫绝！

我们一边感叹黄果树瀑布的壮观和大自然的鬼斧神工，一边听别人介绍黄果树瀑布在不同季节、不同天气、不同时间的不同景色：夏末初秋旅游旺季时，人山人海，瀑布如洪水猛兽，汹涌澎湃；秋末至春季旅游淡季时，人流如织，瀑布如银丝白纱，如画如诗。晴天时，瀑布在阳光的照耀下如色彩斑斓的彩带，散发着绚丽的光芒；雨天时，瀑布则烟雾缭绕，宛如人间仙境；清晨起雾时，瀑布像是大自然献给人类的一条洁白大哈达，那样圣洁，那样纯朴无瑕；而当太阳西斜时，晚霞则将瀑布染成一条宽阔的红绸纱，在绿树成荫的白水河山谷迎风潇洒。

壮丽的黄果树瀑布，那倾泻而下的震耳欲聋，仿佛在大声诉说大自然的威严与神秘，让人们真正领悟大自然的神奇与魅力！

面对诗画般的美景，大伙儿都变成"专业"的风景摄影师。由于不是旅游旺季，游客相对较少，我们可以选择最佳摄影位置进行拍照，忙得不亦乐乎。最后，我们还穿绕水帘洞，探索和感受黄果树瀑布的神秘。

行程第三天，我们来到"玲珑秀丽荔波天，幽谷飞云洞里烟"的荔波漳江风景名胜区。这里也被誉为"地球上同纬度的最后一颗绿宝石"，山川风景秀丽，历史文化浓厚，是一个多民族群居的地方，到处都散发着各族风情。最著名的景点是集山、水、林、洞、湖泊和瀑布于一体的"超级盆景"小七孔景区。

我们从景区西大门进，不远处就看见一个翠碧湖，雨雾蒙蒙笼罩着四周的翠绿，湖水清澈碧绿，一个穿着少数民族服装的小伙坐在船上，在水中荡漾，激起层层波纹。清澈见底的湖里，几条高山冷水鱼在悠然游弋，湖边站满游客，有的在雀跃，有的在进行拍摄比赛……

我们顺流而下，观赏大自然带给我们的仙境。瞧！清澈溪水欢快地穿流在古朴苍老的小七孔桥，拉雅瀑布飞花碎玉，鸳鸯湖碧绿荡漾，卧龙潭雾雨蒙蒙，68级跌水瀑布浩浩荡荡，还有那森罗万象的水上森林和石上森林。

据当地人说，水上森林、石上森林是罕见的岩溶地貌森林区，这里的树木植根于水中的顽石，又透过顽石扎根于水底的河床。水中有石，石上有树，水、石、树相偎相依，远远望去宛如漂在水上，可谓是"水在石上淌，树在水中长"。河谷乔木和灌木茂密丛生，清澈的河水从河床石上的杂木林中奔涌而下，而树却深深地扎根在水中，令人赞叹不已！这里无论是初春的花海、盛夏的绿荫，还是深秋的红叶、寒冬的白雪，每个季节都有它独特的美，都能领略到令人惊叹不已的自然美景。如果你深入小七孔，就会发现这里不仅有瑰丽的自然风光，还有丰富的生物多样性。茂密的森林里生活着各种野生动物，给这片土地增添了无限生机。

当下是春季旅游淡季，河床水量不够丰沛，我们遗憾错过壮观的水在石上"白云飘荡"，仅看到少数的水上森林奇观。

从小七孔景区出来，已经是下午4点。我们继续向黔东南方向前行，入住在千户苗寨。路上，我们静静地听阿松讲述苗族部落的兴衰、多次迁徙的人文历史及苗族的独特风情。

不知不觉已过去3个多小时，西边的晚霞慢慢消失，车绕着盘山公路到半山腰又继续往山谷前进。突然，全车游客欢呼雀跃起来，映入眼帘的是一座灯光璀璨的"山城"——这就是我们要找的千户苗寨。它是一个仍保留着独有"原始生态"的村落，住着千余户人，也因此而得名。

我们在苗寨老街的苗族家里品完长桌佳肴，蜿蜒的山路又把我们送到山腰的观景台。当我们从观光车下来，已有许多游客在那里欣赏山寨的夜景了。我站在观景台远眺，此时山寨已华灯初放，万家灯火，高低明灭，流光溢彩，如天上的星星，分不清哪个是星，哪个是灯，一朵朵，一串串如花如雪，似梦似幻，如入仙境。

观景台人潮如涌，我等也像其他游客一样穿苗服，一边感叹，一边掏出"长枪短炮"把美景收入框内带回家……直到接近晚上12点，我们才回到客栈休息。深夜的苗寨是那样怡静幽雅，我们纷纷开始进入甜蜜的梦乡……

入住苗寨的次日清晨，我站在吊脚楼眺望，朝霞揭开了笼罩在千户苗寨山谷的神秘面纱，平缓的山坡上镶嵌着一块块金黄色的油菜花田，路边铺着绿油油的蔬菜地，弯弯曲曲的土路，一直通向远方的原始森林。

千百年来，勤劳勇敢的西江苗族人民在这里日出而作，日落而息，在苗寨上游地区开辟出了这片梯田，起伏的地势造就了错落有致的节奏美，山下小河悠悠，水天一色造就了静谧的朦胧美，形成了浓郁的农耕文化与优美的田园风光。

我漫步在苗寨的小径上，沉醉于这片土地的纯朴和宁静，目睹苗寨吊脚楼的古朴庄重，穿梭于梯田之间的绿色线条，我感觉仿佛置身于一幅生动的田园画卷。

晨曦中，吊脚楼路旁的蔬菜园，有几个苗族人在浇地。街上，有几家小店已开门营业，清洁工正在清扫垃圾，一群人在老街广场打太极……新的一天开始，又能在云雾萦绕的苗寨山谷看见那一个个勤劳忙碌的身影。

告别千户苗寨，我们来到金海雪山。在这次旅游的途中，我们看到了许多这样的小"金海"或小"雪山"，它们是贵州每年春季一幅幅灿烂多姿的自然画卷。"金海"是指音寨9万多亩金黄色的油菜花在阳春三月尽情绽放，宛如一片金黄海岸；"雪山"是音寨人都喜欢在屋前屋后种植的李树和附近丘陵坡上千余亩的李树花开，两者交相辉映形成的独特奇观，好似皑皑白雪。

欣赏完金海雪山，我们来到这次旅途的最后一个景点——青岩古镇。

青岩古镇位于贵阳市花溪区南部，是贵州四大古镇之一，这里没有喧嚣和很浓的商业味，只蕴含着历史岁月留下的沧桑。它是明清时期的军事重镇，有600多年历史，保留着明代军事长城遗址，四周相连，形成了一座闭合的城池。城内面积3平方千米，4条正街，26条小街巷道布满众多古迹，保留着明清时期的建筑风格和特色。

走进青岩古镇，仿佛回到明清时代，你会发现这里的自然与人文完美融合，既可欣赏到壮丽的自然风光，又能领略到悠久的历史文化，感受到别样的人文气息。漫步古镇，只见石街曲折，沿山丘地势而建，古树繁茂，如墨的青石板是岁月留下的痕迹，传递着浓浓的历史气息。那巷道错落有致，粉墙黛瓦间透着浓郁的古风；民居斑驳的墙壁是曾经峥嵘岁月的印记，见证着历史的变迁与传承；而城楼上的檐角仿佛正在低声诉说古镇的千年往事……如今的古镇青山不老，生态和谐，独领风骚，时间在这里悠然驻足，画卷在这里悄然铺展！

时间过得真快！眨眼间，5天的行程马上就结束了。这次的贵州之旅让我们欣赏到许多浪漫：黔灵山风光美，黄果树瀑布如诗画；荔波漳江山水秀，万峰林翠迎朝霞；青岩古镇谧如诗，平坝樱花漫天洒；苗寨夜色情脉脉，茅台醇香扬天下……贵州不仅水草丰美，而且人文底蕴浓郁，我们恋恋不舍地告别贵州，开始返回惠州，但大家仍忘不了这场快乐愉悦之行，一路上仍回味着贵州美景，分享着摄影作品。

行走诗意天府国

岭南荔枝成熟的时候，我和友人去了一趟物华天宝，山川秀丽的天府之国——四川。

一、岁月峥嵘宽窄巷

从惠州起飞，一个多小时后，我们在成都天府国际机场降落。

午饭后，我们去参观见证了成都的历史和变迁的宽窄巷子。走进宽窄巷子，只见宽巷子、窄巷子和井巷子在苦苦相依，相互平行，呈东西走向。

宽巷子也称"兴仁胡同"，两边的商铺是四合院式的老建筑。门楼上，那木质黑底鎏金字体的匾额，刻录着曾经过往的峥嵘岁月；墙外，那一尊尊青铜雕塑和身穿彩绘着装端坐在藤椅上招揽生意的商贩，仿佛让游客回到遥远的清代。窄巷子是"慢生活"区，沿街店铺多为西餐厅、简餐店、咖啡店等。井巷子因一座古井得名，又叫"如意胡同"。它是三条巷子中唯一可以通行机动车的巷子，井巷子的一半是商铺，另一半是描绘古老市井生活的历史文化墙。

漫步宽巷子，只见整条街道人头攒动，有的在吆喝招揽游客进店购物，有的在专心挑选自己心爱的小礼物，有的在耍杂技，有的在练唱有四川地域特色的川剧，有的在象棋对弈，有的在茶馆慢条斯理地品尝盖碗茶和小吃，有的在街边亭子里与麻友各自认真研究"十三号文件"……据介绍，这里还有许多成都名小吃，如三大炮、糖画、波丝糖等。那香香的、一圈圈又香又脆的糖画真让人回味无穷！

窄巷子里最让我印象深刻的是蜀绣馆，里面展示的每一幅蜀绣作品都栩栩如生。蜀绣师傅会将花和人物绣在鞋子、衣服、背包、帽子及项链、吊坠等物品上，别具一格，让人拍案叫绝。

在宽窄巷子，我发现每个院子的大门正中都是蕴含着清朝时期文化气息的名字，建筑风格与现代不尽相同。院落高低不同，错落有致，形状各异，乌黑的瓦，黑灰色的外墙，没有现代城市的建筑靓丽，而有古城的深沉。原汁原味的古建筑群落，让人们有机会寻找那遥远的时光发生的故事。

闲庭宽窄巷，我发现原来宽巷子并不宽，窄巷子也并不窄，只是在这宽窄之间，融进了一种岁月的沧桑和历史的沉淀，也是这个城市最珍贵的历史遗迹。那砖雕的"宽窄"二字、镂花的窗棂、沿墙而站的马帮雕塑、人去楼空的洋式阁楼及马背上驮的茗茶和异域特产都是成都逍遥人生的印记，而井巷子则是老成都的新生活。

望着热闹非凡的宽窄巷子，我很感慨：在当下全国各地大兴旧改拆迁的浪潮中，寸土寸金的成都闹市区，政府仍能完好保留这片古建筑群落，让人们有机会倾听那些遥远的故事，品味今昔生活，眼光实属长远，可贵！

太阳西斜时，我们告别了宽窄巷子，前往"网红"景点奎星楼美食街。

此时正值晚饭时间。街上可谓人头攒动，令人眼花缭乱。许多游客坐在塑料板凳上，逍遥自在地喝酒，行令猜拳，非常悠闲惬意！

还没入夜，所有餐馆外面已经站满了人。很多客人都被这里的成都特色小吃留住脚步，如鸡爪、风火轮、鸡汤银丝面、麻辣烫、豆花、糖油果子、冒菜、三大炮、老妈兔头、伤心凉粉等，各种美食应有尽有，应接不暇，能满足每个人的味蕾。

由于我们不能吃麻辣，只能领略一点儿各种微辣的特色美食，再前往酒店休息。

二、憨态可掬大熊猫

翌日早上，我们乘车前往成都大熊猫繁育研究基地。

大熊猫是中国"国宝"，受全世界人民的喜爱，是世界生物多样性保护的标志与和平友好的象征。同时，它也是四川独特而宝贵的自然资源，凡是到四川来的游客，都以一睹大熊猫风采为快。

基地是国内开展大熊猫等珍稀濒危野生动物异地保护的主要基地之一，基地内的大熊猫都是野生状态下放养的，与普通的动物园不同。

漫步在竹影婆娑的基地，生机勃勃的植被、绿意盎然的生态，我们的每一步都伴随着自然的气息，宁静而平和，仿佛能听到风与叶的低语，感受到大自然的脉动，仿佛进入了一个清新的绿色王国，让人心旷神怡！

近距离观察大熊猫，你能领略到生命的奇迹。它们或许正在悠然地啃食竹子，或许正在打盹，每一个动作都充满了生活的韵律和节奏。它们或躺或坐，憨态可掬，悠然自得的神态，透露出憨厚可爱，令人忍俊不禁，心生疼爱。

参观完基地，下午我们搭乘城际列车前往镇江关站，抵达后乘汽车前往九寨沟入口，入住酒店休息。

晚上，我们在九寨沟藏族村落里，一边欣赏特色歌舞，一边品尝青藏高原土生土长的绵羊肉，这种羊肉质鲜嫩、脂肪含量低，烤熟后外皮焦脆，肉质鲜嫩多汁，搭配青稞酒和当地特色小吃一同享用，增添了不少藏族风味的特色，让我们在享受美食的同时，深深感受到藏族文化的深厚底蕴。

三、童话仙境九寨沟

第三天清晨，我们出发前往人间仙境——九寨沟。

九寨沟由树正沟、日则沟和则查洼沟三条主沟形成，呈"Y"形分布，总长60多千米。据说，过去由于交通不便，这里几乎成了一个与世隔绝的地方，仅有9个藏族村寨坐落在这片崇山峻岭之中，九寨沟因此得名。它是由皑皑雪山、森林翠绿、湖泊碧水和清新空气组合成的具有原始自然生态风光的"童话世界"。

这里湖泊众多，当地人叫"海子"，据说大大小小的海子共有 100 多个。主要景点分布在三条主沟内，以翠海、叠瀑、彩林、雪峰、藏情、蓝冰等"六绝"著称于世。纯净的天空、重叠的山峦、绮丽的天空、茂密的森林、飞奔的瀑布和各种飞鸟珍禽组成了高原上的迷人仙境。

进入景区，只见游客摩肩接踵，绮丽纯净的天空下，三条主山谷每池碧湖都倒映着重叠的山峦，我好似走进迷人的童话里。

我们乘坐观光车穿过树正沟，直接到则查洼沟的长海碧湖，然后顺流而下欣赏每处的风景。

长海是九寨沟内最大的海子，面积约 200 万平方米。

长海是九寨沟海拔最高的海子，海拔 3000 多米，长年被云雾笼罩着，远眺犹如一位身披白纱的仙女、近瞧像一条静卧在则查洼沟的山谷里的巨龙。冰山雪峰的积雪是长海的水源，它没有出水口，靠冰碛物阻塞成湖，故有"装不满、漏不干的宝葫芦"之称。

它是一幅天然的画卷，用自己的独特色彩，描绘出世上最美的风景，每个角度，每个景色，都如诗如画！

随后，我们从长海乘观光车下行 1000 米来到以秀美多彩、纯洁透明闻名，也是九寨沟最小巧玲珑、色彩斑斓的五彩池。

我站在池边远望，只见池中的上半部分呈碧蓝色，下半部分则呈橙红色；左边呈天蓝色，右边则呈橄榄绿。正当我纳闷不解时，旁边的热心游客告诉我，这是因为湖里生长着许多水绵、轮藻、小蕨等水生植物和芦苇、节节草、水灯芯等草本植物。这些水生群落的叶绿素含量不同，在富含碳酸钙质的湖水里，呈现不同的颜色。因此同一湖泊里，便有的水域蔚蓝，有的湾汊浅绿，有的水色绛黄，有的流泉粉蓝，变化无穷。

即便到了寒冬，五彩池仍能做到常温不冻，真是九寨沟湖泊中的精粹，人间奇观！

欣赏完五彩池，我们又观赏了上、下季节海。回到诺日朗中心站时，已到晌午。为了争取观赏更多景点，我们匆匆充饥，又急忙赶去绚丽多彩的五花海。

五花海位于日则沟孔雀河上游的尽头，海拔 2000 多米，在珍珠滩瀑布和熊猫湖之间，被誉为"九寨沟一绝""九寨精华"。

只见清澈多彩的湖底沉浸了段段树木，湖面整体呈绿松色。仔细瞧，又见颜色从黄到绿又到蓝，整池盛满五彩斑斓的美艳，而四周的山坡又是那样苍翠欲滴。

我们穿过栈道，沿着孔雀河道来到环山公路，站在老虎石上俯瞰，将五花海的九寨沟精华尽收眼底——五花海的彩叶大半集中在出水口附近的湖畔，株株彩叶交织成锦，如火焰流金；含碳酸钙质的池水，与叶绿素含量不同的水生群落，在阳光作用下幻化中缤纷异彩，令人称奇叫绝！

随后，我们又欣赏了珍珠滩景点，它位于日则沟和南日沟的交界处。这里有一片坡度平缓，长满了各种灌木丛的浅滩，长约100米的水流在此经过多级跌落河谷，清澈的水流在倾斜而凹凸不平的乳黄色钙化滩面上湍泻，溅起无数水珠，阳光下，点点水珠就像巨型扇贝里的粒粒珍珠，远看河中好像流动着整河的洁白的珍珠，这就是珍珠滩。

此外，九寨沟的瀑布也叫人神往，这里河道纵横，水流顺着河谷奔腾而下，构成数不清的瀑布。

在诺日朗瀑布，我们欣赏到这一奇观。它是中国最宽的高山钙华瀑布，高20多米，宽300多米。据说，它壮观美丽，四季景色不同。当下正值丰水期，瀑布从日则沟奔涌而出，震耳欲聋，威震山谷，溅起的水帘，与日相辉，形成一道绚丽多姿的彩虹，景色十分壮观！

不知不觉中，西边的夕阳悄悄地落在山顶，因此我们决定返回，继续游玩树正沟的其他景点。

在下行的观光车上，司机遗憾地告诉我们：日则沟风景线全长18千米，在诺日朗瀑布和原始森林之间的是九寨沟风景线中的精华部分，也是九寨沟景观的高潮。

日则沟一路景点密集，除了珍珠滩、五花海和诺日朗瀑布外，还有金铃海、孔雀海、熊猫海、箭竹海等。如果说，树正群海清秀妩媚，诺日朗景区奇丽妖娆，那么远离尘嚣、鲜有人迹的剑岩风景则更古朴、野性、原始沉寂，让你穿越时空隧道，回到远古宁静的时代。

听罢司机的介绍，我们也只能恋恋不舍地回望渐离渐远的日则沟。

树正群海海拔2000多米，由19个大小不一样的湖泊组成。它宛如一条深山幽谷的碧绿翡翠项链。那海子、浅滩、棱桥、瀑布、磨坊以及转经房，构成了一幅恬静纯朴的田野风光。

大小海子呈梯田状群集而成，前后连绵数米，上下高差近百米。柏树、松树、杉树等翠绿树木密布于湖泊周围。湖水自上而下在树丛中奔流，跌落在下面的海子上形成层层叠瀑，激起银色的浪花，喧闹着奔泻而去。

层层叠瀑与激流串起的树正群海，不仅高低层次分明，色彩也是层次清楚，绿树绿得青翠，蓝海蓝得浓稠，叠瀑与水花白得轻盈，尤其是那绿中带蓝的色彩更为动人。

我们漫步于栈桥边，悠闲地欣赏水在树上缠绵如白纱飞扬，树在水中盘根似沐浴潇洒……还有那激流、群海和激流下旋转的磨坊……心情特别浪漫惬意。

今天脚步匆匆，九寨沟的奇观与传奇让我真正领略了她的神奇，见证了"九寨归来不看水"的别样碧绿。

据说，神奇的九寨沟一年四季都有看不完的美景，四季仙境，风景各异。春之花草，夏之流瀑，秋之红叶，冬之白雪，无不令人叹为观止。暖春来这里，冰雪消融，春水泛涨，山花烂漫，去犀牛海跟温柔的春日阳光接吻；盛夏来这里，在苍翠欲滴的浓荫中，去五彩池赏杜鹃花，去诺日朗观瀑布；金秋来九寨，去日则沟看五彩斑斓的秋叶，在湖光流韵间漂浮；冬雪来九寨，在银装素裹的世界里，去树正群海看一片蓝绿。

晚饭后，我们观看了富有民族特色的藏羌歌舞晚会。

惟妙惟肖的歌舞表达了对神灵的敬畏、对动物的模拟，还有情侣间的爱情等。它不仅是一种艺术形式，也是藏羌文化的重要组成部分，通过歌舞表达对生活的热爱和对大自然的感激之情。

九寨沟原生态歌舞剧展现了藏羌文化的特色和风情，为九寨沟的自然景观增添了丰富的文化内涵，展现了民族的文化特色和情感表达。

四、奇绝秀幽黄龙沟

行程第四天，我们乘车从九寨沟出发，途经美丽的甘海子，前往黄龙风景名胜区。

黄龙景区是中国唯一保护完好的高原湿地，位于四川省阿坝藏族羌族自治州松潘县境内，面积约 700 平方千米，海拔最高 5000 多米。它由黄龙沟、丹云峡、牟尼沟、雪宝鼎、雪山梁、红星岩，西沟等景区组成，主要景观集中于长约 4000 米的黄龙沟，以彩池、雪山、峡谷、森林等"四绝"著称于世。这里拥有世界上数量最多，色彩艳丽、结构精巧的钙华彩池群落，点缀着 3000 多个彩池。此外，这里动植物资源丰富，生活着大熊猫、川金丝猴等珍稀动物。

汽车沿着斗折蛇行的山路前行，我们需要先到达海拔 4000 多米的景区接待中心后，再转坐景区大巴到索道下站，上与九寨沟五彩池齐名的黄龙五彩池。途中，导游向我们介绍了景点特色，还特别提到高原反应的注意事项、应对措施等。

从索道上站到五彩池还有 3000 米，步行需要半个小时左右。在索道上升的过程中，我明显感到心跳加速，呼吸也有点儿困难，幸亏我在路上买了氧气袋，吸氧后，心脏舒服了许多。

当我们走出索道上站口，五彩斑斓的天然仙境出现了。我将刚才的不适和导游的忠告全抛之脑后，我们欢呼雀跃，两个同伴更是狂奔呼喊，这份狂热感染了所有人，但好景不长，几分钟后，声音突然没了，只见两人都红着脸，气喘吁吁，表现出头痛、恶心，甚至身体失去控制……这明显是高原反应。

于是，我们赶紧扶他们到休息室吸氧。出来后，他们再不敢喧闹狂奔了，只能像其他游客一样，蹒跚走路，低声说话，静静观赏，将激动藏在心中。

我们从五彩池步行下山，顺溪流而下，沿途欣赏映月彩池、黄龙中寺、龙背鎏金瀑、金沙铺地、迎宾池等美景，各种奇特的自然景观如同一首首优美的诗。

这里像大自然的调色板，一块块色彩斑斓的彩池，从深黄色到亮黄色，从鲜绿色到深绿色，再从淡蓝色到深蓝色，这些色彩交织在一起就构成了一幅幅壮丽的画卷。

从远处看，山峦起伏，蜿蜒如龙，黄褐色的山体在阳光下熠熠生辉，仿佛是用金石雕刻出的巨大艺术品，一条蜿蜒的巨龙，盘踞在高原之上，在清晨的阳光照耀下，身姿悠长而柔和，闪烁着金黄色的光芒，如同一块金色的宝石，又似一条多彩的绸带，令人目不暇接，让我们饱览露天岩溶地貌，享尽人间瑶池！

下午一点半左右，我们从索道下站坐观光车出景区，告别黄龙到山下吃午饭。车在绵亘蜿蜒的山路下行，透过车窗，只见山坡草绿如茵，山谷森木蓊郁，绿意盎然，一尘不染的天空，几只鹫鹰在悠然翱翔……

午饭后，我们将前往历史上有名的边陲重镇松潘县，参观了被称作"川西门户"的松潘古城墙门堡及文成公主和松赞干布的纪念雕像。结束后，搭乘城际列车返回成都。

五、巍峨的乐山大佛

行程第五天，我们游览乐山大佛。

我们站在山下大佛的脚趾间，听当地导游介绍：乐山大佛位于岷江、大渡河和青衣江的三江交会处，背靠凌云山西壁，与乐山城区隔江相望。由于这里是三江汇合口，在唐代之前，每年到汛期时，这里河水都会泛滥成灾，祸及三江黎民百姓，为解决这一难题，唐玄宗命人在此建造这座大佛，以镇住三江"水妖"，还百姓安宁。

乐山大佛始建于 713 年，历时 90 年建成，至今已有 1200 多年的历史。

它是世界上最大的一尊石刻弥勒佛，通高 70 多米，肩膀的宽度是 28 米，颈高 3 米，指长 8 米多，脚的宽度是 8 米多，头上的发髻有 1000 多个。因此人们形容它"山是一尊佛，佛是一座山"。

乐山大佛内含一套设计巧妙，隐而不见的科学排水系统，起到重要保护作用。

头部的第四层、第九层和第十八层发髻各有一条横向排水沟，正胸左侧也有水沟与右臂后侧水沟相连。两耳背后靠山崖处，有洞穴左右相通；胸部背侧两端各有一个洞，但互未凿通，这些水沟和洞穴组成了科学的排水、隔湿和通风系统，防止了乐山大佛的侵蚀风化。

沿乐山大佛左侧的凌云栈道可直接到达底部，右侧有一条九曲古栈道。栈道沿着乐山大佛的右侧绝壁开凿而成，斜陡无比，须曲折九转方能登上栈道的顶端。上去后是乐山大佛头部的右侧，也是凌云山的山顶。此处可观赏到乐山大佛雕刻艺术全貌。

我仰望弥高的乐山大佛，它已经与山河融为一体，比我想象中的还要高大震撼。它不但展现了古人的精神和智慧，而且凝聚了一代又一代人的心血汗水。那份沧桑、庄严、灵性尽在乐山大佛中，默然不语，诠释着千年的沉静与庄严。

离开前，我们都在这里祈福，祈求千古佛韵福泽天下，保佑大家平安幸福。

从乐山大佛出来，我们又乘车前往中华第一山——峨眉山，抵达酒店休息。

六、巴蜀奇景峨眉山

行程第六天早上，我们来到峨眉山风景名胜区游览。

据说，峨眉山因云鬓凝翠，鬟黛遥妆，真如蟒首蛾眉，细而长，美而艳也，故而得名。这里群山连亘，树木葱郁，空气清新，环境宜人，四季景色各异，春天，漫山遍野都是杜鹃，争奇斗艳；夏天，绿树葱茏，清风徐来，沁人心脾的花香迎面扑来；秋天，满山红叶，层林尽染；冬天，银装素裹，分外妖娆。峨眉秀，青神幽，这里自古以来就是驰名中外的风景区。

走进峨眉山，满目重峦叠嶂，古木参天，郁郁葱葱；峰回路转，云断桥连；涧深谷幽，天光一线；万壑飞流，水声潺潺；仙雀鸣唱，彩蝶翩翩；灵猴嬉戏，琴蛙奏弹；奇花铺径，百花争艳，姹紫嫣红，别有洞天！

我们到达景区后，乘坐观光车到雷洞坪停车场，游玩杜鹃、冷杉林保护区后，到接引殿坐金顶索道到金顶。

金顶为峨眉山顶峰之一，仅次于万佛顶，海拔 3000 多米。金顶上有光相寺（普光殿）、卧云庵等，可以欣赏日出、云海、佛光、圣灯等四大奇景。

我站在观景台远眺，只见云涛汹涌如万马奔腾，雾气皑皑的白色海洋中，几座山峰像在云中飘浮的小岛，远方的贡嘎雪山也时隐时现，与金顶上的宝光（佛光）和圣灯相映成趣。

一尊 48 米高的十方普贤铜像的四周分别是耀日的金殿、雄浑的铜殿、灼灼的银殿和洁白的朝圣大道，在太阳的照射下，光彩夺目，将成都平原尽收眼底，千山万岭起伏如浪，岷江、青衣江、大渡河、大雪山……此时顿觉万象排空，气势磅礴，对天地之奇妙，我惊叹不已！

七、嚣张抢劫峨眉猴

欣赏完金顶，我们坐索道返回，在经过生态猴区时，我们见到了野生猴子的嚣张。一群由猴王带队的猴子拦在路中间，初时有几人投喂，它们表现得还比较乖巧，部分忘记带猴粮的游客可惨了，它们直接跳到游客身上，骑着脖子强抢，口袋和包被翻得乱七八糟。导游说，这算是好的，有的游客可能连同手机也被猴子直接扔到山脚下。两个穿着艳丽衣服的女游客想绕道而行，却被两只猴子发现，扑到她们身上乱摸、拉扯头发，弄得她们非常无奈和哭笑不得！

穿过猴区，我们还欣赏了杜鹃花海、洗象池和一线天等景点，然后返回成都。夏季的峨眉山云低雾浓，细雨时降时停，很难预测，幸亏我们都带了雨具。

光阴似箭，时光荏苒，转眼间，时间在指缝间飞逝，幸亏闪光灯闪烁，为我们留下几千个浪漫和激动的瞬间。

入川第七天，我们在成都天府国际机场告别了天府之国，返回深圳，结束了这次浪漫多彩的四川之旅！

张家界秀湘江情

一、美轮美奂爱晚亭

夏日，我和几位诗友去了一趟湘西张家界，游览张家界的秀丽山水，体验湘西的民族特色风情。首日上午，我们在惠州机场乘机前往星城长沙。接机的是当地旅行社导游小李，她带领我们吃午餐并入住酒店。

下午，小李带我们游玩中国四大名亭之一，坐落在岳麓山清风峡的爱晚亭。爱晚亭原名"红叶亭"，后人受唐代诗人杜牧《山行》中的名句"停车坐爱枫林晚，霜叶红于二月花"启发，将它改名为"爱晚亭"。爱晚亭于抗战中被毁，重建后由毛泽东题书亭名，内刻有毛泽东所书《沁园春·长沙》。

站在橘子洲头远眺，只见浩渺的江面与天际相接，碧波倒映着橘子树的翠绿。岸边，垂柳随着微风轻轻飘扬，清风徐来，沁人心脾，宛如一幅流动的水墨画。漫步在爱晚亭畔，唯见四周绿树成荫，古朴典雅的石阶蜿蜒伸向水边，与周围的亭台楼阁相映成趣，溪水潺潺伴着亭台楼阁，给人一种古朴幽雅的感觉。

在那里，我们瞻仰了恢宏大气的毛泽东雕像，体验了"问苍茫大地，谁主沉浮"的豪迈气概。

随后，我们在华谊兄弟（长沙）电影小镇体验不出国门就能拍摄意大利风情大片的"网红"旅游项目。晚上，我们前往长沙著名特色步行街坡子街和南门口夜市一条街，品尝各种最具地方特色的美食。在黄兴广场地铁站下车，我们穿过古朴的巷道，眼前豁然开朗，古街人潮涌动，身旁路过几对身着汉服的小情侣手挽手，边走边吃臭豆腐，活泼可爱。这里真是600多米成就一条街，"处处是文化，满眼皆历史"，真的很少有像坡子街那样鲜明、深刻地刻画着一座城市烙印的街道。

二、革命圣地韶山情

翌日早餐后，我们乘车前往革命纪念圣地韶山，这里是中国人民的伟大领袖毛泽东主席的故乡，是全国红色革命教育基地。

走进韶山，这里的建筑以红、黄、绿为主色调，给人一种古朴典雅的感觉。韶山的山水景观也是极为秀美，无论是壮观瀑布、潺潺溪流，还是巍峨山峰、茂密森林，都藏匿着无尽的诗意。我等漫步在青石板路上，目睹历史与现代相互交融，心灵仿佛得到了宁静的庇护，一切都变得那么恬静，那么悠然。

在毛泽东故居，我们既能体味他儿时的苦难，又能体味他童年的快乐。毛泽东故居位于韶山村土地冲上屋场，坐南朝北，系土木结构的"凹"字形建筑，故居陈列物中的床、书桌、衣柜及堂屋中的方桌等都是原物。1893年12月26日，毛泽东诞生于此，并在此生活了17年，直至1910年秋，胸怀救国救民的大志外出求学。

接着，我们在毛泽东纪念馆瞻仰毛主席铜像，缅怀伟人的丰功伟绩。我们来到毛泽东铜像广场，虔诚地向毛主席三鞠躬，感受伟人的坚定信仰和无比宽阔的胸怀!

随后，我们来到中共韶山特别支部，追忆共产党人革命的光荣历史，缅怀老一辈无产阶级革命家，感受他们追求真理的壮志、不畏牺牲的豪情。

最后，我们在毛泽东铜像前一起为他敬献花篮，进行了庄严肃穆的瞻仰仪式以表敬仰怀念之情，并在毛泽东铜像前合影留念。

三、世上"奇葩"吊脚楼

离开韶山后，我们乘车前往张家界，参观张家界的地标性建筑七十二奇楼。它高100多米，以建筑形态奇特、镂空门洞奇特、楼层最高等多项"奇葩"创造了世界吊脚楼建筑史的奇迹。

我们到达张家界七十二奇楼时，天色已暮。出现在我们眼前的是一座雄伟壮观、高耸入云的吊脚楼，其独特的造型展现出建筑师的创意和智慧，彰显着设计师的智慧和勇气。

晚饭后，我们到奇楼景区欣赏夜景。走进这个地方，三步一小景，五步一大景，步移景换，步步惊奇。据说，七十二奇楼的建筑风格极具特色，每层楼都采用了不同的设计元素，使得整座建筑显得别致而多样化。七十二奇楼融合了土家族传统文化与现代建筑风格，当夜幕降临，这座高达100多米的土家族吊脚高楼被点亮，美轮美奂。每层亮起的灯光，如同星星般点缀在夜空，独具魅力。七十二奇楼夜景的绚丽、建筑风格的独特，真能让大家领略到土家族文化与现代气息的完美结合。

华灯初上的街道，人头攒动，人流聚集在入梦广场的入楼迎宾鼓或美食街区，品尝汇聚在此的各地特色美食，如西安回民街的牛肉饼、新疆烤羊肉串等，让人垂涎欲滴。我们也同其他游客，一边漫步一边品尝特色美味，还欣赏在迎宾广场、湘西老街和风情民国街等的精彩表演。七十二奇楼的夜景充满浓厚的艺术气息和地方特色，我仿佛走进了一个五彩斑斓的梦境。

四、民族传奇土司城

第三天，我们参观土司城、天门山和玻璃栈道。

早餐后，我们来到国家级AAAA景点，土家族人心中的圣地——土司城，又名"土司王宫"。土司城南倚天门，北靠渍水，是南朝永定年间末代土司覃纯一在他被朝廷封为世袭干总后建造的，距今近300年历史。土司城集吊脚楼群、走马转角楼群于一体，是土家族古代文明的发祥地和凝聚地。城内保存着大量的珍贵文物，素有"南方紫禁城"之称。

覃纯一是土家族的英雄，他曾率领土家族子弟兵抗击倭寇，获得"东南第一功"的荣誉，受到嘉靖皇帝的赏赐。同时，他也是土家族的文化传承者，他收集了大量的土家族文物，编写了《永定土司志》等地方史志和民间著作，为后人留下了宝贵的资料。土司王府的文化内涵是非常丰富的，它不仅是一座建筑，也是一位历史的见证者，一部民族的传奇。

五、武陵之魂天门山

随后，我们游览天门山国家森林公园，登张家界之巅，俯瞰张家界全景，观赏奇妙美丽的盆景花园。天门山文化底蕴深厚，有"武陵之魂"之称，更有"湘西第一神山"的美誉，它兼峰、石、泉、溪、云、林于一体，集雄、奇、秀、险，幽于一身，被誉为"空中原始花园"，因为它的山顶上有一个罕见的世界奇观——天门洞。它南北对穿，拔地依天，宛若一道通天的门户，从此得名天门山。天门洞是世界上海拔最高的天然穿山溶洞，九百九十九级台阶因直达天门洞，被称为"上天梯"。

天门山的主峰海拔有1500多米，一条九十九道弯的盘山公路将我们送到山顶。我们坐在观光车内，随着车子急弯攀爬，两旁都是望不见底的万丈深渊，有的旅友吓得双眼紧闭，紧紧握着车上把手，不敢欣赏窗外的美景，时而还传出阵阵尖叫声。

来到山顶，只见这里云雾缭绕，山石奇特，石笋、石芽遍地皆是。那山石有的像趴在地上晒太阳的乌龟，有的似张着小嘴欢快唱歌的小鸟，有的宛如仰天长啸的野狼……

据说，站在"云梦绝顶"上，晨可观日出红山，夕能赏日落熔金。远眺，东有48座马头山，南有七星山，西有崇山和雄壁岩，北有黄狮寨与天子山；山上，十六山峰，峰峰相连，山下永定城，还有那滔滔澧水河，犹如一匹绿色的长绸，蜿蜒曲折，从西向东漂流远去……

六、惊险刺激玻璃桥

盘龙崖玻璃栈道是天门山悬于峭壁之上的玻璃栈道。它的眺望台、横跨峡谷的木质吊桥，因可与举世闻名的美国大峡谷玻璃走廊"天空之路"相媲美，而有了"东方天空之路"的美誉。

它盘踞于天门山一侧高达 1400 多米的地方，像一头神奇的猛兽在统治一座让人心惊肉跳的悬崖，吸引了许多勇敢的人前往那里，开展一场场极限表演，以考验他们的勇气和力量。

玻璃桥上人流如潮，有的镇定自若，不慌不忙，悠闲地走过玻璃栈道，丝毫没有恐惧之色，放松地观赏着景色；有的因为害怕，站在索道旁不敢向前；有的闭紧双眼，双手摸索着铁索一步一步向前移……几个旅友也恐惧不安起来，他们刚准备走上栈道，一看玻璃栈道上的人群百态，内心又忐忑不安，有的感觉心都跳到了嗓子口了，双手紧扶着护栏，脑门上冒出了豆大的汗珠；还有的双脚开始发软，犹豫要不要临阵脱逃……最后，在大家的鼓励下，他们才下定决心，勇敢地走完了栈道。

七、华彩绽放千古情

傍晚时分，我们返回张家界市入住，晚饭后，游览了张家界千古情区，并观看了张家界千古情的风情歌舞表演。

据说，千古情区是由宋城演艺倾力打造的。它再现了大庸古国万年的历史文化与民族风情，老少同乐，晴雨皆宜。大庸古街内非物质文化遗产和手工作坊云集，游客可近距离体验非遗和高科技项目的魅力，惊喜连连。

千古情风情歌舞宛如琴弦上的温柔旋律，悠扬缠绵，使人陶醉其中，思绪如波澜不惊的湖水般荡漾；似一朵盛开的牡丹，华彩绽放，惹得世间无数眼光黯然失色，只为那一份绝世的美丽；若曲折绵长的古道，铺就一段段伤心离别的过往，却总能在彼此心中清澈宛然地延续；像一本摊开的思念之书，扉页上线条铭刻着永久的痕迹，每一页都是一段永不磨灭的记忆；又仿佛一幅挂满思念的画卷，在风雨沧桑的岁月洗礼下，依然永远存于心灵深处；犹如满天星斗的美丽璀璨，照亮行人的心灵，让人在黑暗中寻找到温暖和希望。

八、森林公园巍峨秀

第四天一早，我们赶往张家界国家森林公园，继续游览黄石寨、杨家界和袁家界。

导游介绍说，有人说张家界有奇峰三千，秀水八百，但不上黄石寨，枉到张家界。正如诗人所云，这里五步称奇，七步叫绝，十步之外，目瞪口呆。它也是天然的大氧吧，除四周碧绿青山外，还有那泉水叮咚，溪流歌唱的金鞭溪水。它每天都热烈欢快地歌唱，欢迎着穿梭如流的游客！

人们都说，张家界有三千奇峰秀丽。真的名不虚传，来这里的人，无不被武陵源奇特的峰林地貌和壮丽的喀斯特景观所倾倒，这里山奇岭峻，山峰形状奇特：有的如唐僧师徒，有的如劈山救母，有的如采药老人，有的又如天女散花……

每天清晨，雾霭缥缈，如梦如幻，笼罩着三千巍峨雄峰，缠绕着森林的茂密苍翠。人和山都还在酣睡，雾却醒着，弥漫行走于山峦之间，赶在太阳升起之前，迷蒙山之空灵，浸润森林之苍翠，陡添山林之神秘。

曙色初露，绚丽喷薄的朝晖，似万把利剑戳向雾的妖娆，它知趣地隐藏妩媚，收敛缭绕，隐匿于山林，苍茫的山脉和叠涌的群峰此刻便带着绿色的韵律，开始谱写新一天的篇章。

漫步在金鞭溪，我们见到了因它而得名，高出峰林之上的金鞭岩。它与其他山峰迥然不同，从山脚到顶巅，像被斧砍刀劈过似的，不长树木，如一条怒举的四方金鞭直指云霄。而金鞭岩紧靠一座巨峰，巨峰酷似鹰首高昂、凌空展翅的雄鹰，一只翅膀有力地怀抱着金鞭岩，气势雄伟，宛如"神鹰护金鞭"。

由于周围山上的林木郁郁葱葱，水土保持得好，水源充足，这一条神奇美丽的溪流常年泉水叮咚。据说，金鞭溪不但拥有壮丽的山峰、清澈的溪流和茂密的森林资源，还有许多珍贵的野生动物资源。

沿着溪旁的石阶攀登而上，我们发现沿路的杉树特别茂盛，一棵棵相互挤挨着，几乎没有一点儿缝隙，就连树上有许多小猴子在跳舞，游客都难以发现。

沿着"杉林幽径"小路漫步，两旁美景让人目不暇接，瞧！天书宝匣、南天一柱、情人山、螺丝山、六奇阁……导游说，自古登黄石寨只有后山一条路，今天大家走的这条一排排陡峭而又曲折的石阶，还是10多年前经人工开凿的呢。

突然，前面传来阵阵悦耳动听的土家山歌，原来是土家族姑娘在前面的点歌台歌唱。一个个身穿靓丽衣裳的土家族姑娘正在载歌载舞，欢迎各位来宾，她们优美的歌声吸引了我们，唤起我们对土家民风的向往，特别是她们的热情好客、淳朴善良！

告别金鞭溪时，夕阳已西斜。于是，我们坐环保观光车返回市里享用晚餐并入住。

九、神奇美妙黄龙洞

第五天的行程是最轻松的一天。

上午，我们去游览黄龙洞。黄龙洞位于武陵源风景名胜区内，属于典型的喀斯特岩溶地貌，是世界自然遗产，曾被评选为"中国最美的旅游溶洞"，其独特的美景吸引了许多游客的到来。

我们惊叹于黄龙洞内部的多层结构，它包括水洞和旱洞，呈现螺旋状的楼上楼、洞下洞的形态。其中最大的洞厅面积可达一万多平方米，足以容纳上万人同时参观。洞内各种流痕、边石、倒石芽等发育良好，由钙质石积物形成的五颜六色绚丽景象的钟乳石让人叫绝。

神奇美妙的地下迷宫，千姿百态，玲珑剔透的石笋、石柱构成了绝美的地下溶洞，洞内千姿百态的钟乳石、石笋、石花，在灯光的映照下璀璨夺目。

十、秀色迷人宝峰湖

下午，我们到自然风光旖旎、文化底蕴丰富的宝峰湖游玩。它是一个以"水"为主的观光游览区。

站在湖边，湖水清澈见底，与周围的山峦和树木相映成趣。湖中的鱼儿悠然游弋，偶尔跃出水面，激起圈圈涟漪，为山间湖面增添了无限生机。

据说，秋天的宝峰湖景色更加诱人，能倒映出天空的蓝和白，宛如一颗璀璨的宝石。

我们乘坐小船，悠然自得地在湖中荡漾，一边仰望悬挂在半山腰上既像飘带又似奶瓶般倒挂的瀑布，一边欣赏由四周茂盛的竹林形成的倒影佳景。

路上，我们跟着土家族姑娘唱起土家山歌，感受当地桑植民歌风情，阵阵幸福欢快的歌声，回荡在宝峰湖的山水间……

十一、夜色迷离张家界

我们从宝峰湖返回市里，才下午4点半左右，于是，我们在张家界市区又游玩了一个多小时。晚饭后，我们漫步在市区的街道上，感受湘西少数民族的别样风情，目睹张家界绚丽多彩的夜色。

唯见潾潾澧水倒映着璀璨的高楼，楼面变化着别致图像，如同飞檐走壁的写意。

那灯光炫目多变的观音大桥、澧水大桥和大庸桥等撑起的彩虹，把颤动的河面和墨色的苍穹搂在怀里，把桥的野性暴露在游客的瞳孔里。横在溪水上的市民广场桥显得安静、委婉，把灯的光辉静静地洒在恬静的古朴山城。

经历岁月磨炼的宝塔已是一个文化地标，在维持着历史传说的尊严！

十二、奇峰秀水天子山

第六天，我们云游天子山和十里画廊。

早上，我们来到天子山脚下，乘景区免费环保车到达天子山四号站，再乘缆车上山，不到一小时便到了山顶。

天子山位于张家界市武陵源区，是武陵源核心景区之一。它与杨家界、张家界国家森林公园、索溪共同构成了武陵源的核心景区。

天子山有着独特的地质地貌，其主要景观为石英砂岩峰林地貌，经过亿万年的地质演化，形成了无数高耸入云的奇峰怪石，堪称大自然的鬼斧神工。天子山的主要景点有神堂湾、点将台、贺龙公园、上天子庙遗址、御笔峰、仙女散花、武士驯马等。其中点将台和神堂湾在去杨家界的方向，距离贺龙公园有点儿距离，可以乘环保车前往。贺龙公园里的贺龙铜像栩栩如生，元帅目光炯炯有神，手持烟斗，仿佛在沉思着国家的未来。

山的正前方有并排的山峰，每排的6根石柱犹如天子批阅奏折的笔，因此人们叫它"御笔峰"。

看到了天子山侧峰的美丽景色，我想，侧峰如此美丽温柔，那主峰一定会更加秀丽柔和。于是，我等迫不及待地登上天子山的主峰，放眼望去却见不到侧峰的美丽柔和，反倒是它的巍峨雄伟让我拍案叫绝。在点将台前，座座独立的山峰挺立在主峰前，像一支英勇善战的军队，正在听候天子的调遣，气势之雄伟，让人叹为观止！除了点将台，还有擎天柱，不仅高险峻伟，更是胸怀宽广壮阔。除此景观外，其他也都是高耸入云的奇峰险石！

看到兼具雄伟壮观与柔和秀丽的天子山，我不禁为大自然的鬼斧神工赞叹不已！天子山的风光，用一句话来概括就是"原始风光自然美"。它天造地设的奇观正如游人曾经所说："谁人识得天子面，归来不看天下山""不游天子山，枉到武陵源"。这里不但有奇山秀水，还有淳朴风情、奇特民俗和风味独特的民族食品欢迎各位游客的光临。

十三、十里画廊景不收

从天子阁步行下山到十里画廊需要半小时左右，我们都上了年纪，体力也不太好，因此我们都乘坐天子山索道下山到十里画廊，再坐观光小火车进行游览观光。

十里画廊位于索溪峪景区，是该景区内的旅游精华。从武陵区县城沿桂荔公路南下，至田家河边。在这条长达10余里的山谷两侧，有丰富的自然景观，人行其间如在画中。沟旁黛峰屏列，山上200多个怪石奇观似人似物，又似鸟似兽。十里画廊长约5000米，沿途群峰竞秀，百岩争奇，茂林修竹，绿野烟村，更有抱朴园等景点缀其间。峡谷两岸林木葱茏，野花飘香，奇峰异石，千姿百态，像一幅巨大的山水画卷，并排悬挂在千仞绝壁之上，秀美绝伦的自然奇观融进仙师画工的水墨丹青之中。十里画廊沿途有转阁楼、寿星迎宾、采药老人、夫妻抱子、向王观书等景点。

这里的青山绿水与云海蓝天早已融为一体，山势奇特而壮丽，无论是山峦的独特造型，还是悬崖峭壁的险峻或是啁啾鸟鸣、叮咚溪水、拂面山风等都让人感受到大自然的宁静和美妙！

从山顶俯瞰，只见山峦环绕，云雾缭绕，美不胜收；溪水清澈见底，群鱼在水中嬉戏，瀑布从崖壁飞流直下激起白花朵朵，十里画廊的山水是这般如梦如幻，令人赞叹和陶醉！真是"峰峦叠翠碧空幽，溪水潺潺伴古流。古木参天遮日影，十里画廊景不收"。

十四、凤凰古城诗画美

从十里画廊离开后，约一个半小时的车程，我们到达凤凰古城。

凤凰古城位于湖南省湘西土家族苗族自治州西南部，是一座历史悠久、文化底蕴深厚的古城，这里有着独特的民俗文化和壮丽的自然风光，被誉为"中国最美的小城"。凤凰古城内主要是明清时期的建筑，这些建筑保留了当时的风貌特色，让人感受到浓郁的历史气息。

凤凰古城旅游资源丰富，沈从文故居、天龙峡漂流、熊希龄故居等是游客们来凤凰古城的必去之地，沱江泛舟、古城墙、古码头等构成了一道美丽的湘西风景线。走进凤凰古城，清澈的沱江、美丽的凤凰山、壮观的龙山等自然景观和苗族、土家族的少数民族风情，无不让游客沉醉其中，全方位地感受凤凰古城的魅力。

晚上，我们夜游凤凰古城，欣赏沱江两岸的醉人夜景。

日落之后的沱江，江风习习，驱散了白天的秋老虎，我们坐游船在江上沿岸欣赏，有的游客还把手伸入水中，感受沱江的那份清新与凉爽。弯月如钩，星光点点，桥前的小瀑布溅起的水雾为夜景增添了一抹抹浪漫与朦胧。

两岸灯光闪烁，倒映在粼粼江面，月色下，江畔的木楼仿佛琼楼玉宇。而江心上的倒影迷离，将岸上散步的游人、江边戏水的儿童和在江面荡漾的我们都收入其中。几叶扁舟在江中游曳，船桨划过，江面的倒影变成片片碎影，瞬间又聚合如旧。暮色中，两岸灯光璀璨，柳树下，酒吧、小摊正在吆喝叫卖。

过了沱江上的小桥，便到了出口，那里有一个金光灿灿的凤凰像，在灯光的照耀下十分美丽。

待游船靠岸，游客穿过影绰人群，有的在临水而设的茶肆酒吧，有的在虹桥风雨楼，有的钻进岸边吊脚楼苗家人餐馆，或独饮，或好友偕欢。此时的古城，已成为游客的曼妙梦境了。

在行程的第七天，早餐后，我们继续游览凤凰古城，参观沱江风光、吊脚楼、青石板路和"最湘西"民俗步行街。

"最湘西"民俗步行街位于凤凰古城的核心区域，靠近沱江古街。拥有保存完好的明清建筑群落，青石板路两旁是依河而建的古老房屋，错落有致。建筑风格融合了汉族、苗族、土家族等多民族特色，尤其是官衙和精美的木雕窗花。我们在明清时期的传统民居尽情享受古城的宁静与浪漫，品尝地道的湘西美食姜糖，吃苗家血粑鸭，再喝上一口香醇的苗家米酒。

我们还在这里欣赏到许多湘西非物质文化遗产及其传承人作品，如屹于街心的黄永玉的风水巨型雕塑"犀牛座"让我们在这块风水宝地感受大师的风范气息，百年历史"凤凰苗族白银锻造工作站"让我们沉醉苗银的海洋，和以"牛角植"为代表的苗族"文书"文化、古老的"湘西茶仓"等。

随后，我们参观了中国现存最古老的石拱桥之一，寓意团聚和祈福的凤凰古桥。我们站在桥上一览江波的碧波漪涟，深感时间的沉淀与历史的厚重。欣赏完凤凰古桥，我们又前往芙蓉镇、洪江古镇，继续体验芙蓉镇的传统苗族民居、美食和民俗文化，洪江古镇的明清时期建筑风格和文化传统，最后观看了独特的夜景表演。

总之，凤凰古城是一座充满历史文化底蕴的古城，游客可以在这里感受到浓郁的少数民族民俗风情，欣赏到壮丽的自然风光，品尝到地道的美食佳肴。

整个行程结束后，我们乘 5 个半小时的车前往衡阳东站，乘坐高铁返回温馨的家，结束了这次轻松愉快的旅途。

诗景交融庐山游

我和几位老同事乘车前往世界自然与文化遗产、世界地质公园、著名的旅游避暑胜地庐山风景区游玩。

第一天下午4点多，我们到达庐山脚下的九江市，正是酷暑炎热天，温度超过38摄氏度，坐在空调车内仍感到外面热浪滚滚。导游替我们在换乘中心购票拼环保车上山，我们到半山时，外面才开始慢慢变凉。伴着清凉的山风，我们抵达庐山，这时的温度才24摄氏度左右，凉风习习，酷暑顿释，神清气爽。

一、风光如画花径香

次日，我们在酒店享用完早餐，乘车前往游览一线景区。我沿着山间小径慢步前行，清风徐来，沁人心脾，偶尔传来几声鸟鸣，别有情趣。路旁开满了各种色彩鲜艳、香气扑鼻、形态万千的花朵，一丛丛、一簇簇、一片片，我们仿佛置身于花的海洋。曲折盘旋于苍松翠柏间的石板小径，两旁花草树木，郁郁葱葱；山径入云，溪流穿林，溪水潺潺流淌，欢快悦耳。一路风光如画，一路花香袭人。这就是当年因白居易作《大林寺桃花》而出名的花径。

当年白居易被贬为江州司马，曾游庐山，写下了"人间四月芳菲尽，山寺桃花始盛开。长恨春归无觅处，不知转入此中来"。现在，花径已辟为公园，园中开遍了有名的庐山云锦杜鹃、庐山芙蓉，还有凤仙花、四季海棠、唐草蒲……花丛中间或突起一块块千姿百态的大石，诡怪异常。公园门口石刻着一副对联："花开山寺，咏留诗人。"湖畔那些掩映在绿树丛中、坐落在山脚下漂亮的房子，是庐山劳动人民的疗养所。

二、水木清华绕草堂

然后，我们去参观白居易草堂。白居易草堂始建于唐长庆四年（824），是白居易任江州司马时所建，故称"庐山草堂"。草堂位于庐山风景名胜区南部的香炉峰下，名为"遗爱村"，是中国传统村落之一。白居易草堂的建筑风格简约而自然，与周围环境融为一体。草堂占地面积3000余亩，其中水面约100亩，是由多个小池塘、水池和假山组成的水景园。园内建筑多为木结构，屋顶覆盖茅草，具有浓郁的田园风味。

站在草堂外细瞧，石涧两旁有古松老杉、飞泉悬瀑。这些自然景观不仅增添了草堂的自然美，也为白居易提供了恬静安适的生活环境。

走进草堂，唯见内部简朴高雅，体现了白居易的园林观和造园理念——草堂以静观为主，以动观为辅，是一个由山水、花木等组成的综合艺术建筑。草堂周围种植了各种植物，如山竹野卉、白莲等，不仅美化了环境，还能提供丰富的自然体验。在飞泉植茗可以就地取材烹茶，享受飞泉和植茗带来的乐趣。草堂东边的瀑布和西边的泉水组成的引流系统，提供了不同的视觉和听觉体验。

据说，草堂的景色也会随着季节的变化而变化：春有山谷繁花，夏有石涧皓云，秋有虎溪明月，冬有炉峰白雪。这些变化为草堂增添了更多的美感和趣味性。总之，白居易的庐山草堂不仅是一个自然景观的集合，还是一个充满人文情怀的空间。

三、岚影波茫如琴湖

从草堂出来，我们去观赏建于1961年，面积约11万平方米，蓄水量约100立方米，湖面形如小提琴的如琴湖。如琴湖坐落庐山西谷，峰岭围抱，森林蓊蔚，环境幽雅。湖心立岛，岛内有许多人工饲养的孔雀，所以名为"孔雀岛"，曲桥连接，上缀水榭，形成绿水青山，相映成趣，驻足岛上纵览四周，妙趣横生。

经过飞来石，穿过一段浓荫蔽日的公路，峰回路转，一泓辽阔澄碧的人工湖便映入眼帘，朝霞穿过云层，一束束地射在湖面，给这片湖披上了绚丽的霓装。湛蓝碧玉的如琴湖像一颗蓝色的宝石，镶嵌在险峰峻岭之中，贪婪地吮吸着太阳的光辉。当源源不断的山泉流入湖中，发出阵阵美妙响声，听上去宛如琴师拨动琴弦，如琴湖因此得名。

站在湖边，我们都为水色奇幻的如琴湖陶醉赞叹。静谧的湖面倒映着山色，清澈见底的湖中，山坑鱼群悠然自在地游弋，时而鱼跃，打碎了湖镜，湖面瞬间变成一匹闪光的彩绸。当黎明的彩霞驱散了山中的幽静，如琴湖又开始喧嚣起来，来了许多游客，有的驾着游艇在水中互相嬉戏追逐；有的迎着太阳似海燕展翅，飞身入湖畅游；还有的捡起薄石片打起水漂子……

湖心上的一座小岛，通过一座精巧的九曲桥与湖岸搭连在一起，亭子古色古香，好似一艘画舫，亭亭玉立坐落在湖心，格外赏心悦目。当云雾笼罩着湖面，亭子在云雾中浮沉缥缈，如同神话中的仙山琼阁。在湖畔的山上，生长着梧桐树、马尾松、冷杉和嫩绿小草，草地上繁花似锦，五彩缤纷，仿佛是如琴湖头上的一个美丽的花环。

四、天桥飞渡天下奇

随后，我们游览明太祖朱元璋绝处逢生之地——天桥、庐山险峰和观妙亭等。

传说朱元璋与陈友谅大战于鄱阳湖，后朱元璋兵败被逼逃上庐山，带着所剩无几的残兵败将慌不择路逃到了悬崖边，下临深谷，前无去路，后有追兵，正在这危急之时，突然天降金龙化作虹桥，朱兵马刚刚过桥脱险，霎时晴天霹雳巨响，龙飞桥断，就此留下天桥奇观。后来朱元璋做了皇帝，这一传说流传至今。后人就势修筑一凌空巨石于深涧上游底部，游人或蹲或立于巨石前端，以远处悬崖作背景，利用视差可以拍得一张感觉惊险的"天桥留影"。

在风光无限的锦绣谷，我们看见群山环抱，绿树成荫，鸟语花香，一条瀑布自山顶飞流而下，直泻谷底，溅起的水雾像白色的雾凇，在绿叶丛中飘荡。山坡两旁，花团锦簇，那朵朵绽放的花像个个害羞的小姑娘，姹紫嫣红，争奇斗艳，真是山青谷翠，水绿岸红，景色是那么迷人。一座高数百丈的巨大山峰酷似雄狮昂首挺胸，直入云霄，犹如擎天玉柱，横亘天际，真感叹大自然的鬼斧神工！

在这里，我们饱览了庐山的群峰叠翠，巍峨挺拔，有的如华山之险峻，有的如金狮狂舞，有的似凤凰展翅，有的像玉屏仙阁，有的像佛祖，有的像仙女，有的在阳光下熠熠生辉，有的在云雾中隐约可见，还有的清泉石上流，声如丝竹，给人以清新的自然之感。

观妙亭是一座用石头堆砌而成的亭子，凭其开阔的视野和独特的景观而闻名。我们从亭中远眺，山麓远近的景物一览无余，感受到大自然的壮丽与灵动。据介绍，站在这里，人们可以听到钟声、松声、蝉鸣声，看到夕阳、晚照、晚霞，每一种声音和景色都能带来不同的感受和启发。

在观妙亭，游客可以将锦绣谷的劲松、险峰、谈判台、天桥、御碑亭等尽收眼底，它是观赏庐山云雾的最佳位置之一。

从观妙亭出来，我们游览了谈判台，它原为朱元璋所建，1946年，美国特使马歇尔曾八上庐山为国共调处谈判，在这里面见蒋介石。

五、福地洞天仙人洞

而后，我们来到福地洞天仙人洞。它位于庐山天池山西麓，是一个由沙崖构成的岩石洞。由于大自然的不断风化和山水长期冲刷，慢慢形成天然洞窟，因其形似佛手，故名"佛手岩"。

仙人洞的进口处为一圆形石门，门上镌刻"仙人洞"三字。洞的两边刻有两行对联"仙踪渺黄鹤，人事忆白莲"。入圆门便见一个大巨石横卧山中，宛若一只大蟾蜍伸腿欲跃，人称"蟾蜍石"。石上有一株苍松，名"石松"。石松凌空展开两条绿臂，作拥抱态，松下石面镌刻有"纵览云飞"四个大字。其根须虽裸露，却能迎风挺立，千百年不倒，充分显示了庐山松特有的坚强不屈的性格，堪称庐山奇景。

从谷口向远方眺望，满眼朴实无华、恬静秀丽，茫茫云海，江流苍苍，颇有远离尘世的感觉。这里的飞岩可栖身，清泉可洗心。相传，唐代名道吕洞宾曾在此洞中修炼，直至成仙，后人为奉祠吕洞宾，将佛手岩更名为"仙人洞"。

随洞内小道逶迤而下，苍翠崖壁间一岩洞豁然中开，洞高达 7 米，深逾 14 米。洞壁冰岩麻皱，横斜错落，清晰地记载着它那漫长的岁月。洞内纯阳殿立有吕洞宾身背宝剑的石雕像。两旁有两副对联："称师亦称祖，是道仍是儒""古洞千年灵异，岳阳三醉神仙"。在洞穴最深处有两道泉水沿石而下，流入天然石窨中，响水叮咚，悦耳动听。石窨外用石板石柱构成护栏，石柱上镌刻"山高水滴千秋不断，石上清泉万古长流"的对联。泉水清澈晶莹，其味甘甜。水中含有多种矿物质，比重大，镍币高于碗口不溢，平置不沉。此处青峰与奇岩竞秀，碧泉与幽洞争妍。绕洞的云雾，时而浓如泼墨，时而淡似青烟，变幻多姿。洞旁苍色的山岩下，依山临壑建有一栋斗拱彩绘、飞檐凌空的老君殿阁。

洞周围的峭崖悬壁上，古刻峥嵘，如"云根""佛手岩""同舟共济""贤者乐此""仙源无二""总览群真""常乐我净"等，这些摩崖石刻，为青峰秀峦增添了几分妩媚诗意，将后人的眼光引向历史的纵深。

六、俊奇巧秀建筑群

在不知不觉中，上午三个多小时过去了，欣赏完仙人洞和御碑亭，我们在山上吃午饭。下午，我们继续参观庐山会议旧址。

庐山会议旧址位于江西省九江市庐山牯岭东谷长冲河畔，民国时期庐山三大建筑之一，于 1937 年落成，名"庐山大礼堂"，新中国成立后改名"庐山人民剧院"，外表壮观，内饰华丽。1959 年的中国共产党八届八中全会、1961 年的中央工作会议和 1970 年的九届二中全会均在此召开，这三次重要会议由毛泽东主持。现已开辟为庐山会议纪念馆，里面保存着当年许多珍贵的实物、照片、材料和根据纪录片制作的视频，供游客观看学习。庐山有 16 个国家不同风格的别墅 1000 余栋，建筑面积达到 50 余万平方米。

随后，我们参观了庐山建筑别墅群。其中，美庐别墅是蒋介石和宋美龄在庐山最钟爱的别墅，它曾是蒋介石的夏季官邸，是当年"第一夫人"生活的"美式房子"。美庐别墅的历史轨迹与世纪风云紧密相连，后来，它是毛泽东在庐山开会期间的住处，成为中国唯一一栋住过国共两党最高领导人的别墅。

接着，我们参观了毛泽东的庐山旧居"庐林一号别墅"庐山博物馆。庐林湖边有一座别墅叫"庐林一号"，1961 年，毛泽东二上庐山，曾在此居住了两个月，这是毛泽东在庐山生活最长的一次，他曾在附近的庐林湖中游泳。1985 年，当地将此改作庐山博物馆。

晚上，我们在山上吃饭并在庐山旅馆休息。

七、山光水色含鄱口

第三天，享用完早餐，我们出发游览"春如梦、夏如滴、秋如醉、冬如玉"的含鄱口。

含鄱口位于庐山东谷含鄱岭中央，以一个巨大豁口朝向鄱阳湖，其势若吞吸鄱阳湖水而得名。含鄱口海拔 1200 多米，东接五老峰，西傍九奇峰，北靠大月山，西南倚汉阳峰。其状峦如鳌背，向前伸展，是大自然雕琢出的游览长廊。含鄱口的西端"长廊"入口处，建有石构的牌坊和含鄱亭、望鄱亭等建筑，造型各具特色。

导游介绍说，含鄱口景观素以湖光山色著称，其中最负盛名的是日出时的景色。秋冬季节，清晨登临，一轮旭日从鄱阳湖上慢慢升起，不久，万道金光照耀庐山的青山险峰，青山带蓝，白云披红，景象蔚为壮观。

倘观峡谷酿云，常能见到种种云雾变化的奇丽景致。在含鄱口放眼看去，唯见九奇峰、"领袖峰"五老峰、庐山最高峰大汉阳峰等，山势巍峨，群峰争雄，其中以犁头尖峰最为峻峭，当云海向犁头尖峰云集时，常常会出现耕云播雾的奇观。含鄱口前的大峡谷是由这些峰壑形成的，也是云雾孕育之处。

俯瞰，可见我国最大的淡水湖——鄱阳湖，欣赏其湖光山色、烟波浩渺的美丽风光。

沿着含鄱口的山道下行，可抵太乙村。太乙村在太乙峰下，有18幢景幽境清的石屋，屋间相距数十步，皆由林荫石径相连，是当时广东军官的别墅，始建于1922年，如今是一个理想的休养胜地。

接下来，我们参观了庐山植物园。庐山植物园建于1934年，原称"庐山森林植物园"，是一座亚热带高山植物园。目前，园内已种植3400多种植物，储藏名贵植物标本10万多份。

八、喷雪鸣雷三叠泉

随后，我们坐往返小火车游"不到三叠泉，不算庐山客""世界上最壮丽最优美的喀斯特瀑布"——三叠泉瀑布。此瀑布位于五老峰东面大峡谷中。涧水由五老峰崖口流出，分三级跌下，故名"三叠泉"，是古今登庐山的游客必到之地。

我们坐着庐山特有的地铁式缆车来到了三叠泉入口处，从这里到瀑布景点还有2000多级台阶。于是，我们沿阶而下，由于阶梯又长又陡，大家累得双脚都几乎抬不起来了，休息了一会儿，又前行。直到听到振奋人心的瀑布响声越来越近了，大家才精神振作起来，看到了朝思暮想的"飞流直下三千尺"。

到了山谷下，我们瞧见峭壁的飞瀑分三级飞泻而下，总落差有150多米，极为壮观，令人震撼！三级飞泉各有特色：第一级，飞泉从20多米的山巅脊背垂直而倾；第二级，飞泉弯曲入潭；第三级，飞泉飞珠溅玉。真是"上级如飘雪拖练，中级如碎玉摧冰，下级如玉龙走潭"。三叠泉瀑布像一条白色丝绸，直泻而下，喷雪鸣雷，水溅雾珠。我扶着石头来到瀑布的浅水潭里，潭中石头五彩缤纷，大小不一，轻轻拂着泉水……

站在最底层的潭池仰望，晶莹剔透的飞瀑在阳光的照耀下闪闪发光，从天而降溅起无数晶莹的水珠，像白练腾空，又像白鹭上下争飞。飞瀑声跌宕起伏，水流的气势和音韵形成千寻飞瀑，让人拍案叫绝！正如唐代诗人李白所云："日照香炉生紫烟，遥看瀑布挂前川。飞流直下三千尺，疑是银河落九天。"

不知不觉时间过去两个多小时，我们该原路返回了。望着陡峭的阶梯，大伙儿腿都发软了，只能扶着石阶的栏杆慢慢往上走，但不一会儿还是汗流浃背，气喘吁吁……这时，我们发现每隔一段路都会有几个人和两三个竹轿子停在石阶边上，原来这是专门为上山的游客服务的。我们问了下价格，坐轿子上山的费用按体重计算，每斤 10 元。开始，大家都想坚持自己走，但过不了多久，大伙儿还是打算坐轿子。近一个小时，大伙儿总算上去了。看着汗流浃背的抬轿师傅，我深感没有地理优势的山民挣钱是多么艰辛，也真佩服他们为了家庭妻儿这么勤奋努力。于是，我下轿子时多给了他们几百元，为他们健壮的身体点赞！

九、神池浩渺小天池

午饭后，我们继续游览小天池。它坐落于庐山北部，游客从牯岭街出发，沿山北公路约行 1000 米，即可抵小天池山下。循石级登上山顶，可见一口清波泛碧的水池位于中央，面圆如镜，晶莹剔透，这就是"春不溢，冬不涸"的小天池。小天池的山脊薄窄，东西面均为陡峭山崖，面临山谷，顺坡而下即为山麓。登临山顶，东望鄱阳湖烟波浩渺，西眺长江如练。山对面的千仞绝壁上有一怪石凌空突兀，远望似一雄鹰伸颈欲鸣，故名"鹰嘴崖"，中国著名画家徐悲鸿曾在这里写生。鹰首处由巨石叠就，一石伸出鹰嘴崖，石缝中绿树芳草婆娑似羽毛，名为"鹞鹰嘴"。

伫立小天池山顶，俯瞰江湖浩渺，岗阜起伏，映入眼帘的是一幅"山光水色兼具，岚影波光并收"的天然山水画；北望九江，摩天高楼，村舍栉比，工厂林立，真可谓"九派浔阳郡分明图"。小天池西侧悬崖凌空突出，崖上建有一亭，是朝观日出、暮观晚霞、欣赏云海的最佳地方之一。相传，当年朱元璋和陈友谅大战于鄱阳湖时，屯兵庐山，饮马于小天池；又传说云山天国最小的公主穿着百羽仙衣临此下池沐浴过，故全名"小天女浴池"。

十、隐于云海望江亭

接着，我们游览望江亭。

庐山常年云雾缭绕，总带给人神秘感。望江亭便是观看庐山瞬息万变的云海奇观的一大景点。在上山路上，仰望几乎被云海和绿丛淹没的望江亭，这小小的亭子看起来是那么渺小，随时淡时浓的云雾飘荡，若隐若现。低头俯瞰，隐约看见波涛起伏的江水向前奔涌，时而撞击江面的巨石，溅起了白花朵朵。站在小亭放眼望去，可一览云海瞬息万变的奇观。

这一边云雾弥漫，另一边却晴空万里。云雾时而如薄薄的白纱，轻飘而过；时而如滔天巨浪，呼啸而来；时而如孩子依赖母亲般不肯散去；时而如风般转瞬即逝。云的形状更是多变：有的像白色的巨龙在亭子上方盘旋；有的如两条摆着长尾的鱼，慢慢地游到了亭边，可当阵风吹来，它们或躲进洞里，或随风飘散。在不同的时间，云雾还有不同的颜色：在太阳还没有升起时，云雾如和蔼的老人，幽静而苍白；当太阳初升时，云雾如羞涩的少女，脸颊绯红。

美丽神秘的庐山云雾，洁白如雪一尘不染，云海茫茫，拂在脸上，是那样沁人心脾！

十一、静谧龙潭神仙宅

随后，我们欣赏乌龙潭、黄龙潭和黄龙寺。

庐山山谷，浓荫遮空，枝木掩日，有无数溪涧瀑潭，其中黄龙潭与乌龙潭最为著名。黄龙潭的特点是幽深、静谧，藏于古木参天的峡谷之间，两边岩壁颇深且峭，中间倾斜裂石形成落差。黄龙潭潭周三壁矗立，正面峭悬如阶，长年飞瀑而下，似龙俯首坠潭；潭顶绿荫遮盖，凉爽静谧宜人，身坐潭旁，酷暑顿失，潭前面的石崖上，刻有"龙泉"和"静听"字样。20 世纪 80 年代电视连续剧《西游记》水帘洞取景地就在乌龙潭，而黄龙潭则是现在庐山电影院每天必放的 20 世纪 80 年代经典电影《庐山恋》取景地。

晚饭后，我们观看了电影《庐山恋》，回味青春年少时的激动！

黄龙寺位于庐山玉屏峰麓，前对天王峰，后枕玉屏峰，西为赐经亭，下临大溪，寺宇万山环抱，松杉碧绕，修篁蔽日，景色奇幽，也是庐山的旅游胜地之一。

一晃三天过去了。庐山，溪水河川秀丽，峡谷山峰俊美，多少人流连忘返，多少人朝思暮想。古往今来，无数文人墨客在庐山留下了许多脍炙人口的诗篇，如"匡庐山高高几重，山雨山烟浓复浓""秀作神仙宅，灵为风雨根""庐山竹影几千秋，云锁高峰水自流"等，当然，最为后人传颂的一首诗是唐代诗人李白所作的《望庐山瀑布》。

十二、浓荫蔽日三宝树

在黄龙潭沿林间石阶上行，就到了三宝树，因三株特殊的古树而得名。

我们伫立在黄龙寺旁，观赏两棵柳杉和一棵银杏。这三棵古树粗壮高大，凌空耸立，形同宝塔。站在树下，感觉浓荫蔽日，绿浪连天，它们见证了千百年的风雨变迁，承载着庐山的历史和文化。

据说，每年秋季，它们便是庐山的一道最靓丽的风景。当秋风把银杏树叶子染成金黄色时，阳光洒落在林间的树叶上，光影斑驳，一片亮黄，"层林尽染银杏黄，深秋山阑光景新"，呈现出"满城尽带黄金甲，秋山秋叶染缤纷"的自然景色。

庐山之行脚步匆匆，第四天，我们恋恋不舍地告别了庐山仙境，在九江德安站乘动车返回惠州。

黄山路上诗意浓

秋初，我和诗友们到黄山旅游，欣赏它的奇石怪松和山水风光。在去黄山的路上，见到了许多让人难以忘怀的美景。

一、寻觅赣州古桥巷

出发第一天，我们在惠州北站乘坐高铁前往江西赣州。抵达后，先游览北宋时期为防洪水而用砖石修筑的古浮桥。

导游介绍说，赣州古浮桥学名叫"惠民桥"，又叫"建春门浮桥"，长约400米，连接贡江的两端，始建于南宋乾道年间，至今已有800多年。

它是中国古代桥梁建筑的珍贵遗产，也是赣州这座城市发展和变迁的历史文化见证者之一。同时，古浮桥还是一个鱼市集地，因为附近的渔民都喜欢将船停靠在浮桥边，向路人兜售自己的鱼干，因此形成一个鱼市。再往前便是游泳爱好者的聚集地。

当下正值夏季。晨曦中，满江都是晨泳爱好者在这里互相切磋泳技。江面上，两条小船载着游客，沿岸欣赏贡江秀丽风光……如今，古浮桥已经成为赣州的一个旅游景点，吸引着来自世界各地的游客前来参观。

当踏上古浮桥欣赏赣江的美丽风光时，我不但领略到这座古老浮桥的独特魅力和赣州深厚的历史文化底蕴，还深深感受到古老赣州人民的勤劳智慧与崇尚科学的创新精神。

随后，我们走进百年古街巷——灶儿巷。它位于赣州城东部，全长200多米，有赣南客家建筑、赣中天井式建筑、徽派建筑、西洋风建筑。灶儿巷是赣州众多历史文化街巷的一个典型代表，明代称"姜家巷"，清代又称"皂儿巷"，因为清初衙役穿皂色（黑色）服装而得名，后谐音成了"灶儿巷"。它是宋石明砖清瓦垒叠起的典型古城。

走进古巷，满眼是历经沧桑的飞檐、花楣、雕窗，泛映着曾经的模样……而鹅卵石拼成的巷路，一个个"明钱"图案仿佛把时光截留在一个木屐踢踏作响的时代，让人陡生亲切与怀想！

二、纪念碑前祭先烈

游览完古浮桥和灶儿巷，我们又前往英雄城——南昌。

到了南昌，我们前往八一南昌起义纪念塔，祭奠先烈。八一南昌纪念塔的塔身正面是叶剑英题写的"八一南昌起义纪念塔"九个铜胎鎏金大字，塔座正面镌刻"八一南昌起义"简介碑文，其他三面分别是"宣布起义""攻打敌营""欢呼胜利"三幅大型花岗石浮雕。塔身两侧各有一片翼墙，嵌有青松和万年青环抱的中国工农红军旗徽浮雕。塔顶由直立的花岗石雕"汉阳造"步枪和用红色花岗岩石拼贴的八一军旗共同组成。

"历史烟云消散去，至今犹挽射雕弓。"南昌起义是中国共产党领导下的一次伟大壮举，为中国革命的历史进程注入了勇气与希望，是中华大地的第一次伟大觉醒，它唤醒了中国人民的民族自尊心和革命热情。在南昌起义的炮火声中，中国共产党的初心和信念被铸就成更加坚不可摧的钢铁意志。

我们在碑前献花，祭奠先烈英灵！

晚上，我们入住酒店。

三、如梦如幻望仙谷

第二天，我们从南昌出发，前往江西上饶望仙谷和婺源游玩。我们定的第一站是短视频平台上的热门景区——望仙谷。

望仙谷风景优美，旅游项目丰富，如峡谷漂流、染房体验等，游客可以在各个"拍照打卡点"，如白鹤崖、墨池、作坊街等一边练习摄影技术一边欣赏美丽的风景。

我们到达望仙谷时已是上午，但仍能体验到其清晨的宁静和美丽。翠绿环绕的望仙谷，青山绿水，云雾缭绕，瀑布飞流直下似雾如纱，河水清澈见底，群群鱼儿在悠然游弋……

清晨的阳光洒在绿意盎然的峡谷，给人宁静祥和的感觉。抬头仰望，只见悬崖峭壁云雾环绕，栋栋金色小屋悬挂在悬崖峭壁的半山腰，一条条长长的石梯将它们串在一起，宛如一条条金色项链。低头俯视，只见蜿蜒连绵的山谷、潺潺流水、谷底村落和商业街等。

我们漫步在望仙谷的栈道上，呼吸着清新的空气，听着鸟语花香，感受大自然的恩赐。导游带我们来到一座单拱钢结构的红色大桥，他说这座桥叫青云桥，跨度 35 米。大家纳闷：为什么红色的桥却有"绿色的名"？导游解释道，青云桥上面原来有一座红色的木质微拱桥，因年份久远而坏了，现采用钢架结构修复，红色是为了还原从前的桥貌。

我们漫步微拱桥，因弧度不大，在上面行走像走平地一样，不知不觉就到了桥顶，真有点儿"平步青云"的感觉，这座桥也因此"好彩头"而得名。导游笑着对大伙儿说，大家过了青云桥，再踏青云梯，从此就红运当头了！

我们行走在寻仙路，唯见这里既有青石板路，也有峡谷栈道，沿着天然地形，曲折回转，蜿蜒在九牛峡谷之中。山里的步道从古至今用的都是这种很粗糙的毛石，据说，这种毛石有防滑的作用，这说明古代工匠真是太聪明了！

栈道沿途鸟声啾啾，水声潺潺，四时之景各有不同。

沿河而建的这座桥叫廊桥，是典型的江西风雨廊桥，桥体采用了抬梁式架构，在立柱上架梁，梁上又抬梁，层层叠落直到屋脊，各个梁头上再架上檩条同来承托屋椽，结构和工艺十分复杂。

听导游介绍，望仙谷的夜色更美，令人叹为观止。晚上，这里有 4D 灯光秀，它从悬崖顶上朝鹤楼的灯光闪烁开始，自带玉宇琼楼的仙气，与其他地方的灯光秀大不相同。

行至白鹤崖，仰望从朝鹤楼上喷薄而出的光柱冲破雨雾，散发光芒。丝丝光柱，缕缕如烟，似箭似柱，直指夜空。它时而直射，时而平扫，变换不同身姿和色彩，多彩的灯光，时而如彩带，时而如秀发，轻抚山岚和楼宇，绕过山涧，拥抱翠林，最后将七彩余光照进瀑布，融入溪流，幻影成仙。

这就是静谧如诗的世外桃源——望仙谷，它把绿色环抱的悬崖陡壁装点得美丽迷人，让我们尽享人间仙境般美色。

四、黄山妙笔绘风华

第三天，我们前往黄山风景区，车程约一个半小时。

黄山是天之骄子，国之瑰宝，世界奇观，大自然的绝唱。它是世界文化遗产、世界自然遗产和世界地质公园，是山岳型国家重点风景名胜区，与长江、长城和黄河齐名，成为中华民族的象征，被世人誉为"天下第一奇山"。

到达黄山后，我们在换乘中心改坐景区公交车到慈光阁站，再乘坐玉屏索道到玉屏站。

玉屏索道就像大自然的梦幻地铁，带我们穿越云海，带着我们对大美黄山的向往游玩人间仙境。

缆车徐徐上升，我扶栏远眺，一幅幅山水诗画扑入眼帘：云雾缭绕的天都峰和莲花峰渐渐露出其雄伟壮观的身姿，那散落在黄山的奇石有的如兽类在林间漫步，有的如仙女在舞蹈，还有的在听松风阵阵。奇石形态多样，或雄伟壮观，或精致玲珑，或幽静深邃，或奇幻莫测，让人印象深刻。

生长在岩石缝里的黄山松翠绿挺拔，如同一道道绿色屏障，屹立在两座山峰之巅。千百年来，这些古老的松树在风雨中傲然挺立，岁月流转，它们依然保持着最初的坚韧不拔，历经风霜雨雪，四季常青，在云雾缭绕间见证大自然的奇妙和时代的变迁。

奇石怪松两者各有千百状，凹凸横竖皆成景，相映成趣。

俯首山涧，溪流尽收。眼下正是夏雨滋润黄山的时节，静坐缆车，透过车窗俯瞰，飞瀑流泉从我们眼前奔流，水雾溅湿衣裳。不一会儿，我们穿过雄山怪石和奇松险壑到了玉屏站。走出缆车，满眼绿意盎然，我们下行前去欣赏黄山第一松——迎客松。

迎客松是黄山的标志性景观，生长在海拔 1000 余米的黄山玉屏景区，倚狮石破石而生，高约 10 米，树围超过 2 米，手臂枝（倒一枝）长近 10 米，寿逾千年。迎客松以手臂枝闻名，因其如人伸出手臂在欢迎远道而来的客人而得名，看上去雍容大度，姿态优美。迎客松不仅代表了人与人之间的友好交往，也给人们带来了美的享受和艺术灵感，被人们赋予热情好客、坚韧不拔、长寿、吉祥等多重意义。

"独立千年守寂寥，迎客松立地常青。"迎客松和黄山的其他松树有所不同，因为它生长在悬崖上，且是游客从南大门进入黄山后到达的第一个景点，它怎么不算黄山的司仪呢？

游览黄山，你会发现这里的松树遍布峰壑，破石而生，盘根错节于危岩峭壁之上，或雄壮挺拔，或婀娜多姿，展示着其顽强的生命力。

从迎客松出来，我们继续向莲花峰攀登。

站在莲花峰极目四周，但见"山色苍茫渺渺间，轻云薄雾自开颜。奇峰突起莲花状，险壑千寻似碧环"。眼前的莲花峰如同一朵盛开的芙蓉花，又像一位亭亭玉立的少女，矗立在景色秀丽、云海缭绕的群山环抱中。

在莲花峰西北麓的峭壁上有一条险峻陡峭的登峰蹬道——百步云梯，其起步处不远有两块巨石，一块形如龟，一块形如蛇，百步云梯从两石间穿过，因龟蛇二石镇守在梯口，故又叫"龟蛇守云梯"。

走过百步云梯就到了传说中的"一线天"，通往一线天的台阶非常窄，只允许一位游客通过，要耐心等待。一路上去，台阶没有扶手，而且又陡又长，走的时候，大家都是一个挨着一个，慢慢地爬，格外小心。其险峻正如明代诗人唐世靖所云："一线天高不可升，穿云深处有梯登。猿惊难上回山木，鸟骇迟飞落野藤。行客携筇常起伏，山僧着屐每凌兢。后阶先幸奇松护，独立能遮最上层。"

望着云雾缭绕的天梯，我们几个年纪偏大的选择坐缆车上山，三个年轻诗友则徒步攀爬。经过近一个半小时，他们才气喘吁吁地爬上山巅。

穿过百步云梯和一线天到达光明顶后，向西行进，经过海心亭，来到高 1700 多米，峰以形名，如巨大高昂的鲸首的鳌鱼峰。它的峰顶景色雄伟壮丽，左边是高耸云霄的莲花峰，右边是从天而降的西海飞来石，前面是宽阔的南海，后为风景秀丽的光明顶。

但是，观看鳌鱼峰的最佳地点在百步云梯。站在百步云梯回望鳌鱼峰，一条硕大无比的巨鲸就展现在游客面前。其圆长高昂的鲸身，巨大高昂的鲸首，活灵活现；鲸嘴大张，大有鲸吞之势。峰前有数石，远望似螺蛳，构成"鳌鱼吃螺蛳""老鳌下蛋"等奇景。鳌鱼峰耸立于群山之中，峰顶直插云霄，巍峨壮观，令人赞叹不已！

站在鳌鱼峰的观景台远眺壮阔的山峦和汹涌的云海，令人激动澎湃：东南面云雾弥漫着山谷，随着阵风来去无踪，变化难卜；北面的光明顶则阳光普照艳阳日，西边却是云静天蓝。

穿过光明顶，我们参观黄山千古奇石的代表飞来石。飞来石重达数百吨，却稳固地立在山顶，犹如从天外飞石，故名"飞来石"。它像一只巨大的鹰隼独立于崖壁上，似乎随时都会展翅高飞，又似一叶扁舟航行在波涛汹涌的云海中。它上窄下窄，远远看去，酷似一个巨大的桃子，又被称为"仙桃石"。飞来石的底部悬空，仿佛随时都会倾倒，但历经千年的风雨侵蚀，它依然屹立不倒，给人们带来了无尽的惊奇和感叹。

传说，飞来石是女娲补天时留下的，就连四大名著之一《红楼梦》中记载"石头记"故事的大石头，也说的是飞来石。

感叹完飞来石的奇，我们继续前往排云亭。它位于西海门，是一座长形的花岗岩条石结构的休息观景亭，面积约 20 平方米，亭前有约 70 平方米的观景台，游客可扶石栏饱览西海奇景：箭林般的峰峦，每当云雾萦绕，时隐时现，酷似大海之中的无数岛屿；俯瞰，是深不可测的西海峡谷；仰望，是层峦叠嶂的西海峰林，阳光穿过峰林，光线深浅不一，明暗不同，立体感强；云雾遮阳，山色空蒙，变幻万状，蔚为壮观。

深谷中的云雾升腾至石亭前常常会骤散，故名"排云亭"。真可谓是："一亭长镌黄山梦，四岩乱敞西海怀。"

从排云亭下来，已近下午两点了，整个上午，我们一路攀登和雀跃，肚子和双腿都在严重抗议。于是，我们在排云亭宾馆用午餐并休息，到下午三点半才继续游玩其他景点。

在去排云亭宾馆的路上，我望着一派生机勃勃、云海翻腾、松涛阵阵的黄山，心情非常愉悦。

由于时间紧和大家的体力有限，下午我们仅游览了妙笔生花、始信峰和白鹅岭三个景点，就乘云谷索道返回。

黄山始信峰在黄山北海散花坞东，凸起于绝壑之上。这里峭石争艳，奇松林立，三面临空，悬崖千丈，云蒸霞蔚，风姿独秀。相传，明代黄习远自云谷寺游至此峰，如入画境，似幻而真，方信黄山风景奇绝，并为其题名"始信"。

随后，我站在白鹅岭远眺，连绵的仙山在天际漂泊，那绝美的云海、如林的山峰……美得人心旷神怡、精神爽朗，完全陶醉在这怪石峙立，云海飘逸的景色之中。

晚上，仙女收起她的红装，日落云海的奇观或尽染群峰的晚霞都沉寂了，太阳就这样慢慢地、静悄悄地消失在林峰间。

我们下行至北海宾馆附近时已是下午四点多，赶不上云谷索道最后一趟下山缆车。我们只好在北海宾馆吃晚饭并入住，直到次日清晨看完温柔的黄山日出再下山。

五、温柔的黄山日出

翌日清晨，我们早早来到丹霞峰，遥望东方的壮观时刻。

当第一缕阳光穿透云层，抚平山间的朦胧，山巅冉冉吐出一个陀红色的笑脸时，天空由深蓝渐变为淡蓝，再由淡蓝渐变为柔和的粉色。太阳挣扎着穿越地平线，仿佛一颗巨大的钻石，在灰暗的天空中崭露头角，它身上的金色光辉描绘出天边的彩霞，云层仿佛被点燃，变成了橙色、红色、紫色……

渐渐地，太阳完全离开了地平线，天空被阳光染得通红，云海被阳光穿透，世界仿佛披上了一层金色的纱衣……黄山的森林、山谷、河流都沐浴在阳光下，宁静美丽。灿烂金光照亮了黄山的每一处角落，驱散了夜晚的寒冷和阴暗，带来了新的生命和希望。此时，日出、云海、松涛组成了黄山的三重奏。

我们站在丹霞峰下欢呼雀跃，远眺日出，清晨的云海遮挡了太阳的部分光芒，黄山的日出显得格外温柔可爱！

在黄山看完日出，用过早餐后，我们乘云谷索道下山，转乘观光车至黄山南大门，告别黄山。

六、千年驿道瓷艺扬

离开黄山后，我们乘车继续前往婺源瑶湾。

瑶湾坐落在历史文化古村考水村两米外的山坳中，是中华"明经胡氏"的发源地。瑶湾自然风光美丽，群山围绕，溪水长流。在瑶湾，我们参观了酿酒作坊、小手工作坊、制茶作坊、小吃作坊、私塾等明清祖辈的生活印迹，游览了进士第、文昌阁、郡马楼等清一色官邸人家，与宗祠古院、琴房书院、舞榭歌台等展现千年前大唐遗风的特色建筑。

午饭后，我们前往景德镇瑶里古镇游览。

景德镇的古镇瑶里素有"瓷之源、茶之乡、林之海"的美称。瑶里，古名"窑里"，因瓷窑扬名中外，从唐代中叶开始，这里就是全国陶瓷生产重镇。直到20世纪初瓷窑外迁，"窑里"才改名为"瑶里"。

瑶里古镇始建于西汉末年，迄今已有2000多年历史，宋代制瓷业迅速发展，瑶里达到了辉煌的顶峰，也带动了相邻的景德镇的发展，景德镇后来居上，名气超过了瑶里，以后成为一个地级市。而瑶里重归寂静，成为一个古镇。

七、江湖两色绝奇观

随后，我们又乘车赴中国第一大淡水湖鄱阳湖，游览鄱阳湖的候鸟栖息地。它位于鄱阳湖的中段，孤峰独特，雄踞中流，威镇鄱湖，以神奇峻拔，物华灵秀著称于世，是鄱阳湖中的第一绝景。

接着，我们乘船游览鄱阳湖和长江交会处形成的天然绝景：江水西来浑浊，湖水南来清澈，在千古名山石钟山下形成一条延绵 50 余米的清浊分界线的"江湖两色"，吸引了众多游客前来观赏。然后，乘车游苏轼《石钟山记》的石钟山。远望"江湖锁钥"石钟山的险要地势，陡峭峥嵘。由于夕阳已西下，我们没有登临山上，远眺群山烟云，俯瞰江湖清浊。

晚餐后，我们入住湖口君安大酒店。

八、巍峨的东林大佛

第六天，我们前往参观东林寺的东林大佛。

东林大佛是世界上现存最高的石料坐佛，也是中国唯一一座中式石质楼阁式大佛。它坐落在宝珠山山顶，山势挺拔，山腰绿树环绕，形成了典型的南方山水风光。

从山下一路攀升而上，顺着山路蜿蜒而行，到达山顶，便可看到巍峨的东林大佛。

漫步在东林大佛的山间小径上，尽享大自然的清新空气和美丽风光。

一座宏伟的佛像，屹立在山林之间，象征着和平与安宁。佛像庄重而威严，给我带来震撼心灵的感受。

最后，我们前往吉安参观庐陵老街后，就由司机陪同前往高铁站，乘坐高铁返回惠州，结束了温馨愉快之旅！

三访海南

一、三亚印象

第六届"中华情"全国诗歌散文联赛颁奖大会于 2020 年 12 月 18 至 21 日在海南三亚召开，我和妻子于 8 月 17 日一起前往。

出发的当天天气很冷，外出的游客很少，从惠州前往广州白云机场的大巴上只有 4 个乘客，大家都戴着口罩，没有交谈。两个多小时后，我们来到曾经熟悉的白云机场。

进入机场候机大厅后，我们首先去自动取票机取票，但我不会操作，环顾四周，昔日人头攒动的大厅如今却乘客寥寥无几，脚步匆匆。正当我困惑时，一位戴着口罩的年轻人走到我的身旁问："叔叔，您是不是想取票？""是。"我赶紧答道。于是，他在一旁指导我取票的步骤，直到出票为止。我作揖连声道谢，他双手回揖，离我而去。走上二楼餐厅用午餐，也是宾客稀少，而且每张桌子只能坐 4 个人，每人都静静地低头吃饭，没有喧闹交谈。进入登机口候机前，安检人员特别认真仔细，除了出示身份证和机票外，人脸识别时还要连眨两次眼，验明正身方可进入。而其他乘客无论是在登机还是在机上，大家都特别安静。

这是我第三次去海南，三次的游览，感受不同风景与故事。

海南是中国最南端的省级行政区，是中国经济特区、自由贸易试验区。省内常住人口大约 1043 万人，陆地（主要包括海南岛和西沙、中沙、南沙群岛）总面积 3.54 万平方千米，海域面积约 200 万平方千米。海南属热带季风海洋性气候，全年暖热，雨量充沛。

1988 年 4 月 13 日，海南省设立，简称"琼"，与此同时，海南岛被划定为海南经济特区。那时，海南正经历着伟大的变革，一切都那么新鲜、好奇。1993 年 3 月初，我和领导一起到云浮、湛江和海南等地考察、交流学习，那是我第一次到海南。我们的人和车都从湛江坐驳船到了海口市，下榻花园酒店。到了海口，一股股暖流扑面而来，晴和的天空，只有丝丝白云飘荡。走在榕树下，椰林里，热情的主人家会滔滔不绝地介绍海南的自然风光和风土人情。

那时，改革开放不久，前来海岛"淘金"的人车水马龙，鱼龙混杂。结束学习交流的那天晚上，我们一行 8 人到酒店一楼的茶座大厅听歌。过了一会，一位服务员问我们要不要开个单间唱 K，并带我们前去看房。房间价钱不贵，一个中房才 150 元（因为大厅每位要 50 元）。进房后，我们看了一下放在座椅上的一张价目表，啤酒和饮料价格也算合理，因此，我们便亮开嗓子尽情高歌。这时，进来了一个服务员和一个貌似酒水销售的女子，她们见我们歌唱得有点儿五音不全，便毛遂自荐，给我们唱一首。当悠扬音乐响起，她的美妙声音确实打动在场的每个人。几首歌下来，大家有点儿熟了，她操着刚学的带着海南口音的普通话说要喝饮料，然后又征求我们的意见能不能喝"酸料"，我们大伙儿正在兴头上，当然满口答应。20 分钟后，服务员送来两扎"酸料"和 10 个洋酒杯。我们很诧异，没有要洋酒，为何要用酒杯？服务员说，是那位女孩点的洋酒。我们便追问那女孩，她说："我是征求过你们的同意才下单的。"她说着，把刚才征求我们同意的录音放了出来。原来，她说的并不是我们理解的"酸料"，而是两种洋酒勾兑的"双料"洋酒。叫来经理一打听，这种"陈年"勾兑的洋酒不但价钱不菲，比"路易十三"洋酒还贵，当时一盎司路易十三价格在 139 元，而此酒要 228 元，并且要在两天之内喝完，否则会变质。说着，他还从座椅缝隙里拿出另外一张酒水价目表，意思是你们已看过价格才同意点的，他们并没有欺诈。当时，我们全被吓得蒙了！看着满满的两扎"洋酒"，我们说还没有喝，要求退，但无果。几经交涉，还请来当地朋友出面，才勉强了结，免除房费、茶水费和服务费，还将"洋酒"原价打了三折，仍要付 3500 元，而我们当时的工资每月只有 200 多元。对此，自以为也算经过风雨的我们大呼上当，却无可奈何……那是我人生经历中感到最羞耻的一件事。从此，我告诫自己，遇事要听清问明，表态要慢三拍。

2006 年，我第二次到海南三亚旅游。那次我不敢贸然自由行，出行全程跟着旅游团。

而这次三亚笔会，出发前我忐忑的心情正像广州当时的天气一样，有点儿阴。

经历一个多小时的飞行，我们到达海口美兰国际机场。下机后，我们想乘公交车到市内，沿途欣赏城市的美景。海口到处是人群和车辆，还有一些叫不出名字的树木和热带水果。一辆前往市内的 21 号公交车来了，我们各自拉着一个旅行箱上车，乘车要刷卡或投币，我没带现金，而刷卡要用微信操作才可以，我也不会，所以无法付钱。乘务员让我们先上，然后教我，并询问我们到哪里。我说，明天要去三亚，不知道在哪里下车更好。她想了想，建议我们在海口东站附近下，一是那里有很多酒店可选择；二是明天可以直接从海口东站坐高铁到三亚，但从机场到海口东站比较远，预计要坐一个小时的车。我们满心欢喜，连忙答应。听到要坐一个小时的车，突然有两个人站起来让座。在我旁边让座的是一位年近 70 的回族老大姐，她说，再过两站她就下车了，让我先坐。我当然不好意思坐，我想，如果她下车后还是空位，我再坐上去，会更绅士礼貌些。于是，我们两人就这样互相推让着。过了两个站，一位孕妇上车来，让她坐了。大约一米五高的老大姐站在近一米八的我的旁边显得有点儿矮，但很精神、慈祥。车一直前行，过了十几个站到了五公祠站，她才下车。我突然恍然大悟，原来老大姐为了我，竟"说谎"了。在她下车经过我跟前的一瞬间，她的背影是那样的高大伟岸，像参天的大树，让我肃然起敬！一路上，海口纤尘不染的街道，青翠欲滴的树木，碧空如洗，天朗气清，惠风和畅，我的心情如同这里的景色，一下子豁然开朗、澄碧无痕！老大姐下车后不久，我们也到了海口东站附近，乘务员建议我们下车，于是我们就在附近的茅台迎宾酒店下榻。

下榻后，我考虑到我们明天下午 6 点到三亚湾仙居府酒店报到都可以，心中也不想错过从海口到三亚的景点，便打算参加从海口到三亚的一日游。经酒店服务员推荐，我约见了旅行社经理。经理听完我的想法后说，我们的时间短，难以接纳安排。他说，从海口到三亚的旅游路线最少要两天，我们的时间几乎都花在去三亚的路上，没办法安排旅游项目。我开始以为旅行社嫌钱少，再三强调，参团的费用按两天计，全额照付。我们认为，高铁的票价和旅行社的价钱差不多，我们的最终目的地是到三亚参加笔会，在路上，能游览多少景点都可以，但经理最终还是没有让我们参团。他说他不能挣昧良心的钱，却还是向我们详细地推荐了乘坐高铁的方法。无奈，我们只能按照他的推荐前往。不出所料，第二天我们用过早餐后坐高铁，大约上午10点出发，中午12点后才到三亚，如果是坐汽车，即使路上不去看任何景点，都要到下午三四点才能到三亚。真感谢那位经理的善意提醒，否则我们将得不偿失。

我们透过高铁车窗，一路上看到了一幅幅美丽的热带风景图。一片片的椰子林如同一道道绿色的屏障，一棵棵高大挺拔的椰子树树形奇特，树干没有分枝，树梢上的绿叶像一把撑开的大伞，伞下果实累累。微风吹来，绿叶摇摆，仿佛在向人们招手，片片椰子林和海南特有的植物和谐地融合在一起，那娇艳欲滴的绿色，饱满葱茏，让人萌生爱怜。这里没有春暖花开、细雨绵绵的含蓄，也没有秋风瑟瑟、落叶飘零的悲壮，更没有冬寒料峭、白雪皑皑的苍凉，四季如夏、鲜花常盛是它的风韵，蓝天碧海、阳光沙滩是它的内涵。

走出高铁站，我们坐车直奔三亚湾仙居府酒店。多年不见，三亚的变化可谓是翻天覆地。一座座高楼大厦拔地而起，干净宽敞的马路，公路两旁茂盛的树木和五颜六色的花朵，将城市装点得分外美丽，方便的交通，便捷的购物，热闹繁华的城市美景，人们心中充满幸福。

在三亚湾仙居府酒店大堂，第六届"中华情"全国诗歌散文联赛组委会的老师们已在等候。他们已为我们办好了入住手续和接下来三天活动的所有必需品，报到后便可入住吃喝……

海南之行的第一天，就如此一路风景暖融融！

二、情绕鹿城

笔会的第二天，第六届"中华情"全国诗歌散文联赛组委会首先安排我们去天涯海角和鹿回头等景区采风，出发时间为早上 7 点 40 分。

不到 6 点，三亚的天已亮了。我和妻子起床梳洗后，一看时间还早，便从酒店走到公路对面的沙滩上。

当我们踏上这片月牙形的松软沙滩放眼大海时，只见晨风拂面，舒爽怡人，细浪横接天地，侃侃而来，浪将沙粒洗刷成洁白的肌肤。面对大海，右侧是排排错落有致拔地而起的高楼，阳台上的绿色小草和鲜花在尽情绽放；左侧小山丘是著名的鹿回头风景区；左前方是凤凰岛上的主体建筑，它们宛如五艘大型远航归来的帆船，透光窗口的灯光，隐约可见主人幸福的笑脸。沙滩上，有的游客在拍海上日出，有的在海上搏击，有的在沙滩上一边散步欣赏三亚湾的人间美景。而当地勤劳的职业摄影者和小商人，在努力寻找他们的早晨商机，海风吹散了他们的头发……

正当我们还沉醉在眼前的梦幻时，采风的车笛声响起。于是，我们回到采风的大巴上，准备享受下一个惊喜。

车沿着 10 千米长的滨海大道前行，椰树成林，风景如画，男女老少在椰树下随着悠扬的音乐跳舞、打太极……不远处是公共海边泳场，稍远的是一个个休闲度假村。长长的三亚湾畔有许多高档小区和酒店，还有各式各样精致的酒吧、咖啡店和餐厅。

从市内到目的地有 20 多千米。路上，在三亚、北京两边居住的邵总为我们介绍三亚：三亚别称"鹿城"，位于海南岛的最南端，属热带海洋性季风气候，是热带海滨风景特色的国际旅游城市。水清沙白的海滩，枝繁叶茂的雨林和美味海鲜是三亚的特色名片，上百种物美价廉的海鲜是游客的最爱。绵延数百千米的海岸线，有许多美丽海滨风光，如亚龙湾、三亚湾、天涯海角、南山、大小洞天、大东海、鹿回头等。游客可以自由选择到三亚湾、大东海和亚龙湾热带雨林，体验原始丛林中攀岩瀑布的惊险与刺激。三亚还拥有两座绝美离岛，基础设施完善的蜈支洲岛是潜水胜地，西岛则以秀美的山体、迷人的珊瑚礁、清澈的海水和松软的海滩吸引游客的眼球，此外，游客还可以走进黎村苗寨，领略少数民族的生活风情。

邵总还提醒大家，在海南旅游没必要自带白开水，因为售卖没有任何污染的椰子的摊档随处可见，花10多元便能喝个够。最后，他还给大家出了道题：为什么海南的椰子成熟落地不会砸到人？在回程的路上，他才给出答案：因为海南椰子只会砸坏人。据说，当年有一位高官贵人来海南，差点儿被椰子砸中。于是，她气急败坏地命令下人把那只椰子煮给她吃。当时可难为了大家，最后，聪明的厨师用家鸡和椰子一起炖，做出一道美味的椰子炖鸡汤。

说着说着，我们到了海山形胜、奇石嶙峋的天涯海角。

天涯海角意为天之边缘、海之尽头。在交通闭塞的古代，琼岛"飞鸟尚需半年程"，人烟稀少，荒芜凄凉，到这里的人，来去无路，只能望海兴叹。这里曾是皇帝流放"逆臣"的地方，所以在这片土地上记载许多历史上谪臣贬官的人生悲剧，经历代文人墨客的题咏描绘，现成为我国富有神奇色彩的游览胜地。

下车后，我们先在牌匾大门前合影，然后再进入景区内。走进景区，我们坐观光车前往天涯海角。司机边开着车边介绍坐落在公园的景点和各种雕像故事。

突然，我们被公园中的一座音乐喷泉吸引，驻足观赏。伴随着动听的乐声，喷泉的最外层开始喷水，形成了一圈圆形的低矮水柱。紧接着，圆形喷泉的中间的几圈又有无数支水柱喷了上来。水柱随着音乐的节拍不断变换着形态，忽高忽低，忽左忽右；时而呈柱状，时而呈倒立的喇叭状。喷泉周围的石刻、历史英雄雕像与浩瀚大海相映生辉，我们夫妻俩在浪漫广场旁边的红色"爱"字和"情定天涯海角，相爱白头到老"的石刻旁合照留影，纪念我们几十年相濡以沫的爱情。

车继续沿滨江路前行，一边是碧水蓝天，烟波浩渺，帆影点点，一边是椰林婆娑，奇石林立，刻有清雍正年间崖州知府程哲所书的"天涯""海角"、清宣统年间崖州知府范云榜所写的"南天一柱"等巨石雄峙海滨，使整个景区更加如诗如画、美不胜收。那经过千百年的冲刷，松软湿润的沙滩，海浪静悄悄地涌上来，又静悄悄地隐退而去。沙滩上撒着无数的身影，游人如织，有满头白发的老夫妻，也有青春年少的年轻人，他们有的在拍摄结婚照，有的在窃窃私语，有的在相互追逐，有的躺在沙滩上，享受温暖而美好的幸福时光。都在充分发挥手机的摄像功能，不停地摆弄各种姿势拍照。我们也和其他老师一起在天涯和海角的石刻处合照留念。站在"海枯石烂心不变，天涯海角永相随"的海滩，妻子更是乐不思蜀，直到集合的时间到了才恋恋不舍地离开。

下午，我们来到鹿回头风景区。进入景区，我们乘坐游览车沿着迂回曲折的山路往上攀爬。司机介绍说，这里的主要景点有顺风台、鹿苑、滑道、"紫气东来"石、情爱文化园、黎族歌舞表演、鹿回头雕塑、山顶花园、北亭观景台等。鹿回头风景区三面环海，一面毗邻市区，可以观赏到美丽的凤凰岛，岛上的5栋主体建筑与大海，显得那么壮观现代又自然和谐，而观海亭则可四面饱览鹿城的美景，叫山、海、城尽在脚下。清晨，此处不仅能看"千山万山如火发""晓风拂柳戏红莲"的日出美景，还能寻觅到传说中紫气东来的一缕神踪；黄昏，看斜阳晚霞，可见大海由蓝转灰，慢慢消失在黑夜之中，而回眸闹市，却霓虹闪烁、灯火辉煌……

鹿回头因一个美丽动人的黎族爱情传说而扬名：古时候，这里饥不果腹，在一个乌云密布的雨天，一个手持弓箭的黎族少年正在追杀一只身披梅花衣服的鹿直到南海之滨。面对悬崖和大海，鹿无路可逃，它停下来怜爱地回望糊涂的少年……这一眼，让少年生出恻隐之心，羞愧地低下头。他把弓变成梨，把箭变成槟榔，向鹿弯腰下跪，忏悔央求。鹿见少年心存善念，便化身为一位美丽的女子。于是，少年成为水牛，而女子成为寨主，他们在五指山山谷繁衍生息，刀耕火种，再也没有杀戮。

这个浪漫传说让鹿回头山成了一座著名的爱情山，山顶有美丽传说的巨石雕像，而在山石斜坡上，有一个大约4米高的红色"爱"字摩崖石刻和"永结同心"台、"连心锁""夫妻树""仙鹿树""海枯不烂"石、"月老"雕像、"爱心永恒"石刻等爱情文化景点。每年，在天涯海角国际婚庆节期间，都会有大批情侣来此立下山盟海誓，情定终身。

在通往山顶公园途中，能看见白色的听潮亭、红色的观海乾、情人岛，还有猴山、鹿舍、黎家寮房、游鱼仙池等。山上鲜花四季盛开，姹紫嫣红，异彩纷呈。更难得的是，我们还可以品尝到海南椰子中的珍品——红椰子。山脚下，有色彩斑斓的鹦鹉鱼群、五光十色的海星、奇形怪状的寄居蟹、其貌不扬的海参、海蚯蚓和珍奇的小亚鱼，此外还有海铁树、海柳、珊瑚树、海葵、鸡毛草、软珊瑚、海蚌、水母、海刺、海绵等海底观赏物，绚丽多姿。

爱情萦绕的三亚采风，让我既激动又思绪万千。目睹天涯海角的情定终身、鹿回头一见钟情的千古情缘，看着不畏风险坚持陪我一道来海南三亚参加笔会的爱人，心里是那样感动……于是，我特别为她写了一首描写当年初恋时的诗《就一眼》，以感谢她一路相随、不离不弃，并以此感谢第六届"中华情"全国诗歌散文联赛组委会老师们精心组织的采风活动！

附：

就一眼

一

这是一个由杀戮变和平的爱情传说。在那饥不果腹的遥远古代，乌云密布的雨天，手持弓箭的黎族少年，追杀着身披梅花衣服的鹿，在苍茫的大海悬崖边，她驻足怜爱地回眸，糊涂的少年……

就一眼
他
羞愧地低下头，面对
满脸恐惧与爱怜的
美丽蓓蕾
他
将弓变梨，箭头
变槟榔，弯腰下跪
忏悔央求，变
杀戮为爱慕。于是，他
成为水牛，而
她成为寨主，在

五指山山谷，繁衍生息
刀耕火种。从此
再也没有杀戮；从此
人与动物和平相处；从此
变成鸡鹅成群鸟欢唱
人欢羊叫的槟榔谷

二

这是一个美丽真实的爱情故事。在蓝天碧海，山清水秀的 20 世纪 80
年代，南粤海角渔村，一朵白云从一个少年的眼前飘过，是那样婀娜多
姿，让人怦然心动。控制不住的他，脱口而出："哇，美！"叫声惊到云
中人，回头一眸，成就了一段好姻缘……

就一眼
便成了你的俘虏
用骨头搭建小屋
用鲜血粉刷一新
让爱住进来
这一刻
爱上了你
这一刻
你是谁对我并不重要
无论你的身份、地位还是过去
就一眼
情定终身，浪迹天涯
时光不老，你我不弃
就一眼
让我醉了几十年

滔滔长江水，悠悠太极情

——惠渝太极文化交流暨长江三峡游记行

一、千里相会太极缘

我爱长江的风光秀色，也爱重庆的名山大川，更爱太极狂人的千里相约，太极是心灵深处的一片净土，一旦爱上，将一生爱不释手，如影相随。

前些日，一位曾在山城重庆工作过的拳友，与他定居重庆且同样爱好太极的好友通过电话相约，计划借此次三峡行之机，让惠州、重庆两地的太极拳爱好者来一次现场交流。于是，惠州市太极拳健友站自发组织部分骨干拳友前往重庆，开启一场惠渝太极文化交流暨长江三峡之旅。

2024年5月30日清晨，我们一行14人怀揣对长江三峡的憧憬，从惠州出发，经过一多小时的飞行，安全降落在重庆江北国际机场。

接机的是旅行社的一位师傅，他把我们送到具有悠长历史和丰富文化的重庆市江北铁山坪森林保护区公园。约半个小时后，温文尔雅的和太极传人喻师傅，她带着部分学生在铁山坪森林公园的美利亚酒店等候我们。

见面寒暄后，我们在摆满茶点的长桌前落座，双方就太极文化和拳术进行了真诚的分享与交流，并在酒店享用了重庆特色火锅。饭后，我们在美丽的湖边平台一起演练杨式二十四太极拳。

接着，喻师傅又召集其他和太极学生，一起来到他们每周演练之地进行集体切磋与交流。

趁拳友们在做放松运动，喻师傅带我们参观了附近的景点，如忠勇英雄赵云的雕像公园。

我站在铜锣峡口崖顶的铜锣朝地上俯视，只见脚下峭壁陡险，林密雾涌，大江激流，气象万千；远眺朝天云霓，渝州峡口胜境尽收眼底……

放松完毕，她和她的学生们一起为我们展演了和太极拳的悠扬曼妙的八式和别样的八段锦，让我们见识了和太极人行云流水的仪态美，"闪转腾挪展英姿"的气质及山城人的热情大方。我们也分别演练了杨式四十二太极拳，站长等两人展演了陈式五十六太极拳……

大家在现场再一次就太极拳术进行了手把手、面对面的切磋和交流。喻师傅分享了集技击、健身、益智和修身养性为一体的和太极拳的独特的运动方式，即以自然为准则，做到由外形的阴阳动态平衡带动内在气血、脏腑、经络的阴阳平衡，达到健身、疗病、养生之目的。

随后，大家对太极拳的刚柔相济、绵里藏针、以柔克刚、中正安舒、轻灵圆活、松柔慢匀、开合有序等特性进行了探讨。

整个大半天，大家都在热烈交流练习太极的心得，谈到情浓处，彼此更是感到相见恨晚！大家都表示，今后两地拳友要多分享、多交流！我们真诚地感谢喻师傅等人的热情款待，并邀请他们能来惠州走走交流，让我们尽地主之谊！

直到傍晚时分，我们才依依不舍地告别和太极拳友，前往下一个景点。

二、诗意盎然石笋山

下山后，我们在高速路飞奔了一个多小时，又沿蜿蜒曲折的山路爬行，最终到达重庆石笋山景区。

我们当中有一位女拳友姓徐，她曾在石笋山集团工作了 10 多年，是被汇森集团蔡董事长委以重任的副总，她从创建石笋山景区到被评为国家AAAA级旅游区，亲眼见证了蔡董如何带领团队十年如一日地用脚丈量景区的每一寸土地，用汗水浇灌果园、茶庄，用沾满孔雀湖的碧绿湖水的笔将景区描绘成诗意盎然的山水画卷。

谈到石笋山景区,她如数家珍。石笋山景区位于重庆市永川区和江津区交界处,属云雾山系,南瞰长江,北靠云雾山脉。其距离重庆主城区大约 60 千米,平均海拔 700 米。

这里既有碧波荡漾的湖泊,又有云雾缭绕的山峰,曾经是古代巴人的聚居地,留下了许多珍贵的文化遗产。自北宋初年开始,石笋山便是宗教圣地,有四五座寺庙,寺庙里供奉着无数不同外观和大小的雕像,或建在山上,或建在山顶。景区有佛寺、道观、城墙、城门等遗迹,还有铁拐李坐化台、饿殍石等景点,实现自然景观与文化景观的完美统一。

石笋山素有"西部情山,福地仙缘"的美誉,是仙山,也是一座情山。传说男女石笋峰为"富家女"玉秀英和"放牛郎"钟林奇为爱幻化而成的仙山。山脚有象征矢志不渝"爱情小站"的柏林火车站,有象征众人同心、九九归一的爱情之河的临江河;山间有象征天长地久、相濡以沫的爱情之路二十四道拐、真爱天梯和情人梯;山顶有象征情投意合、比翼双飞的情人鹊桥和情山酒店。

此外,石笋山还有 1000 多种珍稀动植物和珍贵药材。围绕"情山、仙果、仙花、仙兽"等主题,石笋山内已被开发有 2000 多亩的红心猕猴桃园、5000 多亩的有机茶园、300 多头梅花鹿饲养规模的情山鹿苑、1.7 万多平方米的情山广场等休闲体验项目,所产"云阖茶叶"是重庆十佳茶叶品牌,红心猕猴桃还荣获重庆市品牌学会"第一品牌"称号。

不一会儿,我们便到了石笋山景区大门,石笋山集团的刘副总在路边等候我们。见面后,刘副总带着我们经过八仙过海的大寨门,绕过祈福坛和情山广场等,沿着曲径通幽的峡谷山路下行至孔雀山庄。我们在孔雀山庄享用了特地为我们准备的美味晚宴,并入住那里。

晚上,拳友和其他游客都纷纷在孔雀山庄门前的卡拉 OK"演唱会"上一展歌喉,歌唱祖国大好河山和繁荣昌盛。时而高亢激昂,时而如诉如泣,莺声燕语,袅袅余音……悠扬的歌声久久回荡在石笋山景区,给长江两岸的中华儿女带去安康和幸福。

翌日清晨,我们在孔雀山庄门前进行太极拳演练,演练结束,还与几位石笋山集团的老总一起合影留念。

早饭后,刘副总除安排一位导游为我们解说外,和另一位副总还先后亲自做向导，带领我们从孔雀湖山庄出发到石笋山景区的杨梅园和蓝莓园体验采摘杨梅、蓝莓的乐趣。

在杨梅园里，五月杨梅已满林，我们满嘴酸甜不思归；在蓝莓园，满园蓝莓果实饱满、色泽鲜艳。我用一首诗来表达此刻的心境："青蓝点点缀林容，日出风吹晨雾浓；玉露晶莹珠欲滴，香飘羡煞采花蜂。"

随后，我们参观了农副产品展示大厅，见证了石笋山集团的峥嵘岁月和灿烂辉煌。

接着，我们去茶园，参观伴山茶宿。在去茶园的山坡路上，我们见到了挂满幼果的红心猕猴桃园，几群放养的梅花鹿正在嫩草茵茵的山坡草地上轻吻大地，享用大自然恩赐的美味佳肴。

我们在伴山茶宿看到了林逋笔下的"白云峰下两枪新，腻绿长鲜谷雨春"的茶园风光。我站在伴山茶宿鸟巢别墅门前，享受天地之灵气和满园茶叶的芬芳，云雾萦绕着片片嫩绿欲滴茶园，几个正在茶园里体验采茶乐趣的拳友，若隐若现。我真忍不住感叹，倘若我能带上妻子在此梦幻之地住上一晚，真是不枉此生也！

穿过八仙迎客，我们分别在祈福坛、云雾长城、观日台俯瞰，远处的山峦、城市的轮廓尽收眼底，山中青峦叠翠，植被茂密，路径险峻，景色迷人。

我们在通过汇聚天地灵气的汇天桥时，只见脚下百丈悬崖，耳边阵阵松涛，眼前是缥缈云雾，身心好像浸泡在仙境当中。它也是观看石笋雪景的最佳位置，远望右边青山，只见平均海拔700多米的男女石笋峰，云雾缭绕，神秘而幽静，眼前的青山绿水让我们惊叹和震撼，好似走进人间山水仙境。导游说，冬天如遇瑞雪，整个山脉都被大雪覆盖，如同披上一层厚厚的鹅绒毡。此时的石笋山会变幻出飞马、披甲熊、少女浣纱、出水蛟龙等造型，令石笋山以不同的姿态呈现在众人面前。石笋山不仅自然风光美，还有许多有趣的故事和传说。如"男女石笋峰"传说和"八仙集会"故事等。

我们经过情山广场进入拦寨门，在下八百步梯时，见到宋代修建的一段斑驳老城墙，它静静地见证了石笋山景区的峥嵘岁月和翻天覆地的变迁。

下山后，我们来到国家一级水源保护地孔雀湖，湛蓝的湖水恬静清澈，堪比瑶池仙水。清风徐来，湖面湖波不惊，就像一块晶莹剔透的蓝宝石。导游说，孔雀湖在春天时节，漫山遍野，百花争艳，满园春色，清香扑鼻；秋天时，一丛火红，满山红叶，层林尽染，秋兰飘香。在朝暮之时，湖面升起的水雾如云如烟，如梦似幻。

晌午，我们才返回孔雀湖山庄用午餐。晚上，孔雀湖山庄又在门前举行篝火晚会。拳友们和其他游客围着篝火尽情地跳着，唱着，笑着……直到深夜，才恋恋不舍地回房休息。

两天来，我们在石笋山景区尽情享受山间的花香飘逸，饱览石景山的钟灵毓秀美景。石笋山景区是一处隐藏在山林中的洞天福地。游客可以住在孔雀湖山庄、情山度假酒店或是茶山里的伴山茶宿，享受清风和绿色凉意。还可以欣赏山花飘香，漫步森林之中，凝望山的蓝眼睛；可以在孔雀湖边仰望山的鼻息，用缭绕的寺庙香火丈量山的脊梁，在吊桥上邂逅神秘与惊喜……

第三天，我们将告别石景山，临行前，我们怀着感恩之心感谢蔡董及其女儿蔡总的盛情款待，并祝石笋山集团公司风起云涌展宏图，蓬勃发展耀四方，前程似锦，再创辉煌！

而后，刘副总还亲自开车相送我们离开。在山脚下，我们难分难舍地告别陪伴我们多日的刘副总，告别石笋山景区，返回重庆市区。

三、钟灵毓秀巴渝城

第三天早上，我们到达重庆市内。

重庆也叫"山城"，因为这座城市坐落在群山环绕中，楼房也修建在山谷、山顶或半山腰。重庆是一座充满激情与魅力的直辖市，作为山水之城，灵气十足，以其独特的地理风貌和浓厚的文化氛围吸引了无数游客。

1995 年，我因公出差曾到此地，当时的重庆属四川省管辖。那时，改革开放不久，内地发展相对比较迟缓，重庆还是一座宁静质朴的山城。

我站在高处俯瞰，只见重庆山峰叠嶂，或陡峭险峻，或连绵起伏，许多青山、河谷都保持着原生态，还没被开发。绝大多数的吊脚楼都依山而建，修在山顶或半山腰，山路爬满了整个山城，交通非常不便，到处都能看到背着小背竹篓的山民和替人送货的"棒棒军"挑夫。山脚下，长江和嘉陵江江水滔滔，但只有少量货轮在码头装卸货，旅游业才刚刚开始，游客和游船寥寥无几，扳着手指都能数得过来。

一晃 30 年过去了，时过境迁，当年负责接待我们，刚刚大学毕业的小王现已是重庆市渝中区某局的二级调研员了。这些年，我们彼此都有电话问候。从他口中我了解到，重庆今非昔比，自 1997 年设为直辖市后发生了翻天覆地的变化，曾经的吊脚楼已成遥远的记忆，如今的重庆已是高楼林立的国际大都会了。我们曾下榻重庆当时最豪华的"重庆故宫"——人民宾馆，现已更名为"重庆人民大礼堂"。

他说，重庆的每一座山峰都有独特的韵味，过去一些连名字都叫不上来的高山或山谷，现在都变成了声名远扬的旅游景区。山下，江水如练，奔腾不息，朝天门、重庆港等人流如织，各式各样的船舶、豪华游轮，车载船装，川流不息。

重庆的夜晚也是璀璨绚丽，万家灯火在山中闪烁好像繁星点点，点亮了整座山城。夜幕下，在长江与嘉陵江交汇处，万家灯火流光溢彩，宛如一颗颗镶嵌在山城间的璀璨明珠。

我本想给小王一个惊喜，没有提前告诉他我的三峡之行，没想到他却因公出差在外地，我们遗憾错失了一个暌违了 30 年的热烈拥抱。

不知不觉中，我们到了重庆市内。看着眼前涅槃重生，翻天覆地的重庆大都市，30 年的沧海桑田，我真是感慨万千！

我们随导游首先游览"一条老街一段情，一半烟火半边诗"的古镇——磁器口。

我漫步在古镇质朴的青石板路上，感受远离城市喧嚣的古镇情结，享受安静与闲适。导游说，在这里生活的人们都会放慢生活的脚步，在街边或品盖碗茶，或观看川剧……

我们穿过繁华的街道，顺石阶而下来到嘉陵江边。清晨，薄雾环绕，小桥流水，白墙黛瓦，江水倒映着蓝天，鱼儿在水中悠然游弋……江风拂面，神清气爽。我们在嘉陵江边感受馥郁的人间烟火，特别浪漫惬意！据当地人说，磁器口的夜景绚丽迷人，盏盏灯笼高高挂，在黑夜中熠熠生辉。

随后，我们来到"网红打卡地"——李子坝。我们到达时，那里已是人山人海，人人都拿着手机抬头仰望，好像在等待着什么。于是，我也顺着他人眼光抬头望去，只见两条轻轨从楼房中间穿梭而过，一节节轻轨车从屋里钻出钻入，真是"轻轨飞梭幻影重，上天入地钻楼中。凌空越涧云端跃，逐日追星跨彩虹"。面对如此奇观，我们纷纷拿出手机或拍或录，记录下这激动人心的一刻。

原来，在建设李子坝滨江时，某开发商抢先一步拿下了这片建设用地。后来，重庆市政府规划建设城市轻轨，恰好要通过这里。由于重庆本就土地稀缺，何况是寸土寸金的滨江路。于是，政府与开发商经过多次研讨，最后做出了一个两全其美的规划方案：双方共同开发，规划师用特别的设计方法和特殊的建设材料，打造出"轻轨飞梭高楼"的奇观。

在李子坝漫步，质朴风景不胜枚举。我认为，相比起两江交汇处的车水马龙、富丽堂皇，李子坝更有含蓄内敛的生活气息。

中午，我们在"一条白象街，半部重庆史"的白象街又一次享用了重庆特色火锅。饭后，我们从十八梯景区下面拾级而上游览。

导游解说道：十八梯位于重庆市渝中区的长江江畔。2017年5月开工建设，2021年9月建成开放。十八梯传统风貌区占地面积约88亩，建筑面积超过16万平方米，分为A、B、C、D、E等5个地块，共设传统文化体验区、国潮文创体验区、国际交流中心、生活方式中心四大功能区域。分为南北风貌景观带和东西旅游拓展带，两带中打造"十八景"，含有"花街鸟语""黄葛挂月"两个自然风貌景观；"古井春风""较场揽胜"等7个艺术景观；"于公挥毫""大轰炸遗址"等3个历史展陈和"响水茶香""巴渝人家"等6个特色运营景观。

十八梯是重庆最古老的街市之一，关于其名的由来普遍有两种说法，一种说法是当地居民去水井打水，正好要走十八步石梯；另一种说法是老街石梯共分十八个梯段。不论是哪一种说法，我们都不难从中感受到这个名字背后蕴藏的市井气息。数百年来，各具特色的吊脚楼和密窄的街巷交错其间，我们沿着十八梯台阶前行，领略错落有致的云梯建筑风貌。走到在景区中心的井水广场时，我们还忍不住去摇打水的轮轴，希望日后财源滚滚来。

听导游介绍，十八梯的夜色十分迷人，可与洪崖洞的夜色媲美。试想，远处错落有致的高楼与吊脚楼老街相映生辉，灯光璀璨，游客身在其中，仿佛走进了一条时光长廊。

从十八梯下面上行，穿过马路和熙熙攘攘的街道，我们便看见了矗立在街中央的解放碑。阳光为解放碑披上金色的衣裳，四周的花朵簇拥着这富有革命意义的建筑，显得美丽而庄重。

解放碑是抗战胜利纪功碑暨人民解放纪念碑的简称，位于重庆市渝中区解放碑商业步行街中心地带，于1946年10月动工，1947年8月落成。解放碑为八面柱体盔顶钢筋混凝土结构，碑通高20多米，边长近3米，碑内连地下共8层，设有旋梯达于碑顶，碑顶向街口的四面装有自鸣钟，碑台周围为花圃，占地面积62平方米，保护范围面积600多平方米。

解放碑是抗战胜利的精神象征，是中国唯一一座纪念中华民族抗日战争胜利的纪念碑。同时，它也是中国人民反法西斯战争取得胜利的象征，是重庆解放及重庆市的象征。导游说，解放碑的独特魅力在于其将建筑风格与历史意义实现完美融合，既彰显了西方建筑的精致，又传承了东方文化的神韵，记载着城市的沧桑与崛起。如今，解放碑是重庆人最喜欢的聚集地之一。

最后，我们游览位于嘉陵江边的洪崖洞。洪崖洞位于重庆市渝中区，地处长江、嘉陵江两江交汇的滨江地带，是重庆古城门之一。2006年，由重庆市政府总投资近3亿元建成，目前为国家AAAA级旅游景区。

洪崖洞是重庆目前唯一遗留下来的一处老山城人文景观。城市阳台广场中央的洪崖群雕，主要有黄铜巨型雕塑"记忆山城"等。依山就势、沿江而建的栏式吊脚楼，房屋构架简单，开间灵活、形无定式，可从解放碑直达江滨。随坡就势的吊脚楼群形成线性道路空间，吊脚楼的下部架空成虚，上部围成实体，共有11层，可望吊脚群楼，观洪崖滴翠，逛山城老街，赏巴渝文化，烫山城火锅，看两江汇流，品天下美食，别有一番韵味。

到了晚上，夜幕降临，镶嵌在如梦如幻的重庆母亲河上的点点灯光迷人，不禁让人沉醉在这浪漫的氛围中，此时的洪崖洞像极了一幅精彩的水墨画。面对如此美景，我们都纷纷拿出手机，操练摄影技术……

今天是开心快乐的一天，我们漫步在重庆的街头，发现随处都有错落有致的阶梯。这些阶梯穿梭在楼宇之间，连接起山城的每一个角落，成为重庆独特的交通方式。沿着阶梯拾级而上，可以感受到山城独有的气息和韵味，让人流连忘返。

除了景色，重庆火锅和其他特色美食也让人难以忘怀。因为火锅、小面、酸辣粉等特色美食充满了浓厚的巴渝风情，我在品尝美食的同时，也感受到了重庆人民的热情和豪爽。重庆这座内陆山城，正在不断创造人间奇迹，无论是站在高处俯瞰整座山城的美景，还是漫步街头之上，都能让人感受山城的气息，都能让人深深地爱上这座充满魅力的城市。

这几天，我们在充满激情与活力的重庆见识了和太极人行云流水的仪态美、闪转腾挪展英姿的优美身姿和气质；游览了石笋山的别有洞天，震撼于大自然的鬼斧神工；品尝了辣味十足的麻辣火锅，也感受到了山城人的热情大方与潇洒豪爽！

时间过得真快，脚步匆匆，不知不觉太阳已西斜。我们告别了洪崖洞，来到嘉陵江边的重庆码头准备登船。

四、山光水色三峡魂

告别重庆市区，已经是行程第三天的下午 4 点，观光车把我们送到了嘉陵江边的重庆码头。在这里，我见到了 30 年前的"棒棒军"，他们有偿地为游客送旅行箱到游船。

我们登上长江"发现号"游轮，沿着滚滚长江水，去寻找长江三峡之魂，欣赏"两岸猿声啼不住，轻舟已过万重山"的三峡青山绿水；寻找古代贤人的诗词歌赋墨宝，及"滚滚长江东逝水，浪花淘尽英雄"的古代战争遗迹；登坛子岭景区公园，赞叹、骄傲于我们的国之重器——三峡大坝的雄伟与壮观……

长江是我们的母亲河，是中国第一大河，也是世界第三长河。它发源于青藏高原的唐古拉山，宛如一条巨龙自西而东横贯中国中部，流经青海、四川、上海等 11 个省、自治区和直辖市，最终注入东海。长江干流全长 6300 多千米，流域面积 180 万平方千米。它滋养了沿途的无数生灵，为中华民族的繁荣发展提供了丰富资源。长江的上游、中游和下游各具特色。上游地势险峻，水流湍急，蕴藏着丰富的水能资源；中游地势逐渐平缓，江面展宽，是航运和灌溉的重要通道；下游地势低平，江面宽阔，水流平缓，形成了著名的长江三角洲，是我国经济最为发达的地区之一。

长江不仅在经济社会发展中发挥了重要作用，还孕育了灿烂的长江文明。它见证了中华民族的兴衰荣辱，承载了无数先人的智慧和勇气。

长江三峡西起重庆市奉节县白帝城，东至湖北省宜昌市南津关，全长约 193 千米，沿途两岸奇峰陡立、峭壁对峙，自西向东依次为瞿塘峡、巫峡、西陵峡。

重庆市巫山县境内有大宁河小三峡、马渡河小小三峡。长江沿线重庆境内，有"水下碑林"白鹤梁、"中国神曲之乡"丰都鬼城、建筑风格奇特的石宝寨、"巴蜀胜境"张飞庙、蜀汉皇帝刘备的托孤堂、龙骨坡巫山文化遗址等景观。

行程第四天，我们游览被誉为"中国神曲之乡"和"人类灵魂之都"的丰都鬼城。

丰都县位于长江上游、重庆市的地理中心区域。它紧邻大都市，身处大三峡，背靠大武陵，是重庆主城都市区溢出效应的首要承接地。丰都单独设县历史悠久，已有 2000 多年历史。1958 年，周恩来将其定名为丰都。其辖区面积 2900 多平方千米，辖 30 个乡镇街道，常住人口 50 多万人。丰都拥有丰富的文化遗产和旅游资源，素以"五千年凤凰城""一千年鬼城""鬼国京都""阴曹地府"等闻名于世，有三宫九府，宫阙楼天庭鬼帝坐镇在此统领鬼神。它是传说中人类亡灵的归宿地，集儒、佛、道民间文化于一体的民俗文化艺术宝库。

我从游船下来，沿着阶梯向岸上攀爬，经过 200 多级台阶，来到半山腰的公路旁边的景区大门，再坐缆车到山顶的景点游览参观。

我坐在缆车中，往河谷俯瞰，只见河岸靠满各式各样的游船，游人如蚁群出穴，顺着阶梯往岸边攀爬。

导游说，三峡大坝完工后，此地河水水位上涨了 100 多米，为了保护"人类灵魂之都"，当地政府便将从前位于地势较低的河岸的文物景点迁到地势较高的山顶。我记忆中的 30 年前的文物景点如今化成一片水面，淹没在滔滔江河中……

走出缆车，一处崭新的景区映入眼帘。崭新的庙宇里，各种文物完好如初地陈列在各间屋里。我们跟着导游，静静地听她解说，虔诚地参拜、祈祷……经过奈何桥，穿过鬼门关、黄泉路，参观望乡台、天子殿，走出景区再坐电梯下山回到游船。其间，我们每个人都抚摸了 300 多斤重的"转运石"，并现场观看了有"岭南第一人"之称的大力士"罗锅师傅"的现场抱石表演。只见他大喝一声，就将重石抱起并放在中央的小柱上，使其停顿三秒钟，随着稳稳当当的三秒过去，现场响起了雷鸣般的掌声，大伙儿纷纷送上赞赏的小费。导游说，这个师傅在这里表演已有 20 余年，他也给许多外宾甚至中央领导表演过，但由于每一次表演都会伤害到他的腰，所以 20 年多年下来，他从一个身板挺直的年轻小伙慢慢地变成了身背"罗锅"的 50 多岁老人。

接着，我们有的观看了魔幻电影，有的在树下乘凉……大家分散活动，直到集中坐电梯返回游船。我站在游船回望山顶的景区，不禁为当地保护"中国神曲之乡"历史文化古迹所付出的努力和艰辛点赞！

行程第五天，我们将要游览白帝城、巫峡和神农溪。

早餐后，游船顺江而下，上午 8 点半左右停靠在白帝城码头，我们自选游览白帝城。

我和两位女拳友下船，自费前行。我们沿河岸阶梯拾级而上，来到公路旁的观光车站，穿过风雨桥来到白帝城山脚下。

突然，我发现，在风雨桥的右下角有一个大型的三峡大舞台，它与诗城隔岸相望，宛如现代歌舞与古代诗词歌赋穿越时空的风雨隔岸对吟，源远流长的中华历史文化，再现三峡"行到三峡必有诗"的悠久文化历史，真是别出心裁，颇有诗意！

导游说，这是 2018—2019 年间，由奉节县和导演张艺谋共同打造的大型诗词文化实景演艺的《归来三峡》舞台。《归来三峡》是一个诗词文化体验式旅游节目，演出以夔门、瞿塘峡、白帝城为背景，以中华诗词为主线，以山水为载体，秉承生态环保理念。它力求让观众在品味唯美诗意的同时，领略长江三峡壮美的自然景观、巴蜀大地独特的风土人情和

"诗城"奉节浓厚的文化底蕴，再见"行到三峡必有诗"的盛景。《归来三峡》于 2018 年 12 月 15 日首演，2019 年 3 月 28 日晚在重庆奉节白帝城·瞿塘峡正式开演。之后，每周都有一次演出。

在白帝城山脚下，我见到了曾经山城人常用的"交通工具"，即用竹子做成的简易轿子，还有一群"轿夫"。由于上白帝城的阶梯比较陡峭，当地有关部门为了方便行动不便的游客上山，还原历史文化，让人们牢记新中国成立前山民的苦难岁月，同时也为部分山民增加就业机会和经济收入，特在山脚下，成立了这支"有偿轿夫"队。

为了支持当地旅游业的发展，我们都体验了一回新中国成立前"地主老爷"坐轿子被人扛的"待遇"。我坐在轿里，看着两位汗流满面、气喘吁吁的"轿夫"，深感当时山民的生活是多么艰辛和不易！

不一会儿，我们到了山顶。导游介绍说，"西南四道之咽喉，吴楚万里之襟带"的白帝城是一座拥有 2300 多年灿烂文明的"中华诗城"，李白、杜甫、刘禹锡、白居易、陆游等著名诗人均在此留下过脍炙人口的诗篇，如李白的《早发白帝城》，这首诗给我们描绘了一个彩云萦绕、祥和而又美丽的白帝城。

白帝城因地势雄伟奇险，历来为兵家必争之地，三国时期的"刘备托孤"、汉代公孙述"白龙称帝"的历史典故就发生在白帝城。在"刘备托孤"塑像的蜀汉堂中，只见刘备斜躺在病床上，床前两边站满文臣武将，刘备指着跪在丞相诸葛亮面前的两个儿子，好似正在交代国事、家事、天下事……这些塑像形象逼真，栩栩如生。此外，在伐武堂、八阵厅、十贤堂等也陈列了许多历史人物塑像和文物，再现三国历史。

在白帝城内，还有许多古今书画，从古至今有许多书法名家在此留下墨宝，如周恩来留下的《早发白帝城》。此外，白帝城内还有陈列着古代三峡巴族地区千年悬棺的博物馆和价值 800 万元的汉白玉《出师表》碑。

导游继续说，三峡大坝建好之后，水位上升，现在的白帝城四面环水，已成为"高峡平湖"中的一座"绿岛"了。

我登上白帝城后，才明白当年刘备大败并未马上撤回成都，而是停驻于此的原因：白帝城扼着入川的咽喉、三峡的入口——夔门。

白帝城是观夔门天下雄的最佳处所。景区拥有许多名胜古迹，如白帝城、黄陵、南津关孙夫人庙等，它们与旖旎的山水风光交相辉映，名扬四海。

听完导游对古代英雄和历史文化的介绍，又欣赏完古代贤人诗词歌赋笔酣墨饱的墨宝石刻，我们还戴上一种特殊的眼镜观看特效场景视频，从空中游览重庆和三峡仙境，我感觉自己正亲自驾驶直升机在重庆上空盘旋，俯瞰高楼林立的国际大都会，将重庆、长江三峡两岸到宜昌的山光水色及雄伟壮丽的三峡大坝尽收眼底；夜晚，我好似再次起飞，欣赏重庆两江四岸的迷人夜色、三峡到宜昌长江两岸的璀璨灯光，以及江中游曳游船的霓虹闪烁……我心中感到无比潇洒和豪迈！

接着，我们在杜甫笔下"众水会涪万，瞿塘争一门"的雄伟瞿塘峡夔门石碑前拍照留念。因为长江三峡夔门就是第五套人民币 10 元纸币的背面风景图案。直到中午 11 点左右，我们才恋恋不舍地返回游船。

回船后，我们登上甲板观看游船穿过瞿塘峡，体会"夔门天下雄"的磅礴气势。瞿塘峡又名"夔峡"，为长江三峡之一，位于中国重庆市内，西起奉节县白帝山，东至巫山县大溪镇；全长 8000 米，峡中江面宽 100 ~ 200 米，最窄处不过几十米；两岸山峰高度在 1000 ~ 1500 米。

游船进入瞿塘峡，缓缓流过的长江水宛如一条银丝带缠绕在瞿塘峡夔门，雨过天晴，空气清新，鸟语花香，身心愉悦。远处，山峰高耸入云，山势雄伟，悬崖峭壁，峡内绿树成荫，溪水潺潺，山清水秀，民居古朴，景色迷人，仿佛世外桃源。

午餐后，游船又穿过幽深秀丽的巫峡峡谷。巫峡景观无数，最闻名的属巫山十二峰。其中神女峰最美，一根酷似少女的石柱在峰峦之中亭亭玉立，薄雾环绕，仙气升腾，含情脉脉，妩媚动人。

据说，清晨，云雾笼罩着巫山，云海漫卷，雾气缭绕，宛如披上神秘的面纱，进入童话世界。阳光穿透云层，金色的光辉洒落在山间的每一个角落。如果站立在巫山的巅峰，俯瞰着大地，就会生出一种"会当凌绝顶，一览众山小"的豪情壮志。

下午 4 点左右，我们换乘观光船，在土家族女导游幺妹的引领下游览神农溪。30 年前，我曾来过这里，那时的三峡大坝还没有蓄水，溪流清澈，两岸简易的木质吊脚楼里住着淳朴的少数民族山民，竹排是他们出门的唯一交通工具，岸边的纤绳是他们纤夫拉纤逆流而上的"力量武器"。

观光船朝神农溪缓缓前行，只见溪水清澈见底，游船划过，荡起层层微波……

我一边听导游幺妹绘声绘色的介绍，一边欣赏绝壁、峰柱、溶洞等自然奇观和岩棺群、古栈道和拉纤等人文景观，感受当地浓郁的土家族风情和历史文化。

幺妹说，神农溪发源于神农架主峰，流经湖北省巴东县境内，由北向南穿行于深山峡谷之中，至巫峡口东汇入长江。神农溪是一条典型的峡谷溪流，两岸山峰紧束，绝壁峭耸，拥有龙昌峡、鹦鹉峡、神农峡等多个峡谷。此外，神农溪还有丰富的动植物资源，如金丝猴、金钱豹等珍稀动物和蜡梅、香菊等珍贵植物。

我抬头仰望，只见一间间白色的新民房，三三两两或独门独户地散落在溪谷两边翠绿高山的山腰或山顶上，有的几乎悬挂在悬崖峭壁……

幺妹说，由于三峡大坝蓄水，水位上升近百米，原居住在低处的山民或移民，或迁到山上更高的地方。幺妹指着左前方一个洞口说，那是一个300多米深的天然溶洞，洞口上面隐约可见的一条条长得像倒立的钟乳石实际上是受政府保护并禁止采摘的野生燕窝。

不远处，我看见两只白色野生山羊站在溪边朝我们望来，好似是在欢迎远来的宾客。两边的缓坡上，种植着少量的玉米和土豆等农作物。

幺妹指着头顶上穿越峡谷的"桥"说，那是我国耗资数10亿美元在三峡修建的一条高铁，据说，在三峡这段穿越高山江河的高铁线路，平均每千米就要耗资1亿多元人民币，它就是让全世界人都震撼的郑渝高铁。郑渝高铁的速度达到每小时350千米，总长1000多千米，连接重庆和郑州。建设初期，郑渝高铁面临着复杂的地形和工程地质条件的挑战，但通过建造桥梁和隧道，我国成功穿越山脉和江河，实现了快速的列车运行。该铁路的通车对于中西部产业调整和区域经济均衡发展具有重要意义。

正当我们对本地山民的居住方式和生活来源感到困惑时，幺妹解释说，本地山民依赖生存的方式主要是种植庄稼，因此他们为了方便耕种和管理庄稼，只能在山上分散居住。山民首先会把贫瘠的山坡表层土地深度翻耕，将其变成肥沃耕地后，再种植庄稼。由于本地地下都是富硒土地，山民所种的农作物和所养家禽都富含硒，营养和经济价值都很高，现在交通方便，因此山民的经济来源主要是"三个一点"，即在山上采一点野生茶叶；在地上种一点农作物；在家散养一点家禽，如猪、羊等，并通过与外面企业联合加工，制成一种种炙手可热的名贵农副产品，解决生活来源问题。

神农溪是一条充满远古之梦和历史足迹的溪河，是一条人文景观与自然景观融为一体的黄金翡翠般的水道。它集天地之灵气，凝日月之精华，有着美丽独特的峡谷风光。奇特险峻的峰峦，碧绿清澈的溪水，茂密葱茏的植被，令人赞不绝口。

时间过得真快，在幺妹的山歌声中，不知不觉两个小时过去了，我们该返回长江"发现号"游船了。

晚餐后，船上游客有的参加船长举办的同乐晚会，有的自由活动，而我们一行参加了一会儿同乐会，又在船甲板上练起了太极……

五、国之重器福天下

行程第六天，我们游览西陵峡和三峡大坝。

清晨，船通过西陵峡，我站在甲板上远眺，只见长江蜿蜒流淌，两岸峰峦高耸，森林茂密，古树参天，晨曦洒满峡谷，神秘而美丽，两岸峭壁斑驳的岩石上，残留着曾经的岁月峥嵘……

上午8点左右，我们换船到世界上最大的"三峡垂直升船机"，体验"大船爬楼梯，小船坐电梯"的奇观，体验乘坐可提升至113米（40层楼高）的"升船电梯"过三峡大坝的震撼感受，领略"高峡出平湖，当惊世界殊"的壮丽画卷。

宏伟的三峡大坝有一个世界第一的升降船机。它是世界上规模最大、技术难度最高的升降机工程。3000吨级以下的船舶在通航三峡大坝时，可连同船舶一起从高113米的升降船机上升（或下降）到上游（或下游）。我们从上游到下游仅用了8分钟（如是下游到上游则要35分钟），是名副其实的电梯过坝"快捷通道"。长江通航从此不用再转车换船，预计每年将为三峡增加600万吨的过坝能力，使长江黄金水道通航效益及社会经济效益得以充分发挥。

我们用照相机记录了过往游轮是如何从180多米高的大坝下行到下游的经过，我们乘坐的客轮，穿行过西陵长江大桥，驶向大坝升降机处。游轮上的游客纷纷拿出手机录像、拍照，体验船坐电梯的震撼旅途。大船驶入承船厢，关闭承船厢上游闸门。承船厢通过升降装置下沉，直到承船厢内水位与下游水库水位齐平。打开承船厢下游闸门，游船驶出承船厢进入下游航道，然后继续欣赏着长江的山光水色。

接着，我们乘坐大巴车上岸，在国家AAAAA级旅游景区坛子岭旅游区，登上观景台俯瞰三峡工程全貌，体会何谓"截断巫山云雨，高峡出平湖"。

我站立在坛子岭的最高处，极目远眺，大坝、平湖、船闸、西陵大桥尽收眼底，只见远山苍黛，近水深绿，在苍黛与深绿之间，一条巨龙静卧在碧波之上，那就是长江三峡水库的大坝。

我们在观景台一边听导游讲解，一边拍照留念。天突然下起雾雨，三峡大坝和两岸翠绿青山在雨雾朦胧中忽隐忽现，如梦如幻，眼前灰蒙蒙一片，让我们宛如浸泡在云雾缥缈的仙境中，别有诗情画意！漫天飞舞的雾雨好似三峡大坝正在福泽天下大地，于是，我们纷纷收起雨伞，先后站在三峡坝址基石和与大坝同一高度的185观景平台上的石柱旁，任由福雨沐浴，数不清的闪光灯闪烁不停，永远记住这美好幸福时刻！

在导游的介绍中，我了解到三峡大坝是当今世界上最大的水利枢纽工程。它位于西陵中段三斗坪中堡岛，南临湖北省秭归新县城。大坝长近2000米，坝顶海拔高180多米，总库容近400亿立方米，有电站装机34台，年发电量达到2250多万千瓦，相当于10座大亚湾核电站。它有6道100多米高的闸门，当船驶进去时闸门就关了，再慢慢地把船升起来，这样船就从下游到了上游，最后打开闸门，船就可以走了。三峡大坝不仅可以把船安全地送走，还有防洪发电、航运、养殖、供水等功能。

长江三峡大坝的建设始于1919年，历经多次提议和设计，最终在1992年得到批准并开始实施。

建设长江三峡大坝的主要目的之一是避免长江中下游地区遭受洪水伤害。历史上，长江洪灾频发，造成了巨大的人员伤亡和财产损失，因此，建设大坝对于防洪减灾具有重要意义。同时，修建大坝既可蓄积水能，增大发电效益，也可南水北调解决我国北部地区用水困难的问题，不仅在满足中国巨大的电力需求方面发挥着关键作用，还在防洪、航运和水资源调度等方面起到了重要的改善作用，对中国的经济和社会发展具有重要意义。这项工程不仅展示了技术上的突破，也体现了国家对于长江流域综合治理和国家基础设施建设的重视。

行程第六天中午，我们从三峡大坝来到宜昌三峡游客中心，我和妻子留在宜昌，其他拳友继续前往武汉游玩。

我们到达宜昌富力皇冠假日酒店时，诗人、三峡大学蒋教授已在酒店大堂等候多时。我和蒋教授是于2011年6月在北京全国政协礼堂举办的第二届全国诗词创作与发展论坛的领奖台上首次认识的，10多年来，我们只在手机上见到彼此的诗歌作品和身影。今天，我们能在宜昌第二次握手、拥抱，彼此都感到十分激动和喜悦！

办完入住手续后，天还下着毛毛雨，蒋教授带我和妻子在酒店旁的万达广场溜达，并在那里宴请我们，让我们享受了一顿鲜香可口的长江肥鱼午餐。

随后，我们和蒋教授打着雨伞，冒着小雨在长江边漫步。我和蒋教授一路上都在交流10多年来的诗歌创作心得与体会。在聊天中，我惊喜地发现，近几年退休后，蒋教授除了文化创作，也加入了太极拳的学习和晨练中。说到这里，他强烈要求我们多住几天，一来，他可以带我们看看涅槃重生的宜昌风景；二来，我们可以好好叙叙旧，并就文学创作和太极拳术进行深入交流。无奈，我和妻子的回程已定。

据蒋教授介绍，宜昌古称"峡州"，又称"夷陵"，地处长江上游与中游的交界地带，"居三峡之口，介重湖之尾"，是长江三峡峡口城市的典型代表。自古以来，宜昌是长江中上游地区的政治、经济、文化中心，这个西枕群山、东瞰江汉平原的峡口区域留下了丰厚的历史遗存和文化景观，见证了中国长江以南19万年的人类史、2500年的城市建设史和21世纪举世瞩目的水利建设史，是一座名贯古今的历史名城。

蒋教授停了停，继续说，宜昌是著名的水电之都，宜昌的水利工程是世界水利建设的杰出典范。特别是由于改革开放与三峡大坝的建成给长江两岸乃至全国带来莫大的福音，宜昌发生了"质的飞跃"。"两坝一峡"是宜昌闪亮的文化名片，葛洲坝水利枢纽工程是中国水电建设史上的里程碑，是民族水电工业摇篮，静立江面，岁月静好；"国之重器"三峡大坝是世界规模最大的水利枢纽工程，是中华民族日益走向繁荣强盛的典范。

蒋教授幸福地笑了笑，很自豪地说道：山川互生互长，古今多元叠加，这就是宜昌！横亘长江，大气磅礴，"更立西江石壁，截断巫山云雨，高峡出平湖，神女应无恙，当惊世界殊"。这是70多年前，毛泽东主席对三峡工程的美好畅想，如今在一代代中国人的自力更生、艰苦奋斗中，已成现实！

晚上，蒋教授又在万达广场中的一家流动自助式火锅店宴请我们，这也是年轻人最喜欢的新奇饮食方式，流水线上食物来回转动，各种各样，让人馋涎欲滴。

晚饭后，雨仍没停，我们只好回酒店，坐在酒店咖啡厅的落地窗前一边喝咖啡，一边欣赏"夜宜昌"的精彩，饱览一江两岸，霓虹璀璨、水墨山川……

夜幕低垂，华灯初上，点点灯光织成黄金霓裳，为宜昌披上华丽的新装，一个流光溢彩、风情万种的"夜宜昌"出现在我们的眼前……

蒋教授说，倘若我们能留下，他可以带我们到五一剧场寻梦古今，观赏《三峡盛典》，那里能食、游、购、娱、体、演，那里总有一款适合咱们；或买一张船票，乘坐游轮，邂逅夜幕灯光下的百年码头，览遍一江两岸绝世风光，行浸式感受水电之都的独特魅力；夜游车溪也别有一番风韵，以山为背景、水为舞台，在水车潺潺、星光竹影间领略土家族风情，在声、光、电的交融中，探秘巴楚神话……他说，现在"夜游宜昌"已成为拉动宜昌文旅发展的新业态。

蒋教授绘声绘色的描述让我们听得如痴如醉，甚至都萌生再住一晚的念头。

第二天清晨，雨过天晴，在酒店早餐后，我们漫步在长江边，欣赏宜昌的江山秀色……

雨后，空气更加清新宜人，只见河边绿草茵茵，鲜花盛开、树木蓊郁，生机勃勃，河的对岸山峦起伏，犹如一幅巨大而秀色迷人的山水画。

我们沿着长江边漫步，尽情享受着沁人肺腑的新鲜空气。滨江公园上人潮涌动，有的在跳舞，有的在唱歌，有的在手持"龙的彩带""舞龙"……蒋教授的一群太极拳友，也在健身晨练。天下太极一家亲，我和妻子也忍不住加入了太极拳晨练队伍中……

行程第七天，我们在长江边，告别宜昌诗友和几位拳友，结束了开心浪漫的长江三峡太极文化体验之旅，返回惠州。

长江源远流长的磅礴大气为我们构筑了永恒的大江之美，启发了一代又一代华夏儿女的激情与灵感，象征质朴的中国人民和中华民族的精神和意志，不仅在经济社会发展中发挥了重要作用，也孕育了灿烂的长江文明，见证了中华民族的荣辱与兴衰。

这次三峡之旅，我亲眼看见了长江的沧海桑田。长江母亲河用她健美的臂膀，挽起高山大海；用甘甜的乳汁，哺育各族儿女；用纯洁的清流，灌溉花的国土；用磅礴的力量，推动新的时代，她的确是伟大的中华民族的象征。

时间过得真快，滔滔长江水，悠悠太极情，7 天的三峡行，悠扬的太极乐曲始终在途中。无论是《醉美贵州行》《西沙之旅》，还是这篇《惠渝太极文化交流暨长江三峡游记》，当中记录的都是我们这种"走到哪里，练到哪里"的太极文化旅游，十分符合我们惠州市太极拳协会"太极之旅——环球行"的主题。这次三峡行是以太极文化为主线，以山水为载体，秉承生态环保理念，在唯美太极文化中，领略长江三峡壮美的自然景观、巴蜀大地独特的风土人情、"诗城"奉节浓厚的文化底蕴和长江三峡大坝的雄伟壮观，做到"出行必带太极衣，如影相随太极人"，是一次太极文化体验式旅游。与此同时，我和其他拳友在每次外出旅游时，尽可能保持"图文并茂游记行，留住笑声潇洒身"的深度旅游好习惯。

古朴秦川陕西行

初秋，我和几个老同学一起前往巍然独存、人杰地灵的陕西，开启了一次"古朴秦川陕西行"。

行程第一天下午，我们一行从深圳出发，经过两个半小时的飞行，抵达古色古香的十三朝古都——西安，后下榻西安某酒店休息。

一、洛川会议明镜悬

第二天吃过早餐后，我们从西安出发，游览洛川会议旧址、壶口瀑布。

从西安到宜川壶口约 4 个小时车程，途中我们参观了爱国主义教育基地——洛川会议旧址。

我们全神贯注地听解说员介绍，抗战爆发后，为了动员一切力量实现全面抗战，并具体制定、建立党领导抗战的纲领和政府，从而战胜日本帝国主义，1937 年 8 月 22 日至 25 日，中国共产党在陕北洛川冯家村召开了中央政治局扩大会议。在会上，中共中央政治局在军事问题上正确分析敌强我弱的形势，指出抗日战争是一场艰苦的持久战。在这种形势下，红军必须从正规战争转向抗日游击战。在国共两党关系上，指出必须坚持巩固扩大统一战线，坚持统一战线中的无产阶级领导权。这次会议通过了著名的《抗日救国十大纲领》，还通过了《中共中央关于目前形势与党的任务的决定》。

洛川会议是中国共产党在抗日战争全面爆发的历史转折关头召开的一次重要会议。这次会议指出了国共两党两条不同的抗战路线的原则区别，确立了我军在敌后放手发动独立自主的游击战争，利用游击战争配合正面战场，开辟敌后战场，建立敌后抗日根据地的战略任务，为实现党对抗日战争的领导权和争取抗日战争的胜利指明了正确道路。

洛川会议是中国共产党历史上一次十分重要的会议，它高举抗日民族解放战争的伟大旗帜，坚持全面抗战路线独立自主的原则，为实现抗日战争中无产阶级的领导权，为争取民族战争的胜利奠定了坚实的政治思想基础。旧址现存小院一座，内有坐北朝南砖窑两孔。左侧窑洞为当时的会议室，右侧为毛泽东旧居。展馆通过图片、文字资料、革命文物等，全面展示洛川会议召开的时代背景及洛川会议的重要史实。

1980年，洛川会议旧址更名为"洛川会议纪念馆"，位于陕西省延安市洛川县永乡镇冯家村，地处民族圣地和革命圣地之间，北距革命圣地延安120多千米，南距古城西安220多千米，占地面积近1万平方米，纪念馆内有许多珍贵文物藏品，是一座社会科学类历史遗址专题纪念馆。

我听着解说员的讲解，看着简朴的窑洞会址，近距离地感受伟人们顽强的革命精神，它除翳眼明亮，昂首剑出鞘，抗倭指航向，扬帆船起锚，内涵丰富，博大精深，让我更加敬佩和爱戴伟人们的高瞻远瞩、英明果断！

二、壶口瀑布势磅礴

抵达壶口后，我们用过午餐便出发前往世界上唯一的"金色瀑布"——黄河壶口瀑布。

黄河壶口瀑布位于山西省临汾市吉县和陕西省延安市宜川县交界处，是黄河上唯一的黄色大瀑布，也是中国第二大瀑布。它以壮观的景象和丰富的历史文化内涵而闻名，被誉为"黄河之心"和"中华民族精神的象征"。

导游说，黄河流至壶口遭两岸苍山峙，黄河河道在此处急剧变窄，

400 余米宽的河道突然收窄到 20 米左右，形成了一个巨大的落差，水流急速而下形成壮观的瀑布。

我站在壶口瀑布前，只见壶口瀑布宽 50 多米，高 20 多米，被约束在狭窄的石谷中，山鸣谷应，雷鸣震耳，尽显"天下黄河一壶收"的汹涌澎湃，耳边犹如响起"风在吼，马在啸，黄河在咆哮"的雄壮歌声。瀑布声如巨龙咆哮，每一滴水都充满了力量，它们汇聚成洪流，向前奔腾，水声轰鸣，气势磅礴，雷霆万钧，震撼人心，让人感受到大自然的神奇和魅力。

在这里，我仿佛听到历史的回响，感受到大自然的无尽力量，真是"黄河之水天上来"，壶口瀑布展现的天地之伟力和它的壮美篇章犹如中华民族不屈不挠永远向前的精神。

壶口瀑布不仅景色壮观，还具有丰富的历史文化内涵。自古以来，壶口瀑布就被视为中华民族的精神象征，无数诗人墨客在此留下了脍炙人口的诗篇。到了现代，壶口瀑布成了热门的影视作品取景地，如电影《黄河绝恋》、电视剧《黄河儿女情》等均在此拍摄。它是大自然赐予我们的无价之宝。

三、乐观倔强陕北人

晚上，我们参加浪漫的篝火晚会，观看具有西安特色、风情万种的腰鼓表演。

舞台上，主持人"乡恭"热情洋溢，简单淳朴的问候后，一位陕北俊男亲手点燃了广场上的篝火。

我们先观看专业的歌舞表演，然后与演员一道唱起陕北信天游，扭起大秧歌，敲起陕北腰鼓，感受高亢民歌的摄人心魄和淳朴的陕北民俗风情。

"锣鼓响，秧歌起。"那真是一个万里尘土，千里余音。只瞧那打头儿的敦实老汉，转着扭着大圈，脸上扬扬得意。他手里拿着大红绸子，中间绑上了一个大结，看似一团乱麻，却极富动感。长长的红绸儿在老汉手中向四下甩出去，他好像浑身有使不完的劲儿，尽力让红绸儿飘扬起来。

在明快的节奏中，扭秧歌的舞者们如同一群欢快的精灵，翩翩起舞，将民间艺术的魅力展现得淋漓尽致。在璀璨的舞台上，身着盛装的舞者以优美的姿态和灵活的步伐，将扭秧歌展现得如此动人心魄。台下的游客观众常常忍不住为他们鼓掌叫好。

你看，那伞头把！一男一女领头，男的咧嘴大笑，女的莞尔一笑。他们一边"公转"一边"自转"，时而还会互换位子，踏鼓点的脚步却丝毫没有差错。

再瞧那可叫一个精妙绝伦。那把伞儿的伞杆笔直，伞面上有绚丽的花饰，伞儿被舞得上下翻飞，往上撑两下，往下抖三抖，再旋上几个圈，后生们的胳膊、腿乃至全身都在有力地搏击着，扇起了黄土高原上的尘土，扇起了人们内心的激情，变幻无穷，神秘莫测。让痛苦和快乐、生活和梦幻、摆脱和追求都在舞姿和乐器中交织！

紧接着，腰鼓队上场了。他们"羊肚手巾头上裹，红绸系腰艳如火。满蓄豪情闪双眸，鼓槌才举已忘我"。其中一个头上系着白羊肚手巾，穿着黑裤子，腰上系了几圈长白布带，穿着纳鞋，憨憨地笑着被人推进场中，抿着嘴尴尬。但鼓点一起来，他忽然变了个人似的，眼睛一闭，双肩一抖，人还没动，下巴先抬，左右晃头，一股子"能"劲儿端了起来。大鼓一锤，他先慢踢一下右腿，沉稳。然后两个肩头一抖，胳膊并不伸直，就甩上甩下，鼓槌红绸划出曲线，敲过腰鼓，略略一沉，又缓抬肘，甩小臂，从下往上交叉出两条弧线，前锤打到后鼓，再"唰"地一展，腰胯一摆，待双肩再抖时，他已是蛇形身段，一溜曲线左腿，踢右腿，掏腿转身，跳起换步，腿甩在右腿弯后，又往起一蹦，两腿弯曲叉开，蹬在黄土地上，踏起烟尘。我们还没叫好，他接着抖肩甩胯，转身带腿。眼还闭着，嘴还抿着，却更摇头晃脑，得意非常。他不是伸胳膊乍腿四面坚决，而是发力比较收束，张弛很是有度，缓急和谐，连贯灵动，转身时甩出曲线，踢打中往上螺旋，旋转生风。真可谓是声声律动敲心坎，荡气回肠撼我情！

信天游则是陕北人的精神食粮。新中国成立之前，陕北人曾被贫穷、落后、闭塞所折磨，但他们从不掩饰对这个世界、这片山塬的热爱，他们坚毅地生活在这片土地上，凭着乐观与热情，唱出了陕北人的最强音。

"羊肚子手巾三道道蓝，咱们那个见面容易，拉话话儿难……"在陕北黄土地的初秋夜，一声深沉而高亢的信天游让我们为之一震，单调的夜色中有了五彩的星光。时而低沉、时而高亢的歌声像是在自说自话，只是每一句话都跌宕起伏，在漫山遍野回荡，有尘世的苦涩，也有对情爱的念想。在片这神奇的黄土地上，世世代代的陕北人用拦羊嗓子赶牛声唱出了一首首脍炙人口的信天游，无论是壮丽辽阔的《天下黄河九十九道弯》《山丹丹开花红艳艳》，还是悠扬沉郁的《千年老根黄土里埋》《满天星星一颗颗明》，都是不可多得的民间绝唱，是享受不尽的人间天籁。

　　如此热情奔放、悠扬动听和淳朴真挚的陕北歌舞晚会让我们如痴如醉，流连忘返……

四、延安圣火永相传

　　行程第三天，我们前往延安、南泥湾、王家坪和大唐不夜城。

　　早餐后，我们从西安出发，约 3 个小时后到延安。因延安红色革命遗址受无噪声保护，景区规定禁止使用扩音设备，讲解员都必须使用蓝牙耳机，因而所有游客都戴上蓝牙耳机。途中，我们还参观了南泥湾革命旧址，感受"陕北的好江南"，触摸延安精神的灵魂。"自己动手、丰衣足食"的南泥湾精神曾激励着一代又一代中华儿女，教我们双手搂定宝塔山，延安圣火永相传！

　　然后，我们在车上览滚滚延河水，从车窗远眺延安革命的象征和标志——宝塔山。车抵延安，我们参观革命旧址王家坪，在这里，我看到当年的"王家坪内油灯闪，伟人日夜伏案前"的景象，感受到当年红军革命的艰辛。人民领袖人民爱，不忘恩情水思源，作为一位老共产党员，我一定要"党性修持访枣园，担当使命践宣言"。接着，我们参观抗战时期的"中南海"——枣园革命旧址，中央大礼堂旧址，毛泽东、周恩来、刘少奇等老一辈革命家的旧居。

　　午餐后，我们乘车约 5 个小时返回西安，然后自选是否前往"大唐不夜城"感受夜色美景，在悦耳动听的钢琴声中，欣赏随音乐起舞的水景喷泉，与不倒翁小姐来一场美丽邂逅。

导游说，被誉为"亚洲最炫美的盛唐天街"的西安大唐不夜城，是一处融合了浓厚古香古色与现代科技魅力的综合性旅游区，它仿佛一幅展开的大唐历史画卷，铺展在街道中心，两边是具有浓厚古香古色韵味的音乐厅、美术馆、电影院等文化场馆。

白天的大唐不夜城，场面壮观，游人如织，扑面而来的盛唐之风让人感受到无比的骄傲和自豪。走进"大唐群英谱雕塑群"，仿佛走进了盛唐的历史画卷，每一个雕塑都在演绎着脍炙人口的典故，将人们的思绪带到那个遥远却又真切的大唐盛世。

夜幕降临，大唐不夜城变得灯火辉煌，宛如一颗璀璨的明珠点亮了整个南门。古色古香的建筑在灯光的映衬下显得更加庄严和神秘，街道上穿着古装的人们来往穿梭，表演舞蹈、弹奏乐器、展示武术，让人目不暇接……

美食也是大唐不夜城的一大亮点，各种特色小吃让人垂涎欲滴，每一口都是对味蕾的极致诱惑。此外，这里还有许多有趣的小店，出售各种特色纪念品，这些纪念品不仅具有地方特色，而且做工精细，非常值得收藏。

大唐不夜城不仅是一个历史的见证者，更是现代文化与传统文化的完美交融点。

五、秦唐史迹诉古今

行程第四天，我们游览西安博物院、兵马俑、骊山家宴和华山。

早餐后，我们出发前往唐代千年古塔——小雁塔。

导游说，小雁塔建于唐景龙年间，距今 1300 余年，是唐代佛教建筑艺术遗产，也是佛教传入中原地区并融入汉族文化的标志性建筑。小雁塔的基座为砖方台，基座下有地宫，基座之上为塔身，塔身底层高大，二层以上高度递减，逐层内收，愈上愈促，以自然圆和收顶，故整体轮廓呈现出秀丽的卷刹。

"噌吰初破晓来霜，落月迟迟满大荒。枕上一声残梦醒，千秋胜迹总苍茫。"这首诗是清代文人朱集义在游小雁塔时所作的，生动地描绘了古寺拂晓，浑厚洪亮的钟声划破了晨霜大地的寂静，在残月的洒射下，大地依旧是一片灰蒙荒蛮，床上人未完的梦境被一声钟鸣惊醒，这千年古刹胜迹，总是那般永恒、神秘和苍茫。

据民间传说，清朝末年，有一个女子因为思念戍守边疆多年杳无音讯的丈夫而来到这里祈愿。方丈让她把心愿写在黄裱纸上，并贴在大钟上，不久后，她的丈夫竟然回来了。从此，长安城内的百姓纷纷来此敲钟祈愿，这口钟也因此被称为"神钟"。

游览完雁塔神钟，约一小时车程，我们抵达临潼，继续游览世界文化遗产——秦始皇兵马俑博物馆。

在秦始皇兵马俑博物馆，我们戴上蓝牙耳机静静地听解说员的介绍：秦始皇兵马俑以规模宏大、工艺精细、造型逼真而著称于世，秦始皇陵是世界上最大的"地下军事博物馆"、世界考古史上最伟大的发现之一，秦始皇陵及兵马俑坑被联合国教科文组织批准列入《世界遗产名录》，堪称"世界第八大奇迹"。

在这里，时光仿佛倒流，让人身临其境。秦始皇陵兵马俑带给我超乎想象的历史见证。每一尊兵马俑制造工艺精湛，它们的面部特征、服饰、武器和姿势都各不相同，神态各异，栩栩如生。仿佛可以穿越千年，一窥秦始皇锐不可当的军队。我们穿行在这些极具感染力的艺术品间，都震撼和惊叹不已！

在惊叹声中，不知不觉到了晌午。我们在田园式庭院餐厅窑洞庭院享用关中特色骊山家宴。餐厅对面是一排排陕北窑洞，与餐厅氛围格格不入，让人不知身在何处。

导游说，在这里，游客可以自费欣赏中国首部实景沉浸式多媒体战争史诗剧《复活的军团》，或是会跑的大型实景演出《驼铃传奇秀》，穿越千年，品味异域风情，见证盛唐荣耀。

六、华山奇峰天下险

行程第五天，我们游览西岳华山、西安、钟鼓楼广场和回民街。

早餐后，我们从西安出发，前往"奇险天下第一山"——西岳华山。

据导游介绍，华山是中国"五岳"之一，海拔 2100 多米，位于陕西西安以东 120 多千米，在历史文化故地渭南市的华阴市境内。华山北临坦荡的渭河平原、黄河，南依秦岭，是秦岭支脉分水脊北侧的一座花岗岩山。

经过约两小时车程，我们终于来到华山脚下的游客中心，然后乘坐约 20 分钟观光车来到北峰索道，从北峰坐缆车到中峰。从北峰到中峰约两个小时，途中我们经过纪念亭、擦耳崖、苍龙岭和华山论剑碑等景点，观看华山全景。

导游说，华山内有一座纪念亭，它是爱国主义和革命传统教育的生动课堂。为了纪念人民解放军智取华山的英雄伟绩，教育下一代树立爱祖国、爱人民、勇于吃苦、乐于奉献的革命精神，1992 年以来，陕西华山管理局共投资 300 多万元，先后修建了瓦庙沟至北峰"智取华山登山路"和"解放华山纪念亭"等纪念建筑。纪念亭上刻有一副对联，"千秋功勋三军猛勇震天地，万代楷模将士奇智惊鬼神"，表现了中国人民解放军英勇无畏的精神。

擦耳崖仅有一尺来宽，是北峰口至上天梯下的一段险道。其西傍悬崖峭壁，东临万丈深壑，古时擦耳崖非常窄，只能容得下一只脚通过，行人通过时，松风耳擦。正如诗所云："内靠悬崖前凸显，外临深涧气烟腾。手攀足探精心走，云过松风擦耳升。"

苍龙岭是华山著名险道之一，位于救苦台南、五云峰下，因其苍黑色的外部和似悬龙般的地势而得名。苍龙岭的险峻地形使得许多游客感到胆战心惊，其中最著名的故事是唐代文学家韩愈在游览华山时，因畏惧地势险峻而大哭，并投书求救，这一故事流传至今，甚至成为文化遗产保留下来。

据悉，明清时期，苍龙岭开始修建台阶，共计 530 多级，以提高游客的安全性。为了防止上下堵塞，于 1998 年又在东飞鱼岭开凿了一条登山复道。苍龙岭不仅是华山的重要景点之一，还因其丰富的历史文化背景而吸引了众多游客前来探访。

欣赏完苍龙岭，我们来到华山论剑碑。

在《山海经》中记载："曰太华之山，削成而四方，其高五千仞。"

华山是五岳中海拔最高，最险峻挺拔的一座山。"华山论剑"是著名的武侠小说家金庸在其作品中虚拟的江湖故事，描绘了江湖英雄置身于奇险峻峭的华山比试武功高下，谈论武学之道，列武术伯仲的场景，创造了一个神秘、诡奇、险绝的剑侠世界。华山也因此充满了险气、仙气、剑气、英气、豪气和义气！在这场旷世对决中，各路英雄齐聚华山，剑指苍穹，展现出华山的威严与魅力。

华山论剑，是一幅充满江湖气息的画卷，不仅吸引了无数江湖侠客前来比试，还吸引了无数游客到此拍照留念、观赏华山。在这片神奇的土地上，我们领略到了中华文明的博大精深。

我站在山顶极目四周，唯见华山山腰云雾围绕，云海翻腾，山风拂面，山势陡峭，万丈山涧被座座拔地而起的山峰包围着，群山高低错落，连绵起伏，有直插云霄的霸气，也有如诗如画的缠绵。而悬崖边上的绿树更显得挺拔、引人注目。

秋天的华山宁静而神秘，金黄的落叶铺满山路，古朴的建筑在阳光下熠熠生辉。据说，清晨云海翻滚，白茫茫一片，如梦如幻；夕阳西下，山峰被染上了金黄色，耀眼夺目，仿佛置身仙境，整个华山像一个美丽的童话王国，让人流连忘返。

站在山巅的我，望着壮观与惊险并存的华山，感慨万千！环顾华山谁为主，从容骑马上峰巅，御剑乘风来，除魔天地间，有酒乐逍遥，无酒我亦颠，一饮黄河水，再饮吞日月。在这里可感受手攀铁链，脚踩石窝，旋转而下的鹞子翻身；亦可孤胆挑战仅容一人通过，脚底就是万丈深渊的长空栈道；或是环视横叉云颠的苍龙岭……

随后，我们从中峰前往东峰，沿途经过玉女祠、玉女洗头盆、引凤亭和"二将军"松等景点。

玉女祠是道教古迹，也叫"中峰大殿"。相传春秋时，有一善吹玉箫的隐士萧史，以箫声吸引了秦穆公的女儿弄玉，使其抛弃了宫廷生活，与其一同来到此处隐居修炼，后均得道成仙。后人为了纪念两位仙人，便于此修建了一座祠宇，以供祀其像。祠内原奉玉女石像一尊，现供玉女之像为近世所塑立。而玉女洗头盆是玉女祠前的一个石臼，酷似玉女洗头用的面盆。

引凤亭位于华山景区内，据史志记述，秦穆公之女弄玉，姿容绝世，通晓音律，一夜在梦中与华山隐士萧史笙箫和鸣，互为知音，后结为夫妻，由于厌倦宫廷生活，于是，萧史拿出紫玉箫对空中品奏一曲，从天空中飞来赤龙彩凤，落于楼台前。萧史乘龙，弄玉骑凤，徐徐地离开凤楼，东去华山。传说，萧史、弄玉到了华山中峰，仍是夜夜把笙箫声送入九天。他们的笙箫声常引来凤凰落于石上一起合鸣。萧史、弄玉不辞而别离开秦宫后，秦穆公十分思念女儿，便派人追至华山中峰，可是怎么也寻不到，原来他们已飞升去了仙界。秦穆公便让人在明星崖下建祠纪念。从此，人们把中峰称为"玉女峰"。后来，人们又在华山中峰上修建了引凤亭。

游览完东峰，我们继续前往南峰，大约需一个小时。在前往南峰途中，我们游览了迎客松、鹞子翻身、朝阳台、观日台、鹰嘴崖、华岳仙掌、云梯等景点。

华山迎客松是华山南峰仰天池西的一棵松树。它一松孤立崖上，枝干苍劲多曲，形如躬身伸臂作迎客状，故而得名。

随后，我们来到鹞子翻身。鹞子翻身是华山东峰上的一条著名险道，是通往下棋亭的必经之路。游客走到这里时，需要面壁挽着铁索，用脚尖探寻石窝，交替而下，因为这里有一小段只有一边的铁链可以抓握，需要掌握好身体的平衡度，其中有几步必须像鹰鹞一样左右翻转身体才能通过，因此得名叫鹞子翻身。鹞子翻身凿于倒坎悬崖上，往下看只能看到垂直于空中的铁索，而不见前路。

这条险道的难度极高，需要游人全神贯注，手眼脚膝全面配合，不能有丝毫的松懈。尽管从视觉冲击上来看，鹞子翻身远远比不上长空栈道，但从难度上来看，鹞子翻身甚至比长空栈道更难走。

朝阳台在东峰绝顶，因是太阳最先照耀的地方，又是游人观赏华山日出的最佳位置而得名，东峰也因此被称为"朝阳峰"。

华岳仙掌是华山东峰奇景之一。掌迹在东北处的仙掌崖上，在东峰是看不见的，在华山车站附近才会看得真切，它五指具备，宛如左掌。作为关中八景之首，是值得观赏的一处美景。

接着，我们来到云梯。攀登华山云梯是一项令人望而生畏的挑战，身在其中仿佛置身于天地之间的一根细线上，脚下是万丈深渊，头顶是蔚蓝的天空。它是连接华山南峰与北峰的全长200多米的悬空索道，被誉为全球最长的悬空索道。攀登华山云梯，首先让人惊叹的是其惊险的高度和垂直的设计，直插云霄的云梯在山风的吹拂下会轻微摇摆，又增添了一份刺激，让人对自身的勇气有了更深的认识。

华山不愧是以"陡峭"闻名于天下，那几乎直上直下的石梯与石梯边的铁链紧紧相连，令人看着惊心动魄。我紧紧地抓住铁链，不敢有一丝疏忽，站在窄窄的花岗岩梯子上往下看，只见黑洞洞的一片，真是让人害怕！

我手脚并用，盯着陡峭的悬崖，全神贯注地向上攀爬，这种体验太刺激了，爬着爬着，我慢慢地有点儿爬不动了，双腿像灌了铅一样沉重。我只好双手抓住铁链，像一只笨重的小狗熊慢慢地向上攀爬。爬到半山腰，我好奇地偷偷瞄了一下山脚，顿时吓得直冒冷汗，双腿发颤，心怦怦直跳，心想如果掉下去，那肯定粉身碎骨。

近20分钟的攀登，爬上无数级几乎呈90度的花岗梯子，才发现自己已经登上了北峰山顶。这时，气喘吁吁的我站在山顶，遥望远方，中峰、南峰云雾缭绕，登西峰的小路蜿蜒向下伸展，周围都是好似被专业石匠修理过的悬崖峭壁，令人感慨大自然的鬼斧神工，游客像蚂蚁般朝各个山峰攀爬……

在南峰往西峰的路上，我们游览了炼丹炉、拜公松、南峰极顶、仰天池、金天宫、避诏崖、南天门、长空栈道、思过崖、迎阳洞等景点。

随后，我们游览位于华山的南峰与西峰之间的华山炼丹炉。这是一座名为"炼丹炉"的小山峰，这座山峰上有一座庙宇，名为"纯青宫"。传说中，太上老君和八仙之一的铁拐李都曾在此炼过丹，"铁拐李"的故事也是发生在这里。

接着，我们踏破重重白云，登上华山天柱，仰望流动不息的天池水于尘间汹涌，在"会当凌绝顶，一览众山小"的南峰极顶，惊叹华山的壮观和美丽。

紧接着，我们游览位于华山南峰绝顶的仰天池。据介绍，仰天池水深约1米，池面面积约3平方米，虽位于高山之巅，但终年水量保持不变。

我们很疑惑，仰天池的周围都是坚硬的岩石，根本找不到水源，而且不管是什么天气，它里面的水量都能保持不变，简直太奇怪了，这是怎么做到的呢？传说给了我们一个奇幻的答案：仰天池就是当年太上老君炼丹取水的地方，这里的水源自天上，因而才会终年保持平衡。

尔后，我们来到避诏崖，它与长空栈道相邻，因其历史背景和地理位置而闻名。

据说，避诏崖的名称源于宋代著名隐士陈抟在此躲避朝廷征召的故事。陈抟不愿为官，选择在此地隐居，这个地方从此成了陈抟的避难所，并因此得名。古时的避诏崖狭窄陡峭，崖下每年积雪时间较长，路滑多险，但现在经过了整修加固，叠石为阶，游客可以更安全地到此一游。避诏崖位于南天门通向南峰巅的必经之道，是华山七崖之一，崖腹部有贺老石室，这是元初华山派第一代宗师高道贺志真开辟的修行之地，丰富了避诏崖的文化历史价值。

再后，我们游览位于华山南峰东侧山腰的长空栈道。它是为远离尘世静修成仙，在万仞绝壁上镶嵌石钉搭木橼而筑的。栈道上下皆是悬崖绝壁，铁索横悬，由条石搭成尺许路面，下由石柱固定，游客至此，面壁贴腹，屏气挪步，被誉为"华山第一天险"。长空栈道有700余年的历史，长空栈道是华山险道的险中之险。古往今来，历险探胜者络绎不绝，其中不乏文士名流，多有记述传世。

在西峰，我们游览了巨灵足、神龟探海、舍身崖、莲花峰、南崖、斧劈石、登西峰、翠云宫、杨公塔、沉香劈山救母等景点。

巨灵足在华山西峰屈岭南端西侧崖畔，是一处形若足迹的天然石臼的自然景观，相传为劈山导河的巨灵神留下的足迹。

神龟探海在华山西峰顶东北方上的一块，形态颇似一只乌龟的奇石，乌龟的头伸向悬崖，身子下就是悬崖峭壁，万丈深渊，眼前是起伏的群山和连绵的云海。

西峰莲花峰是华山主峰之一，海拔2000多米，因位置居西得名，又因峰巅有巨石形状好似莲花瓣，古代文人多称其为"莲花峰""芙蓉峰"。

南崖，其山脊与南峰相连，形态好像一条屈缩的巨龙，脊长300余米，石色苍黛，人称为"屈岭"，也称"小苍龙岭"，是华山著名的险道之一。

斧劈背后也有一个神奇的传说，传说玉皇大帝的女儿三圣母与进京赶考的书生刘彦昌一见钟情，私结姻缘，被兄长二郎神察觉。为维护天规的尊严，玉皇大帝令二郎神施法将三圣母压在华山西峰巨石下。三圣母石下产子，取名"沉香"，待沉香长大后，用神斧劈开此石，母子团圆。

最后，我们在西峰坐缆车下山至山下的索道口，再转坐观光车到游客中心，为酣畅淋漓的华山之行画上圆满的句号。

当车行至西安市区时，我们都去了西安著名的美食文化街区回民街，它是西北风情街的代表之一，其中青石铺路、绿树成荫，路两旁清一色的仿明清建筑，距今已有上千年历史。回民街是多民族文化相互影响、融合的代表。有着深厚的文化底蕴，如今，游玩在回民街上，我们甚至可以吃上300多种特色小吃。

七、西安城墙古朴美

行程第六天，我们继续游览西安城墙和永兴坊。

早餐后，我们首先前往西安城墙，游览古都西安的标志性建筑。西安城墙是中国现存规模最大，也是中国迄今保存最完整的古城墙之一，包护城河、敌楼、正楼、箭楼、闸楼和角楼等建筑设施。现在，它与平遥城墙、荆州城墙、兴城城墙并列为中国现存最完好的4座古城墙。

最后，我们前往游览非物质文化美食街永兴坊。导游说，这里没有重复的店面，没有加盟店，都是西安本土出名的老店或其分店。在当地"土著"导游的带领下，我们可品尝正宗的潼关肉夹馍、秦镇米皮。

行程第六天上午10点半左右，我们乘车前往西安咸阳国际机场，乘机返回惠州，回到温馨的家，结束愉悦美好的旅途。

粤游

趣记

神奇梦幻丹霞山

神奇的丹霞地貌奇观，真让人惊叹和着迷！

不久前，我才为甘肃张掖的"七彩丹霞"感叹，叹其丹霞地貌是多么险峻、幽深、色彩斑斓和形态各异。2024 年 10 月下旬，我又同 4 位靓女一起驾车来到韶关，探索以赤壁丹崖为特色，由 600 多座顶平、身陡、麓缓的红色砂砾岩石构成，岩石裸露、山势奇特，有"天下第一奇石"的旅游胜地——韶关丹霞山。

10 月 20 日中午，我们从广州出发，途经京港澳高速公路、韶赣高速公路和南韶高速等公路，前往韶关。一路上，透过车窗，看见公路两旁长满了枫树和柿子树。枫叶红了，柿子叶黄了，片片叶子点缀在青绿诱人的山坡上，是那样诗情画意！粤北客家山区的秋景，是广东最富诗意的秋景，银杏、梯田、红枫、沙漠、草原……每一处都透着浓浓的秋意！

下了高速，我们继续沿着蜿蜒的公路前行，在韶关仁化的南华路段，我们见到了"野松千壁立，幽石抱云眠"的南华寺，它那雄伟的殿宇和金碧辉煌的宝塔一下子就吸引了我们的眼球……

经过 3 个多小时的车程，当天下午 5 点左右，我们到达了九州连锁主题客栈（丹霞山观景店），并办理入住手续。这个客栈造型独特，听说它是将传统的徽派建筑风格与丹霞山自然风景巧妙地融为一体，房内设施应有尽有，干净卫生。这儿真是一个欣赏韶关丹霞山美景的好地方，入住的当天傍晚和第二天清晨，我们分别在客栈门前的茶几和天台花园上闲坐，一边品茶，一边饱览万丈朝霞之优、日落黄昏之美。位于客栈左侧的长老峰，前方的锦江、群象出山、玉女拦江，右侧的睡美人等奇观一览无余，真可谓是"上九天揽大地美景，神州丹霞尽收眼底"。

办完入住手续，我们在客栈门前等候导游小钟。

据小钟介绍，韶关丹霞山位于韶关市仁化县境内，分为阳元石、长老峰、翔龙湖、卧龙冈和宝鼎5个景区，总面积290多平方千米，是广东省面积最大的风景区，也是世界"丹霞地貌"命名地。韶关丹霞山以岩石形态奇特和赤壁丹崖为特色，有"色如渥丹，灿若明霞"之誉。其中，独特的石峰、石墙和天生桥天下闻名，它不仅是一个旅游胜地，还是一个具有科普教育和教学实习价值、研究丹霞地貌的重要基地。虽然，韶关丹霞山与张掖丹霞山都是中国重要的自然景观和旅游胜地，但二者各有特色，张掖丹霞山以色彩斑斓和自然风光著称，而韶关丹霞山则以科研价值和奇特地貌而扬名。

夕阳西下，小钟带着我们来到余霞成绮、落日成金的丹霞地貌命名石前，让我们在"夕阳西下水悠悠，金辉如火映湖面"的打卡点——彩虹桥合影留念。

夜幕降临，大伙儿漫步在灯火辉煌的瑶塘村夜市饮食街，享用了当地特色晚餐。

第二天，正巧是其中一位靓女生日，我们在客栈旁边的早餐店替她庆祝，一起在心中为她点燃蜡烛，以茶替酒，祝福她年年有今日，岁岁有今朝，一生健康长寿，幸福快乐！

我们吃完早餐，返回客栈时，小钟已在门口等候多时。出发前，她指着村道介绍说，我们眼前的瑶塘村是一个依托丹霞山景区发展起来的特色村庄。从前，瑶塘村是一个贫穷落后的小山村，村民主要以种植水稻、柑橘或外出务工为生。我们眼前这片空地，原是村民在砖瓦窑烧制砖瓦取泥时留下的大坑地，所以村子取名叫"窑塘村"，谐音为"瑶塘村"。随着丹霞山景区的发展，瑶塘村最大的变化就是整村"拆旧建新"，按照岭南和徽派建筑风格统一建了新居，并纳入"丹霞彩虹"省级新农村示范片工程。村里的基础设施日益完善，能更好地依托丹霞山景区的客源优势，积极鼓励村民发展民宿客栈，渐渐形成了以自然生态、音乐休闲、图书阅览等为主题的特色民宿客栈。瑶塘村成功转型，蝶变为远近闻名的"瑶塘新村"。

说着说着，我们驾车来到位于断石村的阳元山检票站停车场。

断石村又名"阳元村""多仔村"，因阳元石而闻名。阳元石是丹霞山中的一块奇石，造型独特，有"天下第一奇石""天下第一绝景"等美誉，这一奇观吸引了无数游客前来观赏。这个村地处丹霞山脚下，距丹霞山北山门不到 2000 米，地理位置优越，交通十分便利。在断石村周边，还有坤元山（玉女拦江）、云崖栈道、嘉遁亭、细美寨、九九天梯、玄机台、天罡桥、通泰桥、海豹石、混元洞等美景，这个村凭借独特的自然风光、深厚的历史文化底蕴和丰富的旅游资源，一举成为丹霞山内的一颗璀璨明珠。

听完小钟的介绍，我们也顺利通过了经过阳元山检票站，沿弯弯曲曲的山道前往拜阳台，一路上两旁奇山怪石，竹树成荫，凉风扑面，好不惬意！

不一会儿，我们来到阳元石观景台，扶栏远眺，只见一只"巨型手掌"在绿树丛中竖起，很是壮观。阳元石造型奇特，"巨型手掌"的"拇指"酷似男性生殖器，弄得不少年轻女游客面红耳赤，怪不好意思的。

我们看完阳元石，走山路至回春谷，观赏完双乳石，到晒布崖。我站在路边回望，唯见阳元山大石墙岩壁上布满了平行的竖向沟槽，就像一块巨大的湿布正挂在岩壁上晾晒。我很是纳闷，这种崖壁浅沟槽应该是下雨时由山顶汇集的片状水流冲刷和溶蚀所形成，但这些沟槽为何能排列得如此均匀、整齐？小钟说她也不知道，这是一个待解的谜。

接着，我们从 6 号线入口穿过腾蛇坳、树抱石，走过一段遮天蔽日的阔叶林小路，抬头仰望，突然一道飞天而过的巨石横跨在山涧两边，气势非凡！小钟说，这就是通泰桥，又叫"天生桥"。通泰桥位于阳元山西北面，是一座自然形成的天然石拱桥。阳元山游览区现有 7 座自然天生桥，通泰桥是其中最大的一座，桥面平整，造型优美，极似中国古桥之王——赵州桥。因此，它也被称为"中国丹霞第一桥"。

来到桥下仰望，通泰桥酷似一条腾空而起的巨蟒。我驻足观望，惊叹不已！我甚至怀疑它是不是牛郎织女遗落在此的鹊桥。

通泰桥下有一条很陡的石梯通向桥面。我们先在桥下拍照，再攀登石梯前往桥面。我们来到通泰石桥面时，顿觉天地豁然开朗。极目远望，各种形态的丹霞山峰姿态万千，大自然的造化真是奇妙无穷。此时，我觉得自己好像要羽化登仙了……大伙儿都很庆幸自己爬上了这神奇的天生桥，因为据当地人传说，通过这座桥的人，不论做什么事情都能心想事成、万事顺利。随后，我们踩着石蹬梯子下山。通泰桥四面八方都凿有石蹬，构成一条条步道，为游客提供了与桥亲密接触的机会。

这里绿意盎然，崖顶群落高数米，林中植物有鸭脚木、乌冈栎、白蜡树、桂花、乌饭树等，灌木有毛果巴豆、赤楠蒲桃等；开阔的崖壁上有丹霞山较常见的落叶、半落叶、常绿矮树灌木，如圆叶小石积、紫薇、豆梨、褐毛海桐、中华绣线菊等。

欣赏完通泰桥，我们原路返回至"水上丹霞"乘坐游艇，沿锦江饱览丹霞山的奇山异石。

清晨，当第一缕阳光穿透薄雾，轻轻拂过水面，韶关的水上丹霞便缓缓揭开了它神秘的面纱。我站在岸边远眺，只见群山如黛，云雾缭绕，仿佛一幅流动的山水画卷缓缓展开。山，因水而活；水，因山而媚。丹霞山的独特之处在于其红色的砂岩地貌，经过千万年的风化侵蚀，形成了今天我们所见的千姿百态、色彩斑斓的山峰。这些山峰倒映在碧绿清澈的湖水中，更添了几分柔美与灵动。

由于不是节假日，游客不是很多。我们在等候其他游客的空隙，分别在阳生桥和"水上丹霞"石刻前合影留念，尽情地敲打大鼓……

不久，游客纷纷前来，我们坐上游艇，从水路探寻韶关水上丹霞，领略绝美自然风光。

我们乘坐一叶扁舟，轻轻划入这如诗如画的山水彩卷，体验水上丹霞的"色如渥丹，灿若明霞"。

游客随着船上导游所指的方向浏览，一幅幅山水画卷映入眼帘。瞧，右前方是云崖栈道、阳元石、群象出山、牧象石、凉伞石、鲤鱼跳龙门等景观；远处是茶壶峰、观音石等；左前方是仙人插掌、宝珠峰，悬挂在丹霞山命名石的是锦石寺、别传寺及摩崖石刻群……途中，游船在命名石附近停了下来，方便大家拍照。

随着小船缓缓前行，四周的美景如电影画面般一幕幕掠过，有的山峰似剑指苍穹，锐不可当；有的则圆润柔和，宛如少女的脸颊；还有许多形态各异，历经岁月的雕琢，讲述着古老而神秘故事的岩石。水面上，偶尔有几只水鸟掠过，留下一串串涟漪，为这静谧的画面增添了几分生机与活力。

阳光洒满整片江面，金色的光辉与红色的山岩交相辉映在整个锦江水畔，美得让人心醉。当下正是粤北秋日，阳光既灿烂又柔和。我想，倘若找一处静谧的角落，或品一壶清茶，或读一本好书，让身心得到彻底的放松。在这里，时间似乎变得缓慢，让人忘却尘世的烦恼，只想沉浸在这份宁静与美好之中，让心灵得到真正的洗涤与升华。此刻的我轻轻闭上眼睛，让心灵完全沉浸在这份宁静与美好之中，聆听山水间的低语，感受那份超脱尘世的宁静与自由……

船上导游继续介绍道，到了傍晚，当夕阳的余晖洒满山谷，整个水上丹霞便会染上一层金色的光辉，美得令人窒息。此刻，无论是山上的每一寸岩石，还是水中的每一道波纹，都仿佛被赋予了生命，共同演绎着一曲关于光与影的华丽乐章。

渐渐地，游船行至丹霞电站大坝处，我们得原路返回。

韶关的水上丹霞不仅是一处自然景观，更是一个心灵的归宿。在这里，你可以找到一份久违的宁静与平和，让心灵在大自然的怀抱中得到真正的释放与重生。这不仅仅是一次旅行，还是一场视觉与心灵的双重盛宴，更是一次灵魂的洗礼，让人在赞叹大自然之美的同时，更加珍惜与敬畏这份来之不易的大自然的馈赠。

两个多小时后，水上丹霞的游览结束了，我们回到断石村吃午餐。

下午，我们从断石村开车到长老峰票站，在游船码头坐船前往疏秀亭、玉带桥，再到翔龙湖东南面的游船码头上岸观赏另一奇石——阴元石。

翔龙湖位于丹霞山长老峰南侧，因其湖面轮廓酷似一条腾飞的青龙而得名。沿湖有龙角山、龙须涧、九龙峰、仙居岩、雾隐岩、乘龙岩、祈龙台等20多处景点，山崖上的古今龙文化石刻比比皆是。

我们坐在游船上，在碧波中寻幽览胜，倾听那龙吟似的"汩汩"泉声，令人冥思遐思，万虑俱消。周围的群山高崖与湖水组合为天然图画，在碧若玉盘的湖面上倒映出丹霞山的秀美身姿。

据介绍，这里自然景观有仙居岩道观、三涧、六峡、九洞、十八峰。仙居岩道观是为纪念张天师降白虎、救青龙而建，由龙虎山张天师门人主持。

接着，我们参观了阴元石，它是丹霞山中又一奇特绝景。阴元石上部是红色砾岩，下部是红色砂岩，为竖向侵蚀洞穴，因地下水沿砂岩中的垂直裂隙渗流，洞穴又经风化与坡面流水的侵蚀逐步掏空，最终形成这样的世界奇观。

看完阴元石，三位靓女还登上蜡烛峰观景台，近距离地欣赏僧帽峰奇观。然后，我们原路坐船返回到长老峰票站，自行开车到丹霞山索道口，乘缆车到宝珠峰的韶音亭，远眺僧帽峰等山峰全貌。

宝珠峰位于丹霞山长老峰上，坐缆车可以直接到达。宝珠峰上有多个著名景点，如虹桥拥翠、松涛风声、龙皇泉、舵石朝曦等，这些景点各具特色，令人流连忘返。

宝珠峰以其险峻、奇峭、狭陡著称，如果选择攀爬上山，人们需要在陡峭的石壁上双手紧扣石缝，双脚踏住仅有几厘米宽的石坎，胆战心惊地一寸一寸向上攀爬。艰难的攀登过程让人心潮澎湃，不由得心生"山高人为峰"的人生感叹。它仿佛穿越时空的长河，静静地燃烧着岁月的光辉。

我们一行怀揣着对自然奇观的无限向往，踏上了攀登宝珠峰的征途，只为一睹那传说中的僧帽峰奇观。随着几乎直线上升的缆车，周遭的世界似乎变得愈发宁静，空气中弥漫着松木的清香与泥土的芬芳，每一次呼吸仿佛都是在进行一场心灵的洗礼。不一会儿，我们便到了宝珠峰的巅峰，蜿蜒曲折得如自然之手精心铺设的迷宫山路将我们引到了韶音亭。

站在韶音亭，眼前豁然开朗。远处，僧帽峰以其独有的姿态，傲然挺立于天际线下，那山峰之巅，仿佛有一顶无形的僧轻扣合，散发着超凡脱俗的气息。阳光在缝隙中倾泻而下，为僧帽峰披上了一层金辉，使得它更显神圣与庄严。

此刻，时间仿佛凝固，我沉醉在这份宁静与壮美之中，心灵得到了前所未有的释放。僧帽峰在云雾缭绕中若隐若现，如同一位得道高僧，正静静地诉说着千年的故事，又似在引导着每一个迷途的旅人，找寻内心的归宿。四周的风声、鸟鸣，与远处山涧的溪流声交织在一起，构成了一曲大自然的天籁，让人心旷神怡，忘却尘世的烦恼。我闭上眼睛，深深地吸了一口气，将这份纯净与美好永远镌刻在心里。

我们分别站在韶音亭上和观景台远望，欢呼、喝彩，留下了许多精彩的瞬间，记录了快乐的欢笑！

此次登山是一场灵魂的洗礼，珠宝峰与僧帽峰是大自然赠予人类最宝贵的礼物，让我们深刻体会到了"会当凌绝顶，一览众山小"的豪情壮志，以及一份超脱世俗、归于自然的宁静与和谐。

天色渐晚，由于我们需要花3个多小时才能返回惠州，于是，我们提前下山了。

时间短暂，脚步匆匆。这场丹霞山之旅，有点儿惋惜。丹霞山的主要景点有长老峰、观日亭、阳元山、细美寨、天生桥、阳元石、神龟探海、仙桃石、茶壶峰、锦江等。这些景点各具特色，形成了丹霞山独特的自然景观和人文景观。我们这次只游览或远望了部分主要的景点，还有一些展示了岭南文化的深厚底蕴的隋唐寺庙宫观、摩崖石刻和碑刻来不及欣赏……

真的，韶关丹霞山就是一幅绚丽多彩的画卷，静静地铺展在岭南大地之上。它是大自然的杰作，是岁月的见证，更是无数旅人心中向往的胜地。韶关丹霞山不仅风景如画，更蕴含着深厚的历史文化底蕴。古刹钟声，悠扬回荡，让人的心灵得到了净化与升华。站在山顶，俯瞰群山，心中不禁涌起一股豪情壮志。

韶关丹霞山，你以你的壮丽与神秘，吸引了无数旅人的目光，也让我深深地爱上了这片土地。你的美，将永远镌刻在我的心中，成为我人生旅途中最宝贵的记忆！

下午4点左右，我们结束一天的旅途，告别了神奇梦幻的丹霞山和热情陪伴我们的导游小钟，开车回到惠州的温馨之家。

湾区月正圆

  在桂馥兰馨的金秋八月，中华大地迎来了祖国 71 周年华诞暨中秋佳节。2020 年 8 月 12 日，由珠海炫舞传媒文化有限公司主办，广州中老年文化艺术协会、广州市老年人体育协会指导的粤港澳大湾区中老年人"迎十一、迎国庆，魅力佛山文艺汇演"在武术之乡佛山举办。

  佛山地处珠江三角洲腹地，东倚广州，毗邻港澳，地理位置优越。佛山气候温和，雨量充足，四季如春，是富饶的鱼米之乡。珠江水系中的西江、北江及其支流贯穿佛山全境，冲积出这片丰饶的大地。

  佛山现辖禅城区、南海区、顺德区、高明区和三水区，全市总面积近 3800 平方千米，常住人口近 1000 万人。佛山是闻名的武术之乡，是中国南派武术的主要发源地。现在世界上广泛流行的蔡李佛拳、洪拳、咏春拳等均源自佛山，曾涌现黄飞鸿、梁赞、武打明星李小龙等武术大师。2004 年，佛山被授予"武术之城"称号。

  这场群星璀璨、高手云集的文艺表演，同时也是一场风起云涌的"武林大会"，吸引了来自各省、市、区老年体育协会和团体，特别是粤港澳大湾区的文艺协会、太极协会会员踊跃报名。8 月 10 日止，有 60 多个表演团队，2000 多名热爱文艺、武术的选手和啦啦队队员报名参加，云聚一堂。他们将在佛山一展歌喉、舞姿及拳脚，勠力同心，向世界展示中华武术的魅力，弘扬中华千年文化国粹。

  演出共设文艺类和体育类两类节目，文艺类节目有舞蹈、合唱、器乐和旗袍秀等，体育类节目有柔力球、太极拳、太极功夫扇等。奖项设有钻石金奖一名、特金奖两名、金奖和银奖多名，整场比赛采取全天候流动式进行。

惠州市太极拳协会派出 8 支训练有素的参赛队伍，由两名副会长（国家级太极教练）带队出征禅城。

比赛当天早晨，选手和啦啦队共 170 多人分别乘坐 4 部大巴，雄赳赳，气昂昂地奔赴佛山。

我坐的 2 号车有健友站的两队选手和啦啦队队员共 34 人。一路上，选手们情绪高昂，想一展风采，但激动之余仍有比赛前的小紧张。于是，大伙儿谈笑风生后，便放起了熟悉而悠扬的参赛音乐，一来可以舒缓大家坐车的疲劳，放松紧张情绪；二来可以让大家加深对比赛音乐与动作配合的记忆。在途中，大伙儿参观了一个 2000 多亩的蜜蜂养殖场。午饭后，我们还领略了佛山的国家级 AAAA 景区——南风古社。

下午 3 点左右，我们来到了表演场地——佛山中欧国际会议中心。按照比赛顺序，惠州在第四十四位，估计要到下午 6 点左右才能出场。于是，我们啦啦队队员先进场去观看比赛，参赛选手则趁着空隙到门口大厅进行最后的彩排。

比赛从上午 10 点开始。走近封闭的会议大厅大门，我们就听到演出大厅传来动人的健身操音乐。推开大门，一群靓丽的舞者随音乐翩翩起舞。过了十几分钟，一群舞者下去了，另一群舞者又登台表演。

整场比赛，合唱、器乐、旗袍秀、太极……每个节目的出场安排都十分紧凑流畅。

我坐在厅内，看着台上的演出，宛如来到春节晚会现场……

那步步生莲的优美舞姿，给人以美的熏陶，轻步曼舞像燕子伏巢，疾飞高翔像鹊鸟夜惊，闲婉柔靡。身体软如云絮，双臂柔若无骨，如花间飞舞的蝴蝶，如潺潺的流水，如深山中的明月，如小巷中的晨曦，如荷叶尖的圆露……妙态绝伦，玉洁冰清，婀娜多姿。

那动人的歌声如翠鸟弹水，如黄莺吟鸣；如"又绿江南岸"的春风，悄声无息；又如"随风潜入夜"的春雨，润物无声；而那叫不上名的各种音乐绕梁三日，余音不绝，将欢快洒落在心窝，宛如活泼轻盈的小精灵。

那曼妙多姿的旗袍秀如纤纤淑女，笑颜如花绽，玉音婉转流，"髣髴兮若轻云之蔽月，飘飖兮若流风之回雪"，像一首诗，以流动的旋律和浓郁的诗情表现了女子的贤淑、典雅和温柔，表现了镌刻在中国女人骨子里的美丽！

一场场精彩的文艺表演，我们目不暇接。

下午6点左右，惠州的队伍开始上场表演。首先出场的是惠州健友站带来的健身气功《八段锦》。八段锦在宋代之前就广为流传，明清时有较大发展，是我国历代养生学家和习练者共同创造的宝贵财富，肢体与气息相结合，动静相宜，使人舒筋活络气血运行，长期坚持能强身健体、延年益寿。随着音乐响起，身着白中带浅绿色太极衣服的选手们自然站立，双脚慢慢平开至与肩同宽，目视前方，双腿微曲，掌抱腹前，心情宁静，气沉丹田，双手如同白云一般轻轻舞动着，时而两手托天，仿佛欲把沉睡的地球托上天；时而左右开弓，好像成吉思汗射大雕；时而摇头摆尾，犹如醒狮喜迎远方的贵客；时而攒拳怒目，好似怒视着来犯的敌人，冲拳出击……整体动作是那么绵柔有力、整齐划一。最后，全体选手还来个"孔雀开屏"！

紧接着，是来自佳兆业站的《花样太极拳》、鹿江公园站的《花样二十四式太极拳》、滨江公园站的《八法五步》、望江站的《三十二太极拳》和水口站的《太极串烧》。

最后，随着沉稳洪亮的《中国功夫》音乐响起，百萃园站带着《太极功夫扇》出场了。选手们手中的太极扇如行云流水，似春风拂柳，飘逸潇洒，刚柔并济；动作稳健整齐，收合扇声音悦耳动听！真是"卧似一张弓，站似一棵松，不动不摇坐如钟……身轻好似云中燕，豪气冲云天"！

惠州选手带来的这几个太极节目让台下的观众如饮佳酿，醉得无法自抑。他们用精湛的表演赢得了全场一阵阵雷鸣般的掌声、赞叹声和欢呼声，也赢得了评委们的一致好评！

最终，惠州满载而归，斩获了多项奖项、赢得不少奖金，其中百萃园站队荣获特金钻石奖，健友站队等荣获金奖。

活动结束后，各队的选手和啦啦队都非常激动和高兴，纷纷在佛山中欧国际会议中心门前合影留念！

幸福，路在脚下

2020年农历七月十三日，我随健友站的拳友们参加了由惠州市太极拳协会和某企业联合组织的龙门风情两日游。

天刚刚露出鱼肚白，妻子便起床收拾行李，除了旅游用品外，她还带了太极拳的表演服。

早上7点半，车准时来到集合地。我们上车后，车飞驰在新开通的高速公路上。一路上，拳友们情绪高涨兴高采烈，跟车的小伙和拳友们纷纷亮开嗓子，放声高歌。嘹亮的歌声穿越车窗，飞向美丽的田野、山庄……

伴随着美妙的歌声和幸福的笑声，我们来到了龙华镇沙迳增江码头，准备乘船前往沙迳功武村。增江河龙华段连接着广州和龙门县城，几百年前，这里是客商们往返的唯一水路，通往码头的路至今仍保留着"万里龙关"的牌匾。

龙门不仅南昆山山秀，而且增江河河水更美，流经多地汇入东江，上是蔚蓝的天堂山水库，下是清澈透明的河水。在宽阔的江面上，我们看到浮在江面上的竹排。浮动的竹排犹如苍翠的竹林飘荡在幽静的水中，又像训练场上的新兵，安静地等待长官的命令。我们100多号人乘坐三条竹排，验过票，穿上救生衣，开始顺江而下体验远古商人从商谋生的生活……

每条竹排有两个舵工前后人力撑船。几个拳友向舵工要来竹竿学着撑船，撑着，撑着。突然，一个拳友一脚踩上了在水中摇摇晃晃的竹排，溅起小小的水花，吓得他连忙放下竹竿，回到用竹子做的座位上，惹得全船人笑得前仰后翻……

"小小竹排江中游……"大伙儿边唱着《闪闪的红星》的插曲，边抢拍两岸美景，嘹亮的歌声久久回荡在波光粼粼的江面上……

我坐在竹排上放眼两岸，一幅美丽迷人的乡村画卷映入眼帘。两岸绿竹郁郁苍苍，重重叠叠。有的正直挺拔，直冲云霄；有的刚长不久，亭亭玉立。不远处，一朵朵五彩缤纷的花儿，芬芳而美丽，有芍药、凤仙花、鸡冠花、大丽菊等，一派独特的农家风光！阳光洒下的金色沐浴着花儿，给她们披上了薄薄的金纱，绚丽多彩地盛开在一栋栋简朴而别致的小洋房门前。流动的竹排下面是静静的小河，清澈透明，一眼就能看见河床的石头和游弋的小鱼。瞧，一位村民正在浅水滩上徒手摸鱼呢！

此情此景，不禁勾起我的童年回忆……是的，我老家也有一条小河。儿时夏天，我和小伙伴们常常在河中嬉戏、捉鱼、打水仗、摸螃蟹……无忧无虑的欢笑声总是充满整条小河！后来，我长大离家谋生，一晃40多年。山村泥土的气息，山村朴素的乡情，山村晨早雀鸟的争鸣，山涧跌宕迂回的小溪，夏夜蟋蟀的絮语，夜蛙鸣叫的喧闹，粗糙的石子路和坚硬的红泥土总是磨砺着我的记忆；爬树、摘果、戏水的童真，织成了我幼稚心灵的七彩梦幻……离开山村多年，我在人生的跑道上努力前行，品尝人生的酸甜苦辣。如今，儿时的山村已在云烟外，儿时的一切也渐渐离我而去，如远山一样，远了，淡了！眼角的鱼尾纹已交给了如流的岁月，成长的季节变成风烛残年的人生风景线。然而，记忆之灯还在燃烧，生命之歌还在欢唱……

不一会儿，我们就到了龙华镇功武村。除了古码头、古村、古道以外，这里还有五宅古堡、百年老店和竹间古马道。五宅古堡印记着廖氏家族的兴旺与衰落，竹间马道的残砖诉说着古代商人的血泪与艰辛，百年老店见证着功武村的风雨和沧桑！

从功武村出来，我们前往低冚村，瞻仰为了新中国而流血牺牲的革命前辈们，缅怀先烈们的丰功伟绩。

午饭后，我们在大观园温泉度假村休息。下午5点半，在度假村的宴会厅进行了太极拳表演。

首先出场的是健友站。随着音乐响起，大家迅速将手举起，呈抱拳

山水空灵

130

礼动作。"起势",大家不紧不慢地放下双手,迈开左腿,连贯而不失节奏,全身柔绵而有力地开始摆动,身体每一个关节灵巧地配合着,伴着悠扬的乐曲,双手如同白云般舞动着,在柔和的动作中藏着几分刚劲,双手握拳,转腿,向前缓缓冲拳,推掌,似乎全神贯注地将混沌的天地分开,动作是那么精确和整齐。

随后,各站表演队各展英姿和风采,太极拳、太极扇、陈式太极拳等依次出演。俗话说:"台上十分钟,台下十年功。"短短的几分钟凝聚了拳友们多少血汗的结晶!在表演中,他们引进落空、借力打人,周身完整统一,动则俱动,静则俱静,劲断意不断,一触即发。牵引在上,运化在胸,储蓄在腿,主宰在腰,蓄而后发,蓄劲如张弓、发劲如发箭。如载重之船,沉沉稳稳地荡于江河之中,既有沉重而又有软弹之力。一举一动,以意为动,以气牵引,无论伸缩开合,或收放来去,吞吐含化,皆是由意气牵引,由腰脊来领动。一个左右蹬脚,似乎将此生最多的力气用于支撑腿部,平衡稳健;一个下势,一只手像爪子僵直,另一只手随着节奏,顺沿大腿朝着前方撩掌上势……

拳友们的深厚的太极功底和精湛的表演让大伙儿完全沉醉在太极拳中……真可谓是"太极光阴忘甲子,九霄云气接蓬莱"!全场掌声和喝彩声响如雷鸣,经久不息。此次表演不仅展示了拳友们健康向上的运动风采,更体现了他们健康积极的精神面貌。

表演直到晚上8点才结束,晚上10点左右,我们回到酒店。

第二天,我们来到"南粤氧吧"南昆山。一路上,野花五彩缤纷、芬芳扑鼻。它们在高高的山岗上,争先恐后地从泥土里探出头来,贪婪地吮吸着大地母亲的乳汁。山坡原野一片绿色,草木葱茏,天空烟雨蒙蒙,眼前的景色真是"绿遍山原白满川,子规声里雨如烟"。到观音潭后,我们沿石街而下,一道飞流而下的瀑布扑面而来,声如奔雷,水汽蒙蒙,珠玑四溅。飞瀑撞击崖石激起的千万朵水花,在阳光下幻变为五彩缤纷的水珠……

在瀑布下面,先到达的拳友们像一群老顽童,有的在取清醇的山泉水,有的在堤坝照相,有的在浅水滩跳起舞,有的在打水仗……他们完全忘记了自己的年龄,忘记了所有的烦恼和忧愁!那欢呼声、呐喊声响彻山谷！

　　是啊，这是一群历经风雨、饱受沧桑的人。想当初，他们从熟悉的工作岗位退休，是那么不习惯，那么彷徨无助。太极拳让他们找到了健身乐趣，找到了昔日童趣，体会到保持心理健康和身体健康的重要性。他们在柔中有刚的太极拳中找到了晚年的夕阳红，经过多年坚持苦练，虽然头发花白，但个个神采奕奕，腰板挺直，步伐轻健。他们知道：夕阳虽然没有朝阳炽烈，但比朝阳矜持，没有朝阳鲜亮，但比朝阳红火；晚霞虽然没有朝霞灿烂，但比朝霞浓艳，没有朝霞明快，但比朝霞凝重。他们深知，幸福的路就在脚下！

　　游览完观音潭，我们乘坐大巴车返回惠州，将到惠城时，西边的夕阳金光慢慢被高山项背折断。她姗姗而行，渐渐地落在山的后面。这时的阳光不再刺眼了，她已将耀眼的光辉悄悄地收敛起来，只吐出柔和的光芒，就像一朵硕大的莲花，怒放在西边，做最后的谢幕。

劲风扬帆正当时

深秋，我和一群友人回了一趟老家，领略了双月湾的凤凰涅槃，日新月异。从惠城出发，汽车全程走高速，不到 40 分钟，我们便来到海湾大桥。从车窗向外遥望，只见滨海岸边高楼林立，渔帆点点。出了高速路，沿海滨公路前行，来到与惠州港相望，被誉为"东方夏威夷"的巽寮湾。这里依山傍海，迂回曲折的海岸线有 20 多千米，分布着"七山八湾十八景"。巽寮湾的海水清澈碧绿，石美、水清、沙白，周围布满的千奇百态的奇礁异石有"绿色翡翠""天赐白金堤"的美誉。

车继续前行，10 多分钟后，便回到我祖辈洒满汗水的故乡——双月湾。双月湾地处云飞浪卷的稔平半岛南端，从飞机俯瞰，其东面从平海东和村经东海盐田与大星山相连，内海与红海湾最窄处只相距几百米，酷似游弋的海龟拖着一张渔网，抵挡着来自太平洋的海浪；西南面由港口沙嘴尾与大石船岛相连，接受来自南面的海浪洗礼，像一条躲在大星山的西南面脚下的海舌鱼，又似港湾中一艘停泊的航母。站在大星山上环视四周，可见"南面海龟腾细浪，北面双月拥蛟龙"，两轮弯月层涛叠浪，东岸碧海青天，风声浪涌，白浪滔滔，气势磅礴；西南岸因有大、小星山等岛减缓了来自南面的海浪冲击，碧波荡漾，一望无垠，波澜不惊，静谧如湖。"S"形的内海湾像蛟龙出海，又似蛟龙戏珠，双月湾可以说是大自然的鬼斧神工。

在大星山的观景台远眺，眼前古朴的渔村风情让人心驰神往。当朝阳在海平线上吐出一丝晨曦，波光粼粼的港口升起了无数白帆，一声悠长的号角，千船扬帆。岸边的亲人枕着涛声，在潮起潮落中等待远航的凯旋……当落日的余晖洒在忙碌的港湾时，远航归来的渔获铺满内港码头。夜幕降临，根根船桅又静静地待在港湾，等待明天的远征。此时的渔港真是清风朗月碧水湾，僻港深处千重帆。

从前，港口是一个交通较落后的边陲小镇，每天只有一趟公共汽车，主要交通是通过内港进行海运，也没有跨海大桥，两湾居民的生活物资要靠人力摆渡才能得到保障。那时没有海旁街，站在内港码头便可以将对面的风景尽收眼底。全镇没有高楼，只有瓦屋平房，港平公路东侧的红海湾几乎没有房子，因为经不起台风的洗礼。台风来时，狂风裹着海浪掀起屋顶上的瓦片就像秋风扫落叶一样，因此大部分居民都选择靠港平公路西侧或平海湾而居。

在改革开放初期，惠州市政府深谋远虑，对全市进行系统规划，除了合理规划内陆县区外，还将沿海绘制成了长远的蓝图：把大亚湾规划为现代石化工业产业数码园区；把稔平半岛规划为文化旅游产业园区。同时，惠州市政府加大投资和引荐。现在大亚湾已成为名副其实的广东省现代石化数码产业名城，稔平半岛的旅游产业也日趋完善。稔平半岛不但有多条高速公路穿过，还建起多座跨海大桥，有效地促进了本地经济快速发展。短短十几年，巽寮湾、范和湾和考洲洋的旅游业已初见规模、初具成效。双月湾也日新月异，酒店群拔地而起，双月湾、国家级海龟自然保护区、平海古城及小星山战斗故事等名声远扬，每天慕名而来的游客络绎不绝。今天的双月湾再不是昔日的偏僻渔村了，住的有豪华的星级酒店，也有浪漫简朴的渔村民宿；吃的有各种生猛海鲜，也有农家自养家禽。玩的就更多了：既可海中击浪（潜海），也可沙滩漫步；既可在山上远眺双月拥蛟龙，也可在山下笑看海龟腾细浪；既可坐船出海（或礁石静坐）钓海鲜，也可享受温泉浴……逐步完善旅游业的双月湾是已享有声望的旅游胜地了。

这次回到家乡，破茧成蝶的双月湾蓝天碧海，空气清新，山峦秀丽。海岸上，一幢幢高楼大厦就像挺拔的士兵守卫着美丽的港湾，宽阔整洁的街道、洁白的沙滩、湛蓝的海水、船桅上的旗帜迎风飘扬……鳞次栉比的渔家小院，门前晒着渔网、浮子和各样海产品，新建的酒楼灯红酒绿，沙滩上游人如织……

看着眼前的天翻地覆，惠州的发展，真是一日千里，突飞猛进。20年左右的时间里，惠州市被评为"中国优秀旅游城市""国家卫生城市""国家园林城市""国家环境保护模范城市"和"全国文明城市"现代石化数码产业名城。今天，粤港澳大湾区发展蓝图又为惠州增强了加快发展的现实基础，惠州目前可以说是备齐天时、地利、人和，蕴含巨大的发展潜力。

岭东雄郡掀巨浪，湾区时代看惠州。是的，惠州这座新兴工业城市正以惊人的速度发展，正迈着更高更快的步伐向前冲刺，带领惠民之子走向更美好的幸福明天！

快乐之家霍山行

都说家是以爱为圆心、幸福为半径的一个圆，是漂泊中的温暖港湾，是生命中的辗转征途，是夕阳下的依偎，是风雨中的搀扶，是情感的苗圃，是爱心的归宿。今天，我要介绍的是一个别样的温馨之家。

每天清晨，东方才刚刚露出鱼肚白，走进滨江公园，就能看见一个或几个身穿太极服的背影在打扫卫生，特别是寒冷的冬天，灰尘被扫掉一半，被他们吸走一半……

各位看官，他们可不是学徒，而是太极拳协会健友站的负责人和老师们，目的是给习拳者提供一个干净的场地。该站分太极拳和柔力球两组，目前有100多人，来自惠城各个小区，有雪鬓霜鬟的老同志，也有青春年少的年轻人。他们常常自豪地和别人说，他们有一个温馨快乐之家，因为该站有责任心较强的老站长，有一个由多人组成的拳技过硬的教练团队和一位德高望重的国家级太极教练徐老。他们不仅会根据习拳者的具体情况因材施教，还会关心每个成员的喜怒哀乐。在这里，不分年龄，不分尊卑，没有忧愁，没有争斗，大家因太极而聚，因太极而乐！练习太极拳让每天晨曦变得那么有期望，让单调的晨运变得那么舒心欢畅，让枯燥琐碎的生活片段变得写意春光。在物欲横流的当下，能有这么一方净土，真难得！

瞧，刚刚免费授完太极气功，又开始教太极扇。现在，他们又在组织龙川霍山行。

12 月 9 日正值隆冬，鹅城的清晨已经很寒冷了。不到 6 点半，参加霍山行的拳友齐聚公园大门。简单寒暄，清点人数后，6 点 50 分准时出发。车徐徐行驶，教练团队队长靓女开始强调出行的纪律和注意事项。随后，老站长向我们介绍龙川的人文历史和旅游胜地，他是龙川人，对于家乡简直是如数家珍。

龙川地处广东省东北部，全县总面积 3000 余平方千米，辖 24 个镇，总人口约 100 万人。龙川植物资源丰富，民风淳朴，崇尚文化，是广东出名的文化之乡。老站长家也是名副其实的书香之家，他们夫妻都上过大学，一双儿女又是名校毕业，其中一位还是博士呢，真是让人羡慕不已！

霍山是广东七大名山之一，以独特的丹霞地貌闻名，有丹霞奇岩、秀石碧泉、云影药香等特色风景。霍山由三组峰峦组成一个整体，气势磅礴奇峰突兀，百态千姿景色秀丽，令人叹为观止。具体来看，其有四十八峰、二十七岩、十三奇石、十一泉池、八大洞府等名胜，有船头观日、玉麟玩月、雄狮吼龙、横岩傲雾、一线曙光、砻衣接佛等美景。若在春夏秋时节来霍山游玩，眼前的景象正如古人云："山影在天知有雨，云光如水似非晴。山因欲雨偏生影，影满天边不是云。"

车上的拳友们认真地听着老站长绘声绘色的描述，心早已飞到了霍山……想着马上能看到景色撩人的霍山，大家兴奋不已，于是，快乐的歌声又在车上响起，穿过车窗，飘向田园、旷野……

两个多小时后，我们进入龙川地界，首先透过车窗领略龙川的田园风光。田野里已没有春夏的景色了，只有收获后留下的一片枯黄。蔚蓝的天，高挂的太阳，缕缕阳光暖融融。不远处，山峦起伏，一栋栋漂亮的小洋房散落在古老的乡村……

10 点半，我们来到霍山山脚，首先映入眼帘的是仿古式的霍山大门，此门高 10 多米，宽 50 多米，具有明清建筑的古朴典雅、雄伟壮观。下车后，导游向我们简介了今天行程，紧接着我们便开始了今天的第一个节目——表演太极扇、太极拳。表演结束后，拳友们集体在牌坊前进行合影留念。

这是一个值得珍藏的瞬间。一个快乐的小家庭，用"爱"围成一个椭圆心形：前排 5 位靓女教练笑得那么灿烂，紧随身后的学员的笑脸里露出感激之情；我和老万哥在后面为小家呐喊助威，把扇当旗高高举；徐老用自己的人格魅力和精湛拳术，把这个小家轻轻托起；操心的老站长手持太极扇，望着弯弯曲曲的路，略有所思——如此良好家风，如何传承和保持……

吃完午饭，我们进入景区，验完门票（两位七旬以上的老者免票）开始徒步攀爬。经过一条陡峭的蜿蜒石径，我们来到霍山灵山寺门前，小憩一会儿后，继续朝着东南方向前行。绕过山脊，豁然开朗，一幅壮观的山水画出现在我们的眼前：朦胧的远山笼罩着一层轻纱，影影绰绰，在缥缈的云烟中忽远忽近，若即若离，就像是几笔淡墨，抹在蓝色的天边；苍翠的群山重重叠叠，宛如海上波涛，汹涌澎湃。此情此景，让女拳友们纷纷寻找最佳机位拍照留念。

继续沿崎岖山径往下走，见到了"一线曙光"，此景昔时又称"一线天"。这里，两旁的石山矗立，相峙仅隔一线，仰望天空，唯见一线蓝天，呈现"云里石头开锦缝，从来不许嵌斜阳；何人仰见通霄路，一尺青天万丈长"之景。石径逐级下伸，沿径可通达，站在谷底感受清风吹来，令人神清气爽流连忘返。如此仙景，再次让拳友们欢呼雀跃，纷纷摆好姿势拍照留念。

离开"一线曙光"，就开始进入栈道。栈道绕山腰而修，既没有破坏山体，又保护了原有的自然风貌。长长的栈道在陡峭的悬崖上盘旋蜿蜒，宛如少女佩戴的碧玉项链。栈道平坦牢固，扶手仿天然树木，与周边环境融为一体。游客走在栈道上，如同在悬崖峭壁中闲庭信步，没有上山、下山的辛苦，即便是老人也可轻松游走。驻足远望，松群翠绿、阡陌纵横，近观奇峰怪石、峭石峥嵘，令游客情不自禁地惊叹工人们的巧夺天工！

从一线天到玻璃栈道要攀爬三个崎岖陡峭的阶梯，许多游客都汗流浃背，气喘吁吁。我随徐老在前面走，爬到第二个阶梯时，已是精疲力竭，仰望着最后100级阶梯，真有点儿想放弃。而徐老却身轻如燕，捷步登顶。徐老的坚持鼓励了我，我尽管双腿颤抖，还是咬牙坚持攀爬上去。正在这时，我听到下面阶梯有人在叫，我知道那是一个女拳友的呼喊。不一会儿，只见她跌跌撞撞地和几个拳友也来到最后的100级阶梯。又过了一会儿，几个拳友也艰难地上来了，而她却手攀着栏杆步履蹒跚。看到她如此狼狈，我很想下去拉她一把，但颤抖的双腿告诉我，我现在力不从心，要量力而行！正当我着急时，70多岁高龄的徐老和刚刚攀爬上来还在气喘吁吁的一个女拳友，两个人又快步地冲下去，一个推一个拉，硬把她拽了上来。惹得大伙儿笑得前仰后翻，却让我深深感受到家的温暖和爱的真情。

不一会儿，我们到了玻璃栈道。玻璃栈道表面非常洁净，脚下的万丈深渊清晰可见。为了避免水湿地滑，游客过玻璃栈道时要穿防滑鞋套。此时，个别拳友刚刚才放松下来的心情又荡然无存，胆小的或恐高的拳友，腿早已发软挪不开步，只能回原地等候，几位勇敢前行的也是战战兢兢……而大部分拳友则站上玻璃栈道俯视，感受前所未有的刺激和震撼，欣赏脚下的透明山水，乐享新奇的悬空而行的快感。最终，几个胆小的拳友还是在同伴的搀扶下，成功走出玻璃栈道，看到了别样的美丽山水画。是的，只要我们敢于迈出艰难的第一步，就是成功的开始。

走到玻璃栈道的悬空平台，就能看到对面的酒瓮凌云，又称"酒瓮石"，它巍然屹立直刺蓝天，上锐中博下钝，形似酒瓮倒置，顶天立地，一枝独秀。导游介绍说，相传瓮下有泉洞，泉流不息、泉香如酒，能供岩寺里的和尚和游客尽"醉"一番。但一个贪婪的和尚嫌出口太小，找来钢凿把洞口凿大，结果弄巧成拙，泉眼被石块塞住，泉酒从此再也流不出来。

酒瓮凌云的正前方是雄狮吼龙，又称"太乙岩"，看上去似有一只雄狮蹲踞在岩洞的上面。太乙岩岩洞是霍山最大的天然丹霞石室，洞门开狮口，冬不寒夏不暑，松柏苍翠，恰似天府人间；山势压龙川，形在天影在地，怪石嵯峨。太乙岩的洞前为灵山寺，历经沧桑几度被毁，现已修复，内设灵堂，中坐如来佛，面貌焕然一新。由于这里风景独特，灵岩清静，冬暖夏凉如天然空调，胜似桃源仙境，因此，游人都喜欢在此驻足观赏。

感受完玻璃栈道带来的惊险刺激，我们继续沿着栈道朝西北方向走。突然，一片泛黄秋林迎面扑来，山坡好像披上了一件金黄色的毛衣，有枯黄的、有鲜艳的，秋叶在微风中轻轻飘落，仿佛彩蝶在空中飞舞。面对如此美景，俊男靓女们当然不会吝啬他们手机的拍照功能，自然又开始了一轮热烈的摄影比赛。

走出栈道，已是下午4点多，我们放弃了游览地下花园，没有走爱情林荫路，也没有坐在花园的石凳上感受静谧而神秘的景色，甚至错过了峇盂接佛和七井仙泉等美景。

由于时间关系，拳友们最后只得继续沿着崎岖陡峭的石径向上攀登，登上船头观日。这里是霍山的顶峰，有700多米高，丹崖如削横空屹立，峰近九霄势若船头，故称"船头石"。站在这里，霍山的美景尽收眼底，连远在丘陵山坡上的茶园也隐约可见，而眼前的又是千峰竞秀，万壑纵横。既有泰山的雄伟又有庐山的清秀，既有峨眉的秀丽又有黄山的俊俏，像一幅幅美丽迷人的彩卷，又像一首首美妙的抒情诗。真的是："霍山仙气绕葱茏，盛名堪比丹霞红；十大景点色秀丽，山俏湖美赛粤东。蜿蜒石径通山顶，洞门无锁借云封；船头观日岩傲雾，玉麟玩月狮吼龙；沙僧拜寿挑葫芦，七井仙泉醉倒翁；酒翁凌云峇盂石，一线曙光望苍穹；玻璃栈道绕腰渡，巧夺天工建奇功；举步登临叹观止，满眼秀色映夕红；驻足绝顶放眼眺，农家风情酒更浓。"

此时，夕阳金光慢慢被高山顶背折断，只吐出柔和的光芒，隆冬时节，黑夜来得早些，山下农家缕缕炊烟在冉冉升起，我仿佛闻到阵阵扑鼻而来的茶油香……

因此，我们开始下山。俗话说得好，上山容易下山难，陡峭的阶梯还是叫人胆怯。为了减轻一位同行拳友的重负，善于助人为乐的老万二话不说，把她的背包放到自己的肩上，到山下时，全身已是大汗淋漓，但他却一脸笑意。

下山后，大伙儿在牌坊前的农家饭店再次享用正宗茶油做的龙川农家特色佳肴。晚饭后，一行快乐的拳友又回到熟悉的家。

第二天晨曦，全体拳友的拳剑又随悠扬的音乐，在滨江公园潇洒飘逸……

情满青山

在广东惠东，有一个地方被誉为"北回归线上的绿洲"。据说那里美丽如画，是惠州人的绿色"疗养院"，也是惠州人了解森林奥秘和研究热带雨林的科普地。

和风三月，蜿蜒曲折的乡村小径将一群惠州民间艺术家送到这大自然"美容师"的面前——广东惠东古田省级自然保护区（以下简称"古田自然保护区"）。车上，市民协领导简介了这次采风的目的和意义、保护区的基本情况及当天的行程安排。随后大伙儿下车合影，开启了这次绿色之旅。

从车上下来，一股清新空气迎面扑来，像是在热烈欢迎久别重逢的老朋友，那松脂清香和森林特有的淡淡甜味使人顿感神清气爽，神采奕奕。我仰望天空，只见湛蓝的天，几朵白云在悠闲地漫步，环顾四周连绵起伏的山峦，绿青淡淡，郁郁葱葱，我们的绿色之旅正式开始。

我们从古田自然保护区管理处出发，依据生态教育路线图指示，沿着通往森林深处的小道，绕过小河堤坝，一路前行，一路上仙气萦绕，蜂蝶飞舞，鲜花簇簇，春意盎然。河边串串低垂的杨柳花更是那样撩人，笑脸迎客的鲜花仿佛在微笑低语：春天来了，欢迎贵宾光临！山坡上，换了新衣的梅花桃梨，颗颗小果在嫩绿枝头的"绿蝴蝶"间幸福快乐地享受着阳光的哺育。

不一会儿，我们来到教育路径牌匾处，见到一位身穿草绿色长袖衣服、手持镰刀的护林小伙，他也是我们进山的向导。于是，我跟他聊起了森林。一说起古田自然保护区，小伙如数家珍，向我娓娓道来。

他说，古田自然保护区位于惠东西北部，面积3万余亩，北靠坪天嶂和石人嶂，西北部与梁化镇国有林场、御景峰国家森林公园相邻，东西两翼以高海拔山脊为界。1984年4月经省政府批准设立保护区，属森林与野生动物保护区。

古田自然保护区地貌属低山谷地，物种丰富，内有多种国家级保护动物，如穿山甲、蟒蛇、蛇雕、豪猪等，其中珍稀濒危动物有10多种；国家级保护植物则有桫椤、红皮糙果茶、青檀等，其中珍稀濒危植物有9种。这里树木葱茏，生长着3万多亩原始天然阔叶林，走进负离子萦绕的古田自然保护区，我们可眼望林海千重浪，耳闻森涛沙沙响，随处可见挺拔高大的乔木、茂盛常绿的阔叶林、盘根错节的古藤和五彩缤纷的奇花异草，让人感受到荡气回肠的原始森林气息。当瞳瞳丽日的黄昏降临，西斜的夕阳透过林木的缝隙将无数光柱照在地上，绘出无数夺目的亮点，把树干映得金碧辉煌，让人如梦如幻，思绪万千，流连忘返……

听着他的介绍，我们的心早已飞向森林奇观。于是，我们穿行在风清气润的密林秀水中，寻找撩人的景点。经过枫香群和荔枝古群落后，开始进入密林。没想到，山上的蚊子特别"热情"，成群结队的蚊子在前呼后拥地"欢迎"我们，看见裸露的肌肤马上"热情"地亲一口，并送上一个个"小红包"，弄得大伙儿左打右拍，手忙脚乱。最后还是靠聪明的艺术家拿出风油精才控制住蚊子的狂热，此时我才明白护林小伙为何要"全身武装"。突然，一个破旧的"山洞"出现在眼前，大伙儿仔细一瞧，是一个荒废已久的破旧炭窑。据说这是过去的不法分子为了牟利，在这里偷偷砍树烧炭卖钱的炭窑。

在生态教育小径上，我们看到了许多雨林奇观。首先看到的是一根扭曲着身体，横跨在路中央的木藤。它就是被誉为"广东第一藤"的古田"过岗龙"。据说，该树树龄已逾百年，藤粗两米多，分生出4条藤木，蜿蜒于溪谷岗坡之中。接着，我们目睹了树茎直立，叶螺旋状排列于茎顶端而腹中空，长得好似笔筒，人称"活化石"的珍贵植物——桫椤。据说，桫椤不仅可以入药或制作成工艺品，还是不错的庭院观赏植物。后来，我们在一棵树茎上发现了几株禾雀花，欣赏到成片的树干挺拔魁伟、叶片宽大葱郁、红皮糙果茶林，惊叹古田板根的雨林奇观：一株400多年树龄的古榕树，5条巨型刀面一样的板根露出地面，几个人蹲在板根对面，彼此谁也看不见谁，要3个成年人张开双手才能合抱此树。

在途中，我们也领略了沉水河的浪漫与神奇。因古田自然保护区位于梁化镇境内坪天嶂南部，地势北高南低，山上三条溪流经过保护区，其中一条就是清澈迷离的沉水河。它"三沉三浮"的河床变化让当地百姓觉得奇诡难解，也引来不少文学爱好者无限猜想，让许多游客感叹自然界地质生态的神奇。由于沉水河流经树木葱茏的保护区，因此，一路上我们都能聆听河水清泉叮咚，看见清澈透明的小溪，几条小鱼在水中悠闲游弋；不远处的河床中，溪水漫过石头，而伏在石头上缓缓挪动的黑色坑螺隐约可见。深谷处，叽咕斑鸠、咕噜茅婆、啾啾燕雀，林中百鸟每天都在森林举行歌咏比赛，美妙动听的歌声此起彼落，给幽静的森林带来无限的生机和活力……

忽然，又见泉水叮咚。我站在溪旁，掬一口清泉，甘甜沁心！

如此近距离欣赏"森林氧吧"的生态奇观，民间文艺家们当然不会错过每一场摄影比赛和吟诗作对。每每发现一个奇观，大伙儿都会欢呼雀跃，摆好各种姿势，将奇花美景和森林奇观收入框内。一路上，摄影家们为我们留下了许多珍贵的相片和录像资料，几位作家、诗人更是妙笔生花，即兴写出许多感人至深的诗句。就这样，整个上午，我们一路惊喜一路歌，不知不觉到了下山的拐弯处。突然，我发现一辆巡逻警车停在路旁，却不见护林员。有人说，护林员也许在山里的其他地方巡逻。此情此景，勾起我对护林工作的极大兴趣，于是我掏出手机，试图联系刚才上山时遇见的护林小伙，却发现手机没有信号，只有满山的蚊子仍在热情地招呼我们。

为此，采风结束后，我特地采访了一位在这里工作了近30年的老护林员，听他向我讲述建设保护区初期的峥嵘岁月和难忘故事。

他说，古田自然保护区建立之初，除了最主要的森林防火外，由于附近村民的生活水平还不是很高，生活煤气还没有完全普及使用，烧水、做饭等主要靠柴火，难免会有人做起砍树烧炭卖钱的生意。个别村民甚至认为靠山吃山理所当然，"门前山、祖业地"的错误思想还相当严重。这次我们在山上看到的残留炭窑，就是破坏森林生态的罪魁祸首之一；再者，当时个别村民需要建筑材料建房，他们就进山"就地取材"，这些行为都严重地破坏了森林生态。直到后来设立了保护区，这种现象才得到遏制。

前些年，由于野生动物，特别是金钱龟和穿山甲等珍稀动物的黑市价格昂贵，利润丰厚，仍有不少偷猎者铤而走险，护林工作很艰巨。他们每天必须坚持巡山检查，发现问题及时制止、处理。哪怕森林内荆棘丛生，恶蚊毒蛇众多，护林员也不能懈怠，工作非常辛苦。有一天中午，他刚巡完山，在回家吃午饭的途中，突然发现三个人正鬼鬼祟祟地往森林深处走，他马上尾随而去，走到现在的负离子呼吸场附近，发现他们正在捕猎穿山甲。于是，他疾步向前，高声喝止。偷猎者看到他便马上四处逃窜，这才制止了一起严重的违法偷猎行为。而他在追赶他们时，一不小心扭伤了脚，不能动弹。当时，他特别想向同事求助，掏出手机，该处却没有信号，只好一个人独自坐在阴森森的树林里，饿着肚子任由山上的恶蚊欺凌。待疼痛稍缓，已日落西山，他才带着满脸的伤痕慢慢走下山……

像这样的护林故事，30多年来不胜枚举。因为偷猎者常常趁假期或天气不好时出来违法偷猎，所以护林员们没有节假日，党员干部更是以身作则，以森林为家，坚守岗位，长期与森林违法犯罪分子斗智斗勇。经过多年的努力，特别是近年来依靠保护区管理处坚持科学管理、依法保护，保护区得到了有效的保护和恢复，森林覆盖率不断上升，从设立初期的不到85%提高到现在的99.47%。

现在，古田自然森林保护区正如唐代诗人李白在《紫藤树》中描绘的一样："紫藤挂云木，花蔓宜阳春。密叶隐歌鸟，香风留美人。"这里是那样迷人，令人心醉！而老党员的故事，让我看到了"绿色银行保护神"的伟岸，顿悟了人生使命的真谛！

带刺的玫瑰花

和煦的三月，我们一行到惠州四季绿农业科技示范园，欣赏带刺的玫瑰花。

上午9点左右，我们20多人来到了鸟语花香的示范园，先参观园里的油菜花、火龙果等，然后来到田瑰妃玫瑰种植实验基地。

一个30多岁的女老板在她的公司办公室接待了我们，在向我们简单介绍了基地的情况后，便带我们前去玫瑰园参观。

清晨，玫瑰园弥漫着沁人心脾的玫瑰花香。站在玫瑰园大门口，香味扑鼻而来，浓香中带着一丝高贵，清香中带着一些羞涩。花香早已将我等完全吸引，我们都迫不及待地想入园欣赏。

走进园区一条长长的小道，两边便是大片玫瑰地，道路旁摆满了一捆捆准备上市的玫瑰花。

一株株亭亭玉立的玫瑰花围绕在我们身边，远看，它们肩并肩，背靠背，互相依偎，互相拥抱，一丛拉着一丛，一片连着一片，密密伸向远方。细瞧，每朵花都有它自己的魅力、姿态、特色，有的含苞待放；有的正盛情绽放，花瓣挨挨挤挤，一片一片，层层叠叠地包裹着花蕊；有的怒放已久，花的边缘已经有点卷皱……

满园颜色鲜艳的玫瑰，娇艳欲滴，数不胜数，美丽极了！

我们漫步在玫瑰花海中，在温暖的春光下，嫩绿的叶子与鲜艳的玫瑰花瓣相映成趣，仿佛在诉说着生命的美好，轻轻抚摸花瓣，浓浓的香味直往你鼻子里钻。

穿过花海，我们来到一条色彩缤纷的走廊。与其说它是走廊，还不如说它是由鲜花点缀成的隧道。隧道是由黄色、粉色、红色、蓝色、绿色的玫瑰组成的。我们悠闲地在里面漫步，非常惬意。

突然，我发现在走廊的旁边，有一朵碗口大的玫瑰花，花瓣层层叠叠包住花蕊，在花海中亭亭玉立，随着微风在徐徐摆动，像靓丽的少女在跳舞……

我赶忙走上前去，凑近一闻，阵阵清香扑鼻而来，再仔细一瞧，见它不但茎细长而坚固，还长满利剑似的刺，让人望而生畏，这也许是人们常说的"带刺玫瑰"吧。只见它的茎上长着一片片叶子，肥厚浓绿，新长出的叶子是嫩黄色的，叶边像锯齿一般，中间有一条细细的水沟，上面还长着一条条细花纹，要不是亲眼所见，我还真感受不到它的摩登漂亮！

玫瑰花的花刺与花瓣相互依偎，相映成趣，诉说着爱的坚持。白天，红艳的玫瑰花热情如火，刺却像是冷酷的警戒，无法触及的美好，就像爱情，既有刺痛，又有甜蜜。许多人曾用手指触摸带刺的玫瑰花，刺痛了皮肤，却也刺激了心灵。

我们大家都渴望接近它，但又害怕被它刺伤，这种充满期待而又小心翼翼的感觉，也像总是充满了矛盾与挣扎的爱情，我们想欣赏、触摸玫瑰花的美丽，就要接受被刺痛的可能性。

在游览中，女同伴们总是在寻找最佳摄影角度，她们有的身穿艳丽高雅的太极服，有的身穿飘逸仙气的汉服，与娇艳的花朵相映成趣。真可谓是："田野草木初吐芽，神州大地换新衣；春蝉声声杨柳舞，燕剪春风鸟占枝；顽童拳友寻春乐，和风日丽踏春去；田园百花争竞艳，惹来蜂蝶和倩影；山清水秀迷人眼，桃花人面更醉人！"整个上午，大家手机的闪光灯都在闪烁，记录下一个个开心愉快、幸福激动的瞬间。

在玫瑰园大门，大家都在恋恋不舍地合影留念。其间，徐老师将一朵带刺的玫瑰花送给了与他相伴一生、情比金坚的妻子，感恩她当年为了爱情，在交通非常不便的 20 世纪 60 年代末、70 年代初，不畏辛苦，独自从惠州到珠海海军部队探望他，且在爱情路上与他不离不弃，相伴一生。

我也送了一朵玫瑰花给妻子，感谢她披着太阳，在人海茫茫的深冬与我相逢，卸下我身上的负担，带来暖暖春风。她不羡富贵，不嫌贫穷，她那纯真的微笑教我爱如潮涌，几十年来不汲汲富有，不戚戚贫穷。我们没在花前月下谈论古今，只在艰辛旅途中默默读懂从容，始终搀扶前进，荣辱与共，用我的手握住她的心，牵住生命奔腾的星辰，遨游在人生深邃的天宫。在苍茫的翘望中，把一缕缕温馨的阳光化作不逝的彩虹，将我们的人生点红！相比于没有刺的花，带刺的玫瑰花更能让人刻骨铭心。刺如花的心灵，而玫瑰花则是色彩的天使；刺如人生的坎坷，但也让人感受到成长和坚强！

临别时，老板还特意送了我们每人两朵玫瑰花，祝我们大家笑口常开，爱情美满，家庭幸福！

东江河畔的世外桃源

2024 年 5 月 28 日，受惠州西湖中国旅行社（以下简称"惠州中旅"）邀请，我有幸参加了中旅社在墨园村举办的旅游线路分享会。

早上 8 点半左右，所有参会的嘉宾、工作人员共 100 多人，在惠州中旅的门口集合，一起乘坐两辆大巴出发。

今年是惠州中旅成立 50 周年，车上，大家聚精会神地听杨副总为我们分享该公司的风雨兼程和沧海桑田，约 40 分钟后，我们到达墨园村村口，一个古色古香的小村庄映入眼帘。

墨园村位于惠州市惠城区横沥镇，东、西、北三面环山，是一个风景秀美、历史悠久的农业型村落，拥有丰富的自然景观和文化遗产。墨园村的由来相传与一位来自福建的陈老板有关。许多年前，陈老板南下至此，在东江边看到一处宜居的风水绿洲，他多次恳请当地地主将这片土地卖给他。一开始，地主不愿意卖，又经不起陈老板的请求和坚持，于是，狡猾的地主想了一个歪主意故意刁难他，地主指着一瓶墨水说："你用这一瓶墨水在地上画一个圈，圈内的土地都送给你。"陈老板想了想，在墨水瓶上钻了一个小孔，把墨水瓶绑在马尾上，打马飞奔，在地上跑出了一个圆。面对智慧超群的陈老板和地上的"圆"，地主只能按照约定把圈内的土地都卖给了他。从此，陈老板在这里兴邦立业，昔日的东江绿洲慢慢变成了今日的墨园村。

墨园村凭其保存完好的古建筑群而闻名，村里留存了区内最大的古建筑群，有10多栋350多套房，最古老的始建于明代，其中围门楼、八卦葫芦井、大夫第、老书室、茂记大屋、英记大屋、义记大屋等属市级文物保护单位。村里的祠堂、府第、庭院、水井等古建筑，外形精美、细节讲究，展现了当地人民较高的审美和工艺水平。这些古建筑不仅在建筑艺术上具有独特价值，在文化历史上也占有重要地位，如"大夫第"，它是由村里唯一的武进士陈兴在清同治八年（1869）建造的，是村子悠久历史和文化的见证者。

墨园村内古树参天、绿荫环绕、流水潺潺，数十座小木屋错落在古树林间，与黛瓦白墙的村落相映生辉。近年来，村民们还先后开发了许多民宿业务，如墨园里、古树农庄等，是一个隐藏在田园里的世外桃源。在墨园村，我们可以参观古建筑群、在茶茗小馆围炉煮茶、到果园采摘蔬果、体验亲子农耕、相聚咖啡营地、坐上稻田小火车巡游、在古树农庄休憩、品尝客家菜等。

清晨，雨过天晴，绿叶晶莹，万物焕然一新，空气中弥漫着清新的气息。沾在绿叶边上的颗颗晶莹饱满的水珠，闪烁着微光，仿佛是在热烈地欢迎我们的到来。下车后，我们在工作人员的带领下沿着村道穿过了一个小水池，来到墨园游客服务中心的二楼会议室参加分享会。

会议由惠州中旅的女老总主持，会上，一位资深导游一边播放宣传视频，一边绘声绘色地和我们分享"东极线路"里的特色景点，如驰名中外的珍宝岛、一望无垠的北大荒金黄麦田、现代化农耕的绿色稻田等，大伙儿纷纷表示要抽空前往，一睹为快。

会后，我们品尝了当地的客家特色农家乐，享受惠州中旅提供的午餐。据农家乐的老板说，每次游客来到这里，都会在沉浸在这一望无际的田野上，他们有的卷起裤腿，撸起衣袖，体验农耕种地的乐趣；有的到农博馆展厅，了解墨园村古时生活物件和农耕器具，体会耕种的辛劳和收获，游玩丛林大探险等各类项目；有的到百年书屋改造而成的"墨园儿童友好阅读空间"浏览墨园村史文化，了解墨园尊师重道、崇文尚教的深厚传统文化……下午时分，还会有游客来到书香农场体验采摘的乐趣，品尝本地的番石榴、草莓、圣女果等产品。

午饭后，阳光灿烂，空气突然变得有点儿闷热。幸亏有婆娑树影，凉快惬意，我们有的在茶茗小馆品茶，有的在遮天蔽日的古榕树下休憩，随后才游览这个集自然风光、人文景观和艺术气息于一体的古村落。

一阵嘟嘟声传来，原来是墨园村的特色稻田小火车"乡村振兴号"和"幸福墨园号"。小火车缓缓行驶在田间，仿佛带领游客闯进了宫崎骏的童话世界，一幅细腻的田园风光画卷扑入大伙的眼帘。

初夏的田野是碧绿的，在一片广袤的水稻田里，青翠生嫩的稻叶好像一根根翡翠簪子在和风摇曳，一摇一摆地晃动着，嫩嫩的，肥肥的。远眺，它们随着微风在有节奏地起伏弯腰，如翻腾的绿色海浪；近瞧，一株株窈窕的稻苗，宛如一个个在弹奏田园乐曲的美人。这时，一只色彩斑斓的蜻蜓停在了稻穗上，品尝着稻香的芬芳，给稻浪增添了几分生机。看着眼前的美景，我不禁想起儿时在家乡见过的初夏夜。繁星闪烁的夜空下，无数只萤火虫像蜻蜓一样，也停在了一块块碧绿的稻田上，一闪一闪地舞动着，忽远忽近，忽闪忽灭，它们在嬉闹。当明月高悬时，银光散落在稻田上空，仿佛给这一片嫩绿披上一层轻纱，让这块碧绿剔透的翡翠更加如梦如幻、神秘可爱。

初夏的田野，阵阵蛙声此起彼伏，像精灵在歌唱，如仙女在颂诗，又似碧瑶仙子在弹奏着古琴，正是"稻花香里说丰年，听取蛙声一片"。清新的稻香则随着微风扑面而来，像流水一样划过了我的心田，它似甘泉般清甜，又似暖流般温暖，让我忍不住陶醉其中。若说玫瑰花香是佳人，牡丹花香是美人，那么这稻香就是不食人间烟火的空谷幽兰了。

我环顾村子四周，只见和煦的阳光轻轻洒落在田野上，一畦畦豆角、菜心、茄子等蔬菜，一棵棵香蕉树、石榴树等作物都在农民的精心栽培下长势喜人，蔬果饱满润泽，到处都是瓜果飘香。

远处，青山披上了新绿衣，若隐若现，静谧祥和。空气中弥漫着泥土和青草的香气，清新宜人；偶尔传来的几声鸟鸣清脆悦耳，打破了田园的宁静，增添了几分活力。小溪在田野间蜿蜒流淌，水声潺潺，仿佛在低声吟唱一首田园赞歌。在这片田园里，时间仿佛慢了下来，人们不仅仅是在欣赏美丽的田园风光，更是找到了一种宁静和谐的生活方式，它让人心生向往，重新找回内心的平静与安宁。墨园村这个古老的村落，就是一处隐藏在这东江河畔田野里的洞天福地。

南粤初夏的微风轻轻吹拂，小火车还在缓缓前行，秧苗油绿，花草茵茵……

墨园村不仅是一个古老与现代交织的地方，还是一个充满活力和创新的地方。据当地人介绍，近年来，村里大力实施乡村振兴战略，村容村貌得到了显著改善。村里新建了咖啡馆和观光设施，为游客提供了更加丰富多样的旅游项目，这些新添的设施一方面提高了村民的生活质量，另一方面吸引了更多游客前来体验乡村旅游的乐趣。我坚信，墨园村的美丽风景、丰富文化遗产和不断发展的旅游设施，必将在不久的将来成为人们喜爱的休闲魅力胜地。

下午3点左右，我们结束了开心愉快的墨园村之行，返回惠城。

异国

第三辑

漫记

东瀛之旅

2018年9月14日下午4点半，我乘飞机从香港飞往日本大阪，于晚上7点多到达，接待我们的是一个北京的小伙子。当晚，我们下榻在大阪民宿旅店。可能是因为日本土地资源有限，旅店内房间不大，刚开始，我们有点儿不太适应，但房间精致干净，慢慢也习惯了。

第二天的早餐也不错，每份饭的量恰到好处。饭后，我们开始游览大阪城公园、心斋桥道顿崛和京都的清水寺、祇园艺伎街。

大阪城公园每年的春季樱花、秋季红叶显得庭园秀丽，亭台异卉，诗情画意叫人流连忘返。大阪城四周有护城河围绕，城外四周种有许多樱花树，每年春暖花开时，许多摄影爱好者纷纷前来。许多人会在樱花树下聚餐看夜樱，这就是日式赏樱文化。日本人守待樱花，等待的并不是花开的那一瞬间，而是凋零掉落的那一瞬间。他们认为花朵掉落的那一瞬间是最美丽的。在公园里，我们还见到许多乌鸦，因为日本人同样崇尚乌鸦。在他们看来，乌鸦不但对爱情忠贞不贰，而且有孝道，懂得反哺。乌鸦有两个饭囊，在外出觅食时都会装满两个饭囊，一个留给自己，一个留给父母。心斋桥道顿崛是大阪最大的购物区，百年老店、大型百货及各种商店鳞次栉比，人流如织。

清水寺位于京都，是一座庄严雄伟的木结构建筑，是世界上目前保存得比较完好的鲁班木结构建筑，整座建筑没用一颗铁钉，全部用木头相拼而成，梁柱由巨大的木柱支撑着从峭壁上伸展出来，俯视着京都，是保存完好的千年古都之典范。清水寺前两旁布满小店，皆京味小铺，我们在此自由游览，感到颇有京都古风镇的味道。我们一边游览一边赞叹1000多年前的木匠祖师爷鲁班的高超匠艺，同时也感叹现在完好的有上千年历史的中国鲁班式建筑在国内为数不多，而日本却有一座。

祇园是京都最大的艺伎区，是现代日本最著名的"花街"，其中多为典型的日式建筑，因大街的格调与舞伎的风采十分相似故而得名，街上主要是摆卖发簪、香料及日式服装，还有许多外国风味的餐馆。在祇园，游客不但能参观日式建筑、品尝日本美食，还能品尝中国、意大利等国的风味菜色，既继承了传统，又不断融入新事物，自然成了日本国民喜爱的地方。

第三天，我们来到奈良和名古屋，首先游览了奈良公园。奈良公园位于奈良市街的东边，是一个占地广大的公园，建于1880年。园内有数百只放养的梅花鹿，它们成群结队与游客分享快乐，举脚漫步，如果有人给它们喂食，其他的便一哄而上，抢游客手中的食物，直到客人举起双手，它们才离开。它们被视为神道教中神明的使者，既是奈良城市的象征，也是国宝。我们在这里尽情地玩耍，并享用了正宗的日本料理。

在名古屋市中心，我们先到达"荣"地区，参观"绿洲21"，它是名古屋繁荣昌盛的象征，是由地下、地面及空中三层次组合成的一个集交通、购物、娱乐多功能于一体的公共设施。最令人神往的是空中部分，耸立在银河广场上的一座斜面玻璃穹顶，椭圆形的宇宙船居然托起一池碧波清水！这个设计很科学，既可透光又可遮光降温，地面和地下层既不用空调，又通风、节能。我们从上到下都走一个遍，真的感觉不到一点儿闷热，很清凉透气！站在穹顶池水边眺望名古屋，古城百丽尽收眼底！

之后，我们又到日本三大神社之一的热田神宫，它是日本皇室庄严神圣之文物，供奉着日本三大神器之一的草薙神剑（当然我们不会入内）。在神社大门口，我们见到一对新人正在举行婚礼，有摄像的、有迎宾的，三四十人，据说这是较隆重的婚礼，他们穿戴的风俗习惯却让我们有点儿愕然——男的穿黑色西装、白衬衣，女的穿白色和服，新娘全身白色，只有媒人才穿一身枣红色的衣服，胸前一律佩戴白花。据说，日本人在店铺开张时也是送白花圈，在上面写上"开业大吉"……这种习俗据说始于 2000 多年前，那时日本属于我国管辖范围。秦始皇取得了至高无上的权力，为了永久享有这样的权力，他妄想得到长生不老之术。于是，他不断派人去寻求长生不老的仙药，命令使者带着浩浩荡荡的求仙团队漂洋过海东渡日本，寻找虚无缥缈的三神山和灵丹妙药，并且强调如果找不到此药，便提头来见。然而使者来到日本之后，费了九牛二虎之力，仍找不到此药，眼见复命期限已到，使者心想，如果就这样回家，肯定凶多吉少，因而便成天装病不复命。于是秦始皇便命钦差大人到东瀛捉拿使者，使者见状，又装死避难，且叫手下准备好一切应对措施，当钦差大人到达，在所有重要的场所都挂起吊唁的白布，在所有商店门前摆放白花圈。钦差大人到日本后，看到眼前的一切，真的认为使者已经死亡，于是便打道回国复命去了。而日本当地民众却误以为使者是为了迎接钦差大人才搞得如此隆重，是一种喜事的做法，从此以后也照葫芦画瓢，结婚、生子、升迁等喜事都挂白布送花圈，这种不一样的习俗便流传至今。

第四天早上，我们参观雪山水流经地层过滤而成的，池水波光粼粼、美不胜收的 8 个清泉湖——"忍野八海"，这里与其说是海，实际上只是几个小湖，但池水很清澈，很有其特点。

午饭后，我们又乘车来到海拔 2300 多米，云雾环绕的日本名山富士山，我们到的是半山腰的五合目，富士山总高大约 3800 米，日本人将其分为不完全相等的 10 份，每份为一合目。因为在很久以前，日本人还不能准确测量高度，他们便点灯爬上富士山，当他们爬到山顶时，正好用完 10 壶灯油，因此便按一壶灯油一合目来分，把富士山分为十合目。人们都说，云雾萦绕的富士山山顶有白皑皑的雪，景色四季变化各异，日出日落，云骤云散，千姿百态，让你叫绝！而我们爬到时却看不到富士山山顶上的白雪，云雾已把山笼罩起来。我们在那里待了大约 20 分钟，一阵大风吹散了山顶上的云雾后，才有幸看到富士山的真面目，但不一会儿，另一处云雾又笼罩了上来。于是我们只好收起游览兴趣下山。导游安慰我们说，你们的运气已经很不错了，有许多游客来了好多次都见不到富士山的真面目呢。

下到富士山山脚的大林村，我们见识了传说中专供神户牛饮用的矿泉水眼，我们都尝试喝了一点儿，的确很清甜。在这里，我第一次见到如此洁净的农村，从乡道到房间，从地上到天空，真正领略到什么叫一尘不染！我们总认为城市的市容市貌会比乡下好，但在日本的这几天，我们发现他们的城乡都一样，全国自来水都可以直接饮用，高速公路边的卫生间的洁净程度几乎与我们的五星级酒店差不多，我们的旅游大巴车几天下来还是那么干净，像刚刚从洗车房出来似的。

日本国民海洋生态意识也很高，在往返的飞机中，我们从飞机的窗口俯瞰，在近海几乎看不到捕捞船只，只有在外海才可见到，他们对捕捞渔网的网眼大小也有严格的限制，严格禁止捕捞小鱼。

当天晚上，我们下榻在山下温泉酒店，在那里品尝了当地的海鲜刺身，见识了男女分开的裸泡温泉浴……

第五天，我们直奔首都东京。东京按范围可分为东京都内、首都圈和东京周边，我们的第一站是东京都内，游览东京塔和天空树这两座地标性建筑物，下午，我们站在东京塔上俯瞰东京，暮色下流光溢彩的街道、闪烁广告牌照映着远处的富士山，都市风光与火山美景一览无遗。东京是购物天堂，银座、表参道、新宿、原宿和涉谷等是年轻人最爱的商圈，也是亚洲潮流文化的发源地。挂着大红灯笼的"雷门"浅草寺，仍保留着浓浓的江户风情……由于地震等自然灾害，东京高楼不多，其楼房现代化建设从表面看远不及我国二线城市，著名的北部湾也不如深圳湾那么豪华气派，但他们是世界经济强国，从前仅次于美国。如今中国经济崛起，日本政府中的某些人误认为中国对他们的经济和政治地位造成了威胁，偶尔会与美国一起给我们出难题。日本就是这样一个在世界版图上与我们隔海相望、距离最近的一个不甘寂寞的岛国。

走在日本大街上，你会觉得有点儿眼熟，因为无论是路标还是酒店饭馆的招牌，随处可见我国的"繁体字"和汉字的"偏旁部首"——这就是仿照中国唐代汉字形成的日文，如果按照字面推测，我们大致可以知道所表达的意思，在日本旅游，虽在异国也不会感到太害怕。日本假如彻底收起称霸世界的狼子野心，可以说，是一个很勤奋向上和富有创新精神的国家。90多年来，有过第二次世界大战的血的教训的日本人，他们痛定思痛，勤奋努力地发展经济，战后，他们的经济发展很快并一直保持在世界前列。目前，他们的药学及许多其他领域科学仍居世界前列，环境、水和空气质量非常高，人们的综合素质都不错。工业除在本国发展外，布满世界各地，是世界发达国家之一。秋叶原百年电器老店的昔日霸主地位犹在，彩虹桥的北部湾经济在世界上仍有影响。建于 17 世纪，位于东京都中央的银座，是日本最大、最繁荣的商业街区，它与巴黎的香榭丽舍大道、纽约的第五大道并列为世界三大繁华中心，也是日本的地标。

然而当前日本最令人担忧的是老龄化日趋严重的问题，全国人口一亿多，出生率与死亡率严重失调，在这里随处可见白发苍苍的出租车老司机。有人调侃说，日本不用他人来消灭，如此失调，任其发展下去，它会自动灭亡，昔日的电器帝国也日渐没落。

逛完东京都已是晚上 7 点左右，我们被安排在离东京国际机场不远的酒店住下，因晚餐没有安排团餐，我们便在机场附近的农庄吃饭。有趣的是，我们当中没有人懂日文，店主也不懂中文，我们只能在菜谱的画册上找自己认为可口的菜。日本农业种植不容许使用农药，所以蔬菜等绿色食物产量都较低，自然造成价格也比较高，我们各吃了一份鳗鱼饭，共花 330 元人民币。几个团友也进来了，他们因好奇选了进日式房间就餐，而日式是跪在地板上吃的，大伙儿边吃边笑。同时因语言不通，上来的菜有的却是张冠李戴，弄得大伙儿哭笑不得！

行程第六天，早饭后，我们乘飞机返回香港。

北极雄狮

　　一个横刀立马于强权列国之林的民族，一位雄居亚欧的世界枭雄，虽然历尽沧桑，几度沉浮，但仍挺立在世界强国之林，这就是北极雄狮——俄罗斯。

　　2017年6月3日下午，我们一行从香港起飞，经约10个小时航程（北京与莫斯科时差5小时，莫斯科迟5个小时），于俄罗斯当地时间下午4点左右到达莫斯科国际机场。

　　俄罗斯位于北半球，面积1700多万平方千米，横跨欧亚大陆，是世界上面积最大的国家。俄罗斯全境地势东高西低，70%为平原和低地，多分布在西部地区；大部分地区属于温带大陆性气候，冬长夏短，矿产资源丰富，森林覆盖率达43.9%。人口约1.48亿，主要为俄罗斯族，占82%，此外还有鞑靼族、乌克兰族及白俄罗斯族等。

　　莫斯科是俄罗斯联邦首都，是俄罗斯的政治、经济、文化、金融、交通中心及最大的综合性城市，是一座国际化大都市。它地处俄罗斯欧洲部分中部、东欧平原中部，跨莫斯科河及支流亚乌扎河两岸。莫斯科与伏尔加流域的上游入口和江河口处相通，是俄罗斯乃至欧亚大陆极其重要的交通枢纽，也是俄罗斯重要的工业、制造业、科技教育中心。1147年，莫斯科沿莫斯科河而建，从莫斯科大公时代开始，到俄国沙皇时期，至苏联及俄罗斯联邦时期一直担任着国家首都职责，迄今已有800余年的历史。因此，莫斯科是世界著名的古城，拥有众多名胜古迹，是克里姆林宫所在地。其城市规划优美，掩映在一片绿海之中，故有"森林中的首都"之美誉。

著名的莫斯科保卫战就发生在这里。第二次世界大战苏德战争中，莫斯科保卫战是苏军为粉碎德军"中央"集团军各突击集团实施的一系列防御战役和进攻战役。最终苏军取得了莫斯科战役的胜利，宣告希特勒闪电战"战无不胜"神话已破灭。

莫斯科国际机场不大，有点儿像我们的广州旧白云机场，设备也不是最先进的，机场所有指示牌除了中文和个别朝文外全部是俄文，基本看不到英文，因为在俄罗斯人的心里，他们根本上瞧不起以美国为首的西方国家，认为俄罗斯才是世界上最伟大的民族国家。从表面上看，他们在世界上并不是最富有的，但他们纪律严明，眉宇之间总透出一种铮铮傲骨。他们以国民优先，外国其次，比如国际机场是简朴的，而国内机场却是豪华先进的。

中国游客在俄罗斯享受落地签，有专用通道。我们在机场办理入关手续时，人很多，几百号游客只有两条通道，而且工作人员也只有几个，因此要求每个团队要严格按照护照顺序排队，如有人员与护照顺序不对，整个团队退后重新排，由下一个团队先通过。经过10多个小时的飞行，大家都很疲惫了，都想早点儿到酒店休息。突然一个浙江团友与山东团友因顺序引起纠纷，惹恼工作人员，她把手一甩独自到休息室喝茶去了，直到安静下来以后半小时才出来继续工作，以此来惩罚违反纪律的游客，事后肇事双方都后悔不已，大家也都感到有损中国人的尊严。

入关后，当地导游将我们送抵酒店休息。已接近下午6点，莫斯科仍阳光灿烂，像上午10点似的。因为莫斯科夏季昼长夜短，早晚凉爽，略带寒意，晚上12点半才开始天黑，第二天凌晨3点已天亮了。到了酒店，我们经历过长途飞行跋涉很疲惫了，但我们仍要戴眼罩才能入眠，着装也从短袖夏装换成长袖秋装了。

酒店的房间设备齐全干净整洁，只是床有点儿小，大约只有1.2米宽。俄罗斯人英勇善战，他们在对外作战上曾取得过无数胜利，直到现在，昔日的金戈铁马和战火硝烟的痕迹仍依稀可见。据说，俄罗斯战士在休息时总是把武器放在自己的床边，以便在发生战争及突发事件时，他们可以马上翻身起床随手拿起武器投入战斗，因此才把床做成这个样子。

到达后第二天，我们开始游览莫斯科市中心著名的红场及周边景点。

红场名扬天下，与我国天安门广场相媲美，在这里我们见到许多慕名而来的外国友人。走进红场，我发现它并没有我们想象的那么宽广，面积只有9万多平方米，大约只有天安门广场的五分之一。但其地面很独特，全部由条石铺成，显得古老而神圣。红场原名"托尔格"，意为集市。1662年改为红场，因为在古俄语里，"红色"一词有"美丽"的意思，所以红场即美丽的广场。它是苏联在重要节日举行群众集会和阅兵的地方，东面是国立百货商场，于1893年建成，现在已成为世界知名的十家百货商店之一；西侧是克里姆林宫，列宁墓位于靠宫墙一面的中部，由红色花岗石和黑色长石建成。列宁遗体安放在水晶棺里，身上覆盖着苏联国旗。列宁墓是苏联巡礼地，墓上面是检阅台，两旁为观礼台；南部为由9个"洋葱头"组成的俄罗斯最知名的标志性建筑——圣亚西里升天大教堂，教堂前面是民族英雄米宁和波扎尔斯基雕像。教堂前是一个圆形的平台，俗称"断头台"，是当年向群众说教和宣读沙皇令的地方，同时也是行极刑的地方；北面是建筑造型非常美丽，且极具新俄罗斯风格的朱红色建筑物——国立历史博物馆，也是莫斯科的标志性建筑，建于1873年。1995年5月8日，为纪念二战胜利50周年，在红场的北面，立起了二战英雄朱可夫元帅的雕像。

进入红场前，每一个人都要经过严格的安检。红场大门两旁站立着两位纹丝不动的哨兵，他们两个小时轮一次岗。我站在红场仔细瞧，克里姆林宫其实是一组建筑群。它是俄罗斯联邦总统府的所在地。克里姆林宫在俄语中意为"内城"，位于俄罗斯首都最中心的博罗维茨基山岗上，南临莫斯科河，西北接亚历山大花园，东南与红场相连，呈三角形，围墙长2200多米，厚6米，高14米，围墙上有塔楼18座，参差错落地分布在三角形宫墙上，其中最壮观、最著名的要数带有鸣钟的救世主塔楼。5座最大城门塔楼和箭楼都装有红宝石五角星，这就是人们所说的克里姆林宫红星，据说每天红宝石五角星还会追随太阳旋转。克里姆林宫享有"世界第八奇景"的美誉，是俄罗斯国家的象征，是世界上最大的建筑群之一，是历史瑰宝、文化和艺术古迹的宝库。

随后我们瞻仰了列宁遗体，参观了大教堂，还逛了百货大楼，参观完历史博物馆，我们还与美丽的俄罗斯女解说员一起合照留念。

从红场出来，我们又来到莫斯科人喜爱的亚历山大花园。这是克里姆林宫红墙外的一个长方形公园，是莫斯科人最喜欢的休息游玩场所之一。现在修建的马涅什地下商场和广场、花园浑然一体，喷泉、雕塑随处可见。

在花园内，有著名的无名烈士墓，建成于1967年胜利节前夜。墓前有一火炬，不灭的火焰从建成时一直燃烧到现在。墓碑上镌刻着："你的名字无人知晓，你的功绩永世长存。"外国代表团每有来访，一般都要来此瞻仰烈士墓，并敬献花圈。许多莫斯科人结婚时都要来到这里，新人们怀着崇敬心情向无名英雄们献上美丽鲜花。我们也带着无比崇敬的心情向英雄们默默致哀！

游完花园已是下午，我们来到古老的莫斯科大学。毛主席的著名语录："世界是你们的，也是我们的，但归根结底是你们的，你们像早晨七八点钟的太阳，希望在你们身上。"这千古名言就是他当年在这所大学接见中国留俄学生时演说的。莫斯科大学于1755年由教育家M.B.罗蒙诺索夫倡议并创办，是一所历史悠久且拥有优良传统的大学，以师资雄厚、设备完善、高教学质量和高学术水准而享誉世界。莫斯科大学在俄罗斯联邦具有特殊地位，它是俄罗斯内一所独立的有自治权的大学，其《章程》由俄罗斯大学教职工代表大会研究制定。2015年，《QS金砖五国大学排名2015》发布，莫斯科大学排名第四。现在，莫斯科大学分校也在中国深圳开办了，中俄友谊必将更加源远流长！

从飘逸书香校园出来，我们又坐船游览莫斯科河。莫斯科河流经整个莫斯科市，莫斯科的名称来自它。莫斯科河全长500多千米，流经市区的河段约有80千米，河宽一般约200米，最宽处则有1000米以上。我们乘游艇漫游莫斯科河，尽情享受两岸的壮丽百景：远处的俄罗斯联邦政府大楼——白宫、麻雀山、莫斯科大学主楼、基督救世主大教堂、国家历史博物馆、文化公园游乐场、克里姆林宫，一一尽收眼底！位于莫斯科河畔的救世主基督大教堂是莫斯科最宏伟的教堂。这座教堂原是为纪念俄罗斯打败拿破仑，在1812年抗法战争获胜而建的，有5个镀金的葱头状圆顶，中央圆顶高 100 多米。现在我们能看到的教堂是在 1995 年重建的，与基督救世主大教堂相对的莫斯科河畔，耸立着彼得大帝和古罗马战舰的雕像。这座雕像是为彼得大帝创立俄国海军 200 周年而兴建的，它以船为基座，立在河中，有 60 米高，宛如为大自然景观设计的一件公共艺术品。

"夜色多么好，令人心神往，在这迷人的晚上，小河静静流，微微泛波浪，银月照水面闪银光，你仔细听得到，有人轻声唱，多么柔情的晚上……"一曲《莫斯科郊外的晚上》，在船上悠悠扬扬，河中波光激滟，两岸风光绮丽，美轮美奂的建筑群，是那样令人心旷神怡！

游览完莫斯科河，第三天我们乘车前往金环小镇谢尔盖耶夫镇。一路上，我们见识了俄罗斯的交通状况，常常看见繁忙拥挤的道路上行驶着肮脏陈旧的车辆。由于俄罗斯车辆没有实行报废制定，当地的洗车场少且洗车费用高，因而街上看到的几乎是一辆辆布满灰尘的车，半路上随地可见抛锚的老爷车，堵车已成为家常便饭了，70 余千米的路程，我们硬是走了近 3.5 小时。

经过"蜗爬"，我们终于到了镇上。

这是一个建筑风格独特，风景如画的莫斯科卫星城市，我们在这里不但欣赏了莫斯科郊区的田园风光，还与鸽子互动。走进东正教最古老的教堂之一——谢尔盖耶夫圣三一大教堂，500 多年以来，它是俄罗斯最重要的朝圣地，到现在还保留着一间漂亮的修道院。它由圣三一教堂、杜可夫教堂、圣母升天教堂、小礼拜堂共用大厅、斯摩林斯可、沙皇宫殿和 88 米的钟楼组成。在参观时，我们看见许多信徒排着队在朝拜，不时还在放着舍利子的玻璃箱上面轻吻。

由于我对这些宗教不感兴趣，简单游览后便出来了。

下午，我们到俄罗斯奥菲斯套娃工厂参观。该厂始建于 1947 年，目前是莫斯科周边地区为数不多的能生产这种传统手艺的工厂之一，每人每天大约可制成一套套娃，这些样式各异的套娃最大的有一米多高，最小的不足一厘米。这些椴木制成的手工艺品有着绚丽的色彩、可爱的造型，绘有俄罗斯民族特色的图案，做工精美。老板给我们每人发了一个半成品，让我们自己发挥想象力，挖掘自己的艺术细胞，绘制出自己喜欢的作品，并可以免费带走。我坐在那里胡乱涂鸦，但很开心，这样随性地涂涂画画，让我感觉自己又当了一回孩子。

第四天清晨，我们乘车前往离市中心20分钟车程的察里津诺皇家庄园，它是莫斯科著名的宫廷建筑园区，占地100多公顷，是为纪念第一次俄土战争胜利，专为女皇叶卡捷琳娜二世修建的。这座庄园的建筑材料全部采用红砖，并镶有白色石刻的观赏性装饰图案，是典型的哥特式建筑。后几经拆除，如今经过整修，面貌已经焕然一新。19世纪时，这个漂亮庄园便与附近的清水池连成一片，现在是国家文化自然保护区博物馆，也是一座意义深远的俄罗斯历史文化纪念碑。随着莫斯科市区的不断扩展，现在察里津诺皇家庄园已成为市区著名旅游景区了。在这里，我们看到许多漂亮的建筑，它们与乡村气息浓郁、生活淳朴的小山丘一脉相承，历史源远流长。

我们简直被这湛蓝的天、清澈的水、娇艳的花、精美的湖、雅致的桥、古典的哥特式建筑迷住了，加上俄罗斯的六月，天气晴朗，气候温和，柔和的微风让我们忘情地流连于这"山水"间。园中游客大部分是中国人，也有个别俄罗斯人在园中休憩。

参观完庄园，我们从莫斯科国内机场乘一个半小时飞机，飞往圣彼得堡。莫斯科国内机场是一个现代化程度很高的机场，设备、装潢、服务都比国际机场好许多，充分体现了俄罗斯政府以自己国民优先的政策。

抵达圣彼得堡已是下午，我们首先参观位于圣彼得堡皇宫广场的世界四大博物馆之一——艾尔米塔什博物馆，又称"冬宫"。它与大英博物馆、卢浮宫及大都会艺术博物馆并称"世界四大博物馆"。馆内展品非常丰富，数量多达250万件，如各大名画、雕像、名贵古物及沙皇曾用过的名贵马车等。冬宫广场中心屹立着亚历山大纪念柱，它是由一整块大花岗岩石制成，用来纪念1812年反抗拿破仑的卫国战争胜利，没有任何支撑和打地基。

第五天，我们继续参观滴血大教堂、硌山大教堂、叶卡捷琳娜花园和琥珀宫。

滴血大教堂那用马赛克相拼而成，色彩鲜艳且永不褪色的洋葱头状的顶部，好似一支支从人间举向上帝的蜡烛。在冬宫，我们还看到由更精细的马赛克装饰而成的一幅幅精美无比的艺术作品，站在教堂脚下，我们被它的美丽所震撼。走进教堂，每一处细节都无比精致，室内装饰面貌风采依然，特别是木地板没有半点儿磨损。俄罗斯所有教堂和宫殿的地板并不是普通的木板，而是工人根据图案，用各种密度极高、颜色各异的原木材料削成木钉，然后按图案拼接在地面上的，所以这种地板耐磨且永不褪色。几千年过去了，走廊外坚硬的大理石已凹凸不平，室内地板却一点都没有变化，像刚装修完似的。

硌山大教堂的平面图呈十字形，中间上方是一个圆筒形的顶楼，顶楼上是一个端正的圆顶，半圆形的柱廊由 94 根圆柱组成，面向大街环抱广场，但由于教堂的正门朝北，侧面面临涅瓦大街不美观，所以在教堂东面竖立 94 根克里斯式半圆形长柱长廊，使它变成典型的俄罗斯教堂。

随后，我们乘车前往位于圣彼得堡以南约 25 千米处的叶卡捷琳娜花园，也称"沙皇村"。这是一个融合了花园景观与宫殿建筑的皇室度假胜地，占地 100 多公顷。整个设计在俄罗斯两位女皇的统治期完成，动用了数千名劳工、军人，他们将原本是森林的地方开垦为花园，并建造了极尽奢华的巴洛克式宫殿，为其取名为"叶卡捷琳娜宫"。

这里被称为"沙皇村"，是为了强调皇家新领地的意义。皇宫教堂那 5 个圆葱头式尖顶在阳光下金光灿灿，从园内任何地方几乎都能看见。叶卡捷琳娜二世（又称"叶卡捷琳娜大帝"）即位后，她对沙皇村大肆整修，并将原巴洛克式的宫殿及装潢改成当时流行的俄罗斯古典主义建筑。这幢金碧辉煌的建筑，使用大量纯金装饰内部及外观。直到今天，这里的景观及规模还保持着当时的模样。在这里，我才真正知道什么叫作流光溢彩，金碧辉煌！

全长 300 多米的叶卡捷琳娜宫的天蓝色外表十分耀眼夺目，造型丰富的雕塑和凹凸有致的结构使数百米长的建筑丝毫不显得单调呆板，反而是一座十分美丽壮观的法式花园，园内花坛色彩缤纷，布局精美，绿树成荫，湖水碧波荡漾，森林与湖畔间建设有巴洛克风格的艾尔米塔斯亭台、人工石洞、土耳其浴室、纪念海上光荣事迹的切斯悔、莫列石柱、卡古尔纪念碑及著名的喷泉"卖牛奶之女"，环境幽雅而美丽。

园中到处是世界著名的诗画作品，到处飘动着令人心醉的旋律，弥漫着花草的芬芳。女皇生前声色犬马、骄奢淫靡的气息依然浸淫着整座园林。

参观完沙皇村，我感慨万千，既唾弃沙皇的腐败淫靡，又赞叹工人们的聪明才智和高超手艺，也感谢苍天为世人留下如此多的奇珍异宝！

从沙皇村出来，我们继续游览琥珀宫。琥珀宫是俄国文化、历史和遗产的伟大艺术珍品之一。原琥珀宫的估价在 3 亿～5 亿美元之间。房间由许多精雕细琢的琥珀马赛克嵌板组成，因其发光的特性而闻名。这些马赛克嵌板用了 8 年时间，于 1709 年被安装在普鲁士国王威廉一世位于德国的王宫中。数年后，其子将这些琥珀嵌板送给了俄国沙皇彼得大帝以巩固同盟之谊。最终，这些琥珀嵌板被保存在圣彼得堡的叶卡捷琳娜宫，直至 1941 年 1 月。琥珀宫曾在 18 至 20 世纪间一度被称作"世界第八大奇迹"。第二次世界大战中，琥珀宫被德军占据，并被拆装运回德国，二战结束后离奇失踪。1979 年，苏联政府依据黑白照片重建新琥珀宫，并于 2003 年恰逢圣彼得堡建城 300 周年时完工。

晚饭后，我们乘船游览涅瓦河。在冬宫后边的一个码头，我们上了游船，该船上下两层，上层观景拍照，下层饮食休闲，表演歌舞节目。走进船舱，只见桌上已摆满伏特加、香槟、鱼子酱等食物，俄罗斯艺术表演队也已准备就绪。

涅瓦河是圣彼得堡的母亲河，有"北方威尼斯"之称。它静静地流过圣彼得堡，变成纵横交错的水道运河，进入大街小巷，使圣彼得堡这个古老城市显得格外美丽。市内水道纵横，仅涅瓦河的分支就达 50 条之多，700 多座桥梁把各个岛屿连接起来，使圣彼得堡更加旖旎绚丽！

在圣彼得堡众多的桥梁中，有 21 座桥梁每天是要在凌晨 2 点至 5 点之间打开让轮船通过的。夏季的夜晚，河边总是聚集着许多游客前来观看吊桥开启的情景，感受涅瓦河两岸的绮丽风光。涅瓦河的河面很宽，游船经过彼得保罗要塞，然后穿过著名的特罗伊茨基桥，在歌声中缓缓前行，两岸风格各异的建筑让我们目不暇接。

我们边品尝桌上食物，边欣赏涅瓦河两岸美景，边观看俄罗斯演员表演歌舞，大伙儿有的还受俄罗斯青年演员之邀，与他们一起共同表演节目。《三套车》《喀秋莎》《莫斯科郊外的晚上》……一曲曲优美动听的歌曲，一幕幕欢乐的舞步，又让我们沉醉在历史长河的记忆里。

第六天清晨，我们又乘车前往离市区30多千米的芬兰湾入海口，游览夏宫花园、圣彼得堡要塞。

夏宫花园又称"彼得宫花园"，坐落在芬兰湾南岸的森林中，位于圣彼得堡西南约30千米处。夏宫是圣彼得堡的早期建筑，18世纪初，俄国沙皇彼得大帝下令兴建夏宫，其外貌简朴庄重，内部装饰华贵，两翼均有镀金穹顶，宫内有庆典厅堂、礼宴厅堂和皇家宫室。当时的许多大型舞会、宫廷庆典等活动都在这里举行，彼得大帝生前每年必来此度夏。夏宫的主要代表性建筑是一座双层楼的宫殿，当年彼得大帝住在一楼，他的妻子叶卡捷琳娜一世（彼得大帝的第二个妻子）住在二楼，楼上装饰极为华丽，舞厅的圆柱之间都以威尼斯的镜子作装饰。夏宫分为上花园和下花园，大宫殿在上花园。大宫殿前是被称作"大瀑布"的喷泉群。这里有37座金色雕像，29座潜浮雕，150个小雕像，64个喷泉及两座梯形瀑布。在喷泉群一个大半圆形水池的中央，耸立着大力士参孙和狮子搏斗的雕像，塑像高3米，重5吨，这就是著名的隆姆松喷泉。夏宫是18世纪和19世纪宫殿花园的著名建筑群，它由于建筑豪华壮丽，而被人们誉为"俄罗斯的凡尔赛"。1934年后，夏宫改为民族历史博物馆。

圣彼得堡要塞坐落在圣彼得堡市中心涅瓦河右岸，是圣彼得堡成为城市后的第一个建筑，目前已经是圣彼得堡最重要的旅游景点之一。彼得大帝于1703年5月27日（旧俄历16日）在兔子岛上奠基，要塞与圣彼得堡同龄。要塞的建设使役了大量瑞典俘虏及农奴，付出了巨大的牺牲，耗时约半年才完成要塞工程。最初的要塞是木制的，至1906年，为使要塞得到进一步加固，开始修筑石墙。圣彼得堡是在要塞的保护下诞生和发展的，要塞是作为俄国同瑞典进行北方战争的前哨阵地创造的。彼得大帝亲自为它选择了一处易于防御的地点，亲自监督建造工作。后几经扩建，建成这座六棱体的古堡，但是作为要塞它并未取得实际效果，反而成为收容政治犯的监狱，可以说它是背负着俄罗斯沉重历史阴影的一个要塞。

圣彼得堡这座古老的城市在近代史上曾经发生过一场震惊世界的血腥殊死战斗。圣彼得堡原名"列宁格勒"，1941年9月，德国军队从四面切断了列宁格勒同外界的联系，全面围攻列宁格勒近三年。苏军于1944年1月27日转入反攻，突破德军封锁。在整个列宁格勒保卫战中，有60多万人死亡，3000 多座建筑物被毁。列宁格勒战斗是近代历史上耗时最长、破坏性最大和死亡人数第二多的城市保卫战，也是世界第二次反法西斯战争的历史转折点。

夏季的圣彼得堡是一个不夜城，凌晨 1 点天才有点儿昏暗，3 点天又亮了，冬季则相反，晚上 9 点已黑，第二天早上 7 点才开始天亮。可能是因为时差，我在俄旅游期间总是睡不好觉，有时半夜起来，却看见有俄罗斯人仍在酒店附近的草坪上酗酒，有的已喝得东倒西歪，趴在石凳上或倒在草地上。由于俄罗斯人特别喜欢喝酒，有的甚至到达无节制状态，所以造成俄罗斯人平均寿命不高。13 ～ 18 岁的俄罗斯女孩特别漂亮，多数像仙女一样，但结婚以后由于不注意饮食，有的又变成大腹便便的臃肿女人。

游览完如诗如画的夏宫花园和铜墙铁壁般的圣彼得堡要塞，我们前往森林入住俄式木屋酒店。在夏季时开车到郊外别墅度假休闲，是俄罗斯传统特色。因为俄罗斯土地辽阔，政府为了奖励为国家作出贡献的杰出人才，常常会在市郊划出一片土地以奖励优秀工作者，而受奖者大部分人会在郊区自己的土地上盖上木屋，有的为自己周末假日休闲，有的则开起木屋特色酒店。这些酒店建在森林里，空气清新，环境优美，加上木屋设备齐全，很快成为广大游客喜爱的游乐之地。

我们乘车前往，郊区沿途的白桦林，一棵棵美得像一群穿着白裙子的俄罗斯少女，披着金色的夕阳，在如茵的草坪上轻歌曼舞。我们漫步在森林之间观赏落日彩霞，感受大自然的景色风光，贪婪呼吸着大森林氧吧的清新空气，洗涤城市喧嚣及人间尘埃。

第七天早餐后，我们前往圣彼得堡机场乘机飞回莫斯科，转机飞回香港。浪漫刺激的俄罗斯之旅结束了。

多情的马新泰

一、南洋岛国——马来西亚

20 世纪 80 年代初，村里曾回来两位 70 多岁的南洋客人，他们给我们讲了他们随前辈漂洋过海下南洋时的许多辛酸历史和传奇故事，讲到伤心处，老泪纵横，泣不成声……新中国成立前，因政府软弱无能，民不聊生，福建、广东一带渔民更是食不果腹，人们都千方百计地朝南海方向逃离，离开贫穷苦难的家乡谋活路。当时航海设备很落后，面对险恶的汪洋大海，那可是九死一生，所以每一次远航的告别可能就是永别。当时，他们甚至不知道这些岛国叫什么，故通称为"南洋"。从那时起，我总渴望能到该地走走，亲眼看看客人口中描述的南洋的样子。

2017 年 4 月 28 日，我和亲友一行从香港国际机场起飞，经过 3 小时 50 分钟的飞行，于当地时间下午 6 点 30 分到达马来西亚首都吉隆坡。抵达后，接机的导游是一个 50 开外的男人，他能操一口流利的普通话和客家话，我们一见面便感到很亲切，晚饭后，他将我们送至下榻的酒店。

在前往酒店的途中，导游给我们介绍了马来西亚的基本情况。马来西亚地处赤道，位于东南亚的心脏地带。全境被南中国海分隔成东马来西亚和西马来西亚两部分。马来西亚南有新加坡、印度尼西亚，北与泰国接壤。面积为 33 万多平方千米，海岸线全长 5000 千米。马来西亚是个多种族的国家，分为土著人、马来人和非马来人三种，人口 2000 多万，其中马来人约占 58.4%、华人占 26.4%。马来语为马来西亚国语，马来西亚华人使用的语言和方言有华语、福建话、广东话、客家话、潮州话、海南话等。在马华人虽然富有，但不喜欢从政，马来西亚政权仍由马来人牢牢控制。

马来西亚联合邦于 1957 年 8 月脱英独立，1963 年 9 月马来西亚正式成立，包含马来半岛 11 个州，加上沙巴、莎拉越州和新加坡。新加坡又于 1965 年 8 月宣布脱马成为独立的共和国。从此，除新加坡外，马来西亚有 13 个州。

"吉隆坡"的马来语含义是低洼潮湿的泥河口。1895 年，马来联邦选定吉隆坡为首都。1974 年 2 月，吉隆坡划为马来西亚首都联邦直辖区，成首都后迅速发展成为美丽整洁繁荣的现代化都市，是马来西亚政治经济、商业文化中心。

第二天，我们前往马来西亚最高元首的住所，游览皇宫、独立广场、高等法院。

皇宫原是马来西亚最高元首的官邸，坐落于赛布特拉路，2011 年 11 月新皇宫建成后，这里被改为纪念性博物馆，其雄伟的外观彰显了君主立宪制在马来西亚的崇高地位。我们透过大门栏杆观望富丽堂皇的皇宫外观。据说可以与驻守的卫兵合照留念，幸运的话还可以一睹精彩的卫兵换岗仪式。而皇宫门外的广场是远眺吉隆坡高楼景观的好地方。皇宫在最高元首诞辰日时，会对外开放，平日不开放。

来到面积约 8 公顷，绿草如茵的独立广场，我们看到 100 米高旗杆上的国旗正迎风飘扬。1957 年 8 月 31 日，马来西亚国旗在这里第一次升起，标志着马来西亚从此脱离英国统治。广场对面是城市长廊，门口的"ILOVEKL"是其标志，在喷水池旁屹立着一排柱廊，还有百日草和万寿菊组成的缤纷花海，美不胜收。周边还有很多有研究价值的各国老式的特色建筑，如圣玛丽教堂、历史博物馆、雪兰莪俱乐部等。

高等法院及最高法院是吉隆坡的标志性建筑，于 1897 年建成，曾经是殖民者的总部。它的建筑风格混合了印度和阿拉伯风格，在楼的中央有一座 40 米高的钟楼，钟楼的造型类似英国的"大本钟"，被称为"马来西亚大本钟"，钟楼的顶部有一个金色的半球形圆顶，两侧各有一个塔楼，顶部也都有金色圆顶。每逢重大庆典，五光十色的彩灯将整个大楼照亮，犹如阿拉伯神话世界中的城堡，雄伟而又神秘。我们纷纷在这座颇具特色的大楼前拍照留念。

然后，我们到马来西亚国家博物馆和马来高脚屋游览。马来西亚国家博物馆位于吉隆坡西郊，湖滨公园南口东侧。我们穿过车站继续走 5 分钟便看到了一幢两层的米南加保（印度尼西亚的一个民族）风格的古典式马来建筑，这就是马来西亚国家博物馆了。其虽然规模不大，但馆内陈列了许多精致的工艺品、出土文物及与自然历史、艺术民俗有关的精致物品。

博物馆堂皇的入口处两侧墙上嵌饰着两幅描绘马来西亚文化历史的巨型壁画，长 30 多米，高 6 米，刻画细腻，描绘逼真。古老的岩石上保存着原始人类刻画的奇怪图案，几个茹毛饮血的野人正在一旁打猎、钻木。那些挖掘出土的原始器具被精心存放在陈列柜中。

进入博物馆，中间是大厅，两侧为 4 个展览室，分别展出马来西亚历史和经济史料、马来风俗民情、当地特有的热带植物和动物模型等。展品中有 16 世纪在柔佛拉玛地方发掘出的中国瓷器、15 世纪专门为穆斯林制作的明瓷及马来西亚皮影戏与各国皮影戏的资料。在马六甲州展品内，有叙述明代航海家郑和访问马六甲的文献复制品。展厅中的影像资料很好地反映了地质变迁对东南亚地区的影响，今天我们看到的马六甲海峡、泰国湾等地在很久以前曾经是一片海滩涂。原始人类、动物就是通过这些相连的土地来回迁徙，今天的泰国、柬埔寨、马来西亚、印度尼西亚、菲律宾等国在远古时期都可以直接在陆上往来。

进入古代馆，这里的色彩随工艺品的大量出现而丰富起来，木质门框上精细的雕刻是古人艺术成就的最好展示。同时整个展馆内播放着悦耳的古代音乐，编钟之声回响在整个场馆。

参观完博物馆，我们又游览高脚屋。高脚屋是非常具有当地特色的建筑，其特点是符合当地的气候，通风清凉。它是由木桩架空离地数尺的单层建筑，屋顶用树叶或木板铺盖，墙和地板用木料建成。高脚屋离地面一般为 3 ~ 11 尺（1 ~ 3.6 米）不等，高脚屋离开地面越高，说明男主人的地位越高。高脚屋的作用众多，不仅可以防湿防潮，还可以防止动物攀爬，特别是防止蛇的侵袭。在高脚屋的四周种植着许多热带植物，展现了马来人悠闲祥和的生活。

游览完高脚屋,我们再前往马来西亚国家英雄纪念碑。纪念碑位于吉隆坡市中心,在湖滨公园对面,靠近吉隆坡火车总站和国家清真寺,建于1966年,是为纪念在混乱时期为国牺牲的烈士而建的。马来西亚历史洒满了被侵略的屈辱泪,从16世纪起到第二次世界大战,先后被葡萄牙、荷兰、英国和日本占领。1957年8月31日,马来亚宣布独立,但在独立前后,国内又发生多次内讧,为纪念那些为国捐躯的英雄,1966年,马来西亚在此建造了国家英雄纪念碑。这座15余米高的七勇士塑像是世界上最大的单体雕塑作品之一。

参观完纪念碑,我们到位于火车站附近的国家清真寺。寺院屋顶外观好似一把撑开的大伞,建筑造型非常美观,气势恢宏。游客入内必须脱鞋,如果穿着不适宜,寺内有特殊的长袍更换。

我们来到坐落于吉隆坡市区西北角,塔高452米,共88层的双峰塔广场,抬头仰望这座曾经是世界最高的摩天大楼。它现在仍是世界最高的双塔楼,也是世界第五高的大楼。我发现双峰塔广场的大楼表面大量使用了不锈钢与玻璃等材质,远远看去,两座高高的尖塔好似要刺破长空。双峰塔广场不但是吉隆坡现代化繁荣的标志,还是马来西亚的知名地标及象征。

它于1993年动工,耗资20亿马币,于1997年建成使用。一座是马来西亚国家石油公司办公用地,另一座是出租的写字楼,在第四十层与第四十一层之间有一座长58余米,距地面170米高的天桥,方便楼与楼之间来往。站在这里,可以看到马来西亚最繁华的景象。

我们纷纷站在广场边与双塔拍照留念。

中午,我们在十号胡同自理就餐。十号胡同与美食广场类似,是由许多铺子组成。这里汇聚了全马来西亚著名的100多道美食,如烧鸡翅、葡萄牙烧鱼、罗惹、沙爹、鱿鱼蓊菜、养生肉条、药材炖汤、肉骨茶等。我们点了海鲜、葡萄牙烧鱼、罗惹和肉骨茶,在人流如织的胡同小餐馆里尽情享用起来。

饭饱酒足,我们继续参观吉隆坡黑风洞,它将奇特山景和宗教结合,位于丛林掩映的半山腰,是一个石灰岩溶洞群,从山脚下到洞口共有272

级陡峭台阶，也有缆车可直抵洞口。

黑风洞在 100 多年前被发现，石灰岩面积 250 多公顷，洞穴 20 余处，以黑洞和光洞最为有名。黑洞阴森透凉，小径陡峭，曲折蜿蜒，长达 2000 多米，栖息着成千上万的蝙蝠、白蛇和蟒蛇等 150 多种动物。光洞紧邻黑洞，高 50 多米，宽约 80 米，阳光从洞顶孔穴射入，扑朔迷离。光洞附近的一个洞穴中有 1891 年建的印度教庙宇，供奉着苏巴玛廉神，还有上百尊的彩绘神像。山下的洞窟艺术博物馆展出的是印度神话文物。

黑风洞是马来西亚的印度教圣地，每年在马来西亚阴历正月和二月间的大宝森节期间，朝圣者可达 30 万人。平日这里的游客也是络绎不绝，黑洞广场鸽子会飞到你的脚下与你互动，有的还会抢游客手中的食物。这里还有许多小卖铺，我们也在此买了点儿自己心仪的物品。

快乐的时光总是过得很快，不知不觉太阳已西下。导游带着我们披着晚霞，前往马来西亚避暑胜地云顶高原，晚上下榻在云雾环绕的酒店里。

云顶高原距离吉隆坡东北约 50 千米，海拔约 2000 米，全年气温在 20 多摄氏度，这里山峦重叠，林木苍翠，花草繁茂，空气清新怡人。云顶高原又称为"云端上的娱乐城"，包括户外及户内游乐园、云顶第一城、云顶国际会议中心等，这里娱乐设施齐全，有游乐园、餐厅、电影院等，素有"南方蒙地卡罗"之美誉，是马来西亚旅游的重要品牌，著名的娱乐中心和避暑胜地。

晚饭后，我们在这"云端上的娱乐城"尽情游玩，从酒吧和食街溜达了一圈，到处是豪华浪漫的食吧，来自世界各地的游客集聚这里，特别是亚洲的游客。这里有在亚洲范围内为数不多的、堪与澳门葡京赌场相提并论的赌场。进赌场要出示护照并接受安检，偌大的赌场，各种赌具样样齐全，赌徒全神贯注，热闹非凡。但我们对赌无兴趣，逛了一圈便出来了。

第三天，我们前往耗资约 2 亿元打造的吉隆坡海底世界，这里有来自马来西亚等地的 5000 多只超过 150 种的海底生物，海底隧道长 90 多米，站在输送带上仰望头顶上漫游的大石斑鱼，欣赏两旁大批的热带鱼，超近距离游过的沙虎鲨、巨型黄貂鱼、绿海龟等许多海洋动物和来自世界各地的五彩斑斓的珊瑚礁。在压力玻璃包围下，我产生了亲临海底游弋的感觉。除了海洋生物外，水族馆内也有许多淡水鱼类、两栖类和爬行类等生态动物。此外，水族馆里还设有水族舞台、迷你戏院触摸池和纪念品等，集娱乐教育于一体，非常适合全家同游。

观赏完海底世界，我们乘车前往马来西亚新的行政中心：太子城广场、水上清真寺、首相府。

据导游介绍，吉隆坡是马来西亚最大的城市，也是世界上有名的"花园城市"。马来西亚独立后，吉隆坡人口剧增。随着城市土地开发压力和政府办公空间需求不断增长，土地严重匮乏，于是政府便决定将行政中心迁出吉隆坡。

以田园城市与智能城市为鲜明特色的马来西亚新行政中心布城，也称"太子城"，距离首都吉隆坡和国际机场约25千米，是一座被原始森林包围的新城市，面积为260多平方千米。目前布城不仅是马来西亚新的行政中心，还是一座环境宜人的田园城市，有三分之一仍然保留着大自然的林园、湖泊及湿地，是马来西亚珍贵的绿色瑰宝遗产，已成为马来西亚一处新的旅游景点。

从吉隆坡开车，正常情况下40分钟左右，穿过一道原始森林的大门就到了这座森林之城，太子城坐落在中心的平原地带，一条人工开挖的河流环绕四周，将城中主要的建筑串联起来，我们坐船从首相府到各个部门，在森林中顺流而下绕城一周，大概45分钟。

绿茵茵的太子城广场非常宽阔，广场中心是花团锦簇装点的喷水池，太子城广场就像我们的天安门广场一样，它也是马来西亚的核心，宽阔美丽，甚为壮观。马路对面是巍峨壮丽的清真寺，中间是圆形广场，河边有许多饭馆，游客可一边观赏两岸的风光，一边品尝马来西亚的特色海鲜。广场正前方的绿色圆顶建筑是首相府；主体建筑有四分之三建在水上的粉色外观寺庙是粉红清真寺，也是马来西亚最大的清真寺之一。粉红清真寺因它建于人造湖上，给人一种浮在水面之上的感觉，因而有"水上清真寺"的美誉。非伊斯兰教徒可以进入参观，对男士穿着没有太大要求，但应着装得体，举止稳重，进入某些室内场所需要脱鞋，女士一定要穿上他们提供的长衣，不能外露体毛。

然后我们坐车前往马六甲，晚饭后休息，准备第四天的行程。

第四天早上，我们参观名城马六甲。今天的行程有两个主题，一是进行南洋风情之旅，游览郑和下西洋留下的遗迹，三宝庙、三口井，然后坐七彩缤纷三轮车游览观光马六甲城。

据导游介绍，这里记载了明朝汉丽宝公主远嫁马六甲苏丹的故事。苏丹迎娶天姿国色的汉丽宝公主入宫为王妃，公主和随从当时都住在三宝山上，公主死后也埋葬在此，因此马来人称它为"中国山"。汉丽宝公主的故事在马来西亚家喻户晓，曾被改编为话剧和大型歌舞剧。这座逾600年历史的古墓蕴含着华裔先贤在这块土地落地生根的历史意义。墓碑的刻字、殡葬仪式、邻近老庙、居民生活方式，彰显着华人文化坚韧的生命力。三宝山不仅是一座历史古迹，也是华人文化的发祥地。在马来西亚，每年全国华人文化节的文化薪火都在三宝山点燃再传至其他州，保持历史文化传承。

600多年前，郑和率数万商人走遍亚非欧30余国，创世界航海史奇迹。郑和七下西洋中有5次以马六甲为中转站，将船队总部驻扎于此，在山上修建宫殿，还在此设立官仓，用丝绸瓷器交换象牙、珍珠等，在这里集结贸易。170多年来，三宝山曾先后6次遭受被有关当局征用的厄运，但每次都遭到华人的强烈反对，最终都化险为夷，得以保存完整的三宝山。

二是进行澳洲风情之旅，我们参观葡萄牙广场、荷兰红屋及圣保罗教堂。广场建于20世纪80年代后期，是仿照葡萄牙同类建筑样式而建。300多年以来，红屋一直是政府机关的所在地，直到1980年才改为马六甲博物馆。教堂有上色的玻璃橱窗及旧石碑，由葡萄牙移民后裔于1710年所建。

到达马来西亚已4天了，我们从吉隆坡到新加坡关口一路走来，高速公路两旁起伏的山坡上都是热带雨林，见不到裸露的土地，也见不到企业厂房。沿途两岸绿草茵茵，温暖的气候、充沛的阳光和雨水让棕榈树、橡胶林、杧果和胡椒等经济作物茁壮成长。据调查，马来西亚目前的橡胶、棕油的产量和胡椒的出口量都居世界前列，丰富的农业和矿产让马来西亚经济迅速发展，难怪不少当年漂洋过海的华人南下时选择此地安家乐业。

二、伴海繁荣的滨海狮城——新加坡

结束了马来西亚的旅程，午餐后，我们经新山关口过境前往新加坡。

新加坡位于马来半岛南端，扼守马六甲海峡的咽喉要道，地势平坦，地理位置十分重要，是由新加坡岛及附近50多个小岛组成的岛国。人口340多万，华人约占80%。占着得天独厚的地理位置，新加坡经济依港崛起，一跃成为亚洲四小龙之一。

新加坡是一个干净整洁、法律严明的国家，规划建设也非常合理规范。

到了新加坡，接待我们的是一位女导游，她首先带领我们参观占地面积100多公顷的新加坡最大的滨海湾花园。

滨海湾花园是世界上最大的室内植物园，坐落在滨海湾附近，项目由南湾、东湾、中湾三个特色分明的花园组成。

站在远处，我们仿佛只见18棵"撑天大树"，其实是一座座有16层楼高的垂直花园建筑物。"大树"具有收集雨水、生成太阳能和充当公园温室的通风管道等多种功能。"树干"上种植花草，"树枝"为太阳能电池板，"树心"温室通风管道。大树的"树冠"白天可以遮阴，入夜时五彩灯光和投射的多媒体将这座垂直花园打扮得妖娆多姿。我们站在"树顶"俯瞰，满园花儿簇簇，绿草葱葱，犹如置身于热带雨林的灌木丛林之中。

花园内设有两个温室，分别为"花之穹顶"和"云之森林"，温室里栽培有三万多种奇花异草。"花之穹顶"是较大的一个温室，里面以种植地中海植物为主；"云之森林"则模仿了热带高海拔地区环境。这两个温室临海而建，以钢铁和玻璃为主要结构，最大程度上优化了观景视野，并加强了陆地和海洋之间的联系。置身于花穹中，我们不仅可欣赏里面各种形状各异的植物，还能通过玻璃片隐约看到外头的市区风景线，别有一番风味。新加坡滨海湾花园将自然环境和科学园艺融为一体，在展现最好的园艺和园林艺术的同时，又为新加坡和国际游客提供一个恬美的好去处，极大地提升了自身的国际形象。

下午我们到了武吉士街购物商城，这里在20世纪50年代是著名的风月场所，而今天，武吉士街已经是一条独具特色的购物街，有800多家店铺在此经营。这里的商品从时尚新潮的服装到精美别致的纪念品，可谓应有尽有。在商城的长廊上，我看见了介绍新加坡历史发展的宣传专柜，详细介绍了当年华人漂洋过海下南洋的艰苦岁月，教育子孙后代要永远铭记繁荣背后的艰辛！

晚餐后，我们前往圣淘沙岛观看世界上最大规模的室外电动机械演出项目——《仙鹤芭蕾》。仙鹤芭蕾寓意长寿、豁达与好运。每只仙鹤重达80多吨，表演时要上升至30米（10层楼高）的高度，这使得仙鹤芭蕾当之无愧地成为世界上最高的户外电动机械演出。虽然这两只完全由钢铁铸成的仙鹤巨大无比，但是我们在观看演出时，仍然能够欣赏到仙鹤们曼妙轻盈的舞姿，无论从圣淘沙岛上的鱼尾狮、摩天塔，还是从海滨坊对面的怡丰城望去，都能看见仙鹤芭蕾的演出。

第五天，我们吃早餐后继续游览鱼尾狮公园、滨海艺术中心、伊丽莎白女王大道、高等法院及金融中心。

站在鱼尾狮公园，透过波光潋滟的海面远眺，正对面是造型独特，悬在半空的金沙酒店，酒店内有运河、高雅艺术品和赌场等；左前方是莲花科技馆；左边是莲花状圆形的莲花文化馆，它是滨海艺术中心，也是新加坡新的地标，外形奇特突出，宛如两只大榴莲，此造型已经被昵称为"大榴莲"或者是"倒过来的篮子"，故也有人戏称其是"榴莲艺术中心"。整个滨海公园真是半空金沙观狮城，伴海繁华滨海湾！

据导游介绍，鱼尾狮公园是新加坡面积最小的公园，位于新加坡河河口，鱼尾狮像就坐落于此。这个矗立于浪尖的狮头鱼身像是新加坡的标志，它后面还建有一座小鱼尾狮像与之相伴呼应，清泉从狮口中喷射而出，寓财源滚滚。公园设有站台、购物店和饮食店供游人拍照休息。在游览中，我们紧拿手机不停地将这美景的瞬间留住，最后还纷纷承接鱼尾狮口中吐出的泉水，并与之合照，祈求接水迎财。据介绍，新加坡像这样的鱼尾狮共有4座，公园里的这座是最出名的，鱼尾狮像非常形象逼真地告诉后人，现在新加坡虽然已是一只雄狮了，但它曾是一个渔港和一群苦难弱小的渔民！

离开公园，我们陆续参观1953年为庆祝伊丽莎白二世加冕而起名的伊丽莎白大道，它建于 1939 年，时至今日仍是政府机关办理市政事务的最高法院，大道旁还有几座林立于水边的金融中心摩天大楼。

晚上，我们在花园般的新加坡入住。

三、微笑的黄袍佛国——泰国

第五天，我们结束了新加坡旅程，乘飞机前往有"东方夏威夷"美誉的世界级旅游胜地——泰国曼谷。

抵泰后，刚出机场，一位笑容可掬的泰国美女给我们每一位团友献上用鲜花编织而成的花环，并与之合影留念，让我们感到一股五彩缤纷的热带风情迎面扑来！由于泰国是一个享用小费的国家，合照后，团友每人都给了她 20 ~ 50 泰铢的小费。

随后，泰国导游带领我们观看约 60 分钟的特色人妖歌舞表演。30 多摄氏度的高温下，20 多个人妖穿着妖艳的连衣裙，汗流浃背，摆弄着各种舞姿，随着邓丽君的旋律跳起妩媚的舞步，表演很出色也很热烈，掌声不断，笑语连连，但只可惜表演场地是一家没有空调的老式剧场。导游告诉我们，这些都是年纪比较大的人妖，年轻时他们也是豪华歌厅的宠儿。人妖是吃青春饭的，13 ~ 28 岁是他们的青春旺季，30 岁以后便只能到此类场所表演挣钱了，20 多人一天要循环不停地演出才能保障他们的生活。由于他们从小每天都吃激素，寿命都不长，只能活到 60 岁左右，过去的平均寿命更短，大约 45 岁。

走出剧场，我看见了几个打扮得花枝招展，带着一身疲惫的人妖在剧场大门口使出浑身解数寻求客人与之合照，只求那可怜的小费。看到此，我心里有点儿酸楚，可怜的人妖，他们可都是男儿身。这些人个子高大，眉目清秀，在小时候一定是个俊俏的好苗子，长大后，一定是有所作为的，只可惜他们因家中贫穷被父母或他人卖到这里，从此过上供他人取乐的非人日子。有谁知道在笑声背后藏着多少悲伶的泪水？

观看完特色人妖表演，我们前往酒店休息。

第六天，我们参观泰国金碧辉煌的大皇宫和玉佛寺。走进位于曼谷市中心的大皇宫，我发现大皇宫其实是由一组布局错落的建筑群组成的。在曼谷王朝开国君主拉玛一世登基后，经历代子孙的不断扩建，规模宏大的大皇宫建筑群终于建成，汇集了绘画、雕刻和装饰艺术的精华。大皇宫曾是皇室住所，现在的国王仅在特定的节庆场合才使用，此处是各国游客必到之地，与中国故宫有点儿相似。泰国大皇宫对进入的游客在服装方面有较严格的要求，游客的衣服要整齐、有衣领，不能穿无袖上衣、拖鞋和短破牛仔裤，也不能穿大皇宫门外卖的类似大象图案的休闲裤，男士要穿黑或白上衣，下身穿深色裤或西装裤，女士不能把披肩和围肩当作裙子。

玉佛寺位于曼谷大皇宫东北角，是大皇宫的组成部分，全称"嘉愿纳瑟沙拉南佛院"，又称"护国寺"，始建于1782年。整个建筑宏伟堂皇，屋宇、亭榭、高塔、长廊或玲珑剔透金玉璀璨，或高耸挺拔宏伟壮观，几乎集中了泰国各佛寺的特点，是泰国所有寺庙中最崇高的代表。玉佛寺内藏有一尊由整块翡翠雕成的价值连城的泰国国宝玉佛，与曼谷的卧佛、金佛一并被列为泰国三大国宝。

仰望蓝天，只见金光灿灿的塔尖和美轮美奂的屋顶交相辉映。玉佛在大殿内居高临下，庇佑万民，成为泰国上下最神圣和最受尊敬的佛像。每年四季，国王都亲自给玉佛换上由黄金和珠宝做成的各季锦衣。

不知不觉又到午餐时间，导游带我们到泰国最高大楼（76层）的餐厅享用国际自助餐。在偌大的餐厅里，各种海鲜和食物应有尽有，如杧果饭、榴莲饭、龙虾、三文鱼及金鲳鱼刺身等。

吃完海鲜大餐，我们游览旧国会大厦。这是一座以白色为主的意大利文艺复兴式建筑，室内全部以彩色大理石作装饰，与描述泰国历史进程的壁画组合营造出宏伟的皇家气派。馆内还珍藏了许多精雕细琢且独具匠心的国宝级工艺珍品，如柚木雕刻的宝船、镶嵌宝石的床等，还有九世泰皇登基60周年宴请25个国家国王及王室成员时使用过的金银器皿等。要进入大厦，男性必须穿长裤，女性必须穿过膝裙子，上身不能露出肩膀及肚脐眼，不能穿拖鞋。

游览完毕后，我们又继续前往泰国的母亲河——湄南河。

湄南河是泰国第一大河，自北而南纵贯泰国全境。湄南河发源于泰国西北部高原，流经南部注入曼谷湾，全长1300多千米，流域面积17万平方千米。泰国首都曼谷就坐落在湄南河的海口处。

我们从码头上了一条长尾船，随船徐徐而行，将两岸风景尽收眼底。一路上，富有特色的古老房子和古朴的民俗村落都很浪漫，但挂满凌乱电线的电线杆、杂乱的水上市场、浑浊的湄南河、一辆辆穿梭于大街小巷的在高温下还没有空调的陈旧公交车……让我仿佛看到改革开放之前的故乡。导游告诉我们，泰国是一个旅游国家，旅游收入比其他行业收入较高，泰国政府对来泰旅游的外国友人也特别重视，无论吃住还是旅游景点都按高标准安排，本国收入较低的国民无法享受这种待遇。目前，泰国的水环境受到破坏，曼谷的自来水暂时不能饮用，要用专供的桶装水，这就是不注重环境保护的代价！

虽然两岸水上人家生活古朴浪漫，泰国建筑更是千奇百艳，但在游览中，我总提不起激情。晚上，在酒店休息时，我想了许多……

第七天清晨，我们乘车前往有"东方夏威夷"之称的芭堤雅。途中，我们参观了是拉差龙虎园，它是泰国一个饲养鳄鱼和孟加拉虎数量最多的主题公园，园内共有10万多只鳄鱼和400多只孟加拉虎。我们观赏捉鳄鱼及蝎子表演，直呼十分惊险刺激，特别是当数以百计的蝎子在表演者身上穿梭爬行时，全场惊叹不已！之后我们前往赛猪场，欣赏诙谐有趣的小笨猪比赛。

中午，我们在园内享用了串烧鳄鱼及鲟鱼大补汤。

下午，我们继续游览东芭乐园。东芭乐园为泰籍华人创办，占地面积约3000亩。园中有千姿百态的兰花和仙人掌可供观赏，波光潋滟的人工湖、小河环绕于亭台楼阁之间，树木葱茏，鸟语花香，风景如画。不仅如此，其中泰国独特的民族舞蹈和大象表演让我们开怀大笑，笑得满地找牙。

参观完东芭乐园，我们在前往金沙岛的途中，体验了一次传统泰式按摩，舒缓了几天来的疲惫。黄昏时分，我们来到著名海滨度假区芭堤雅，入住酒店。芭堤雅晚上有丰富多彩的夜生活，灯红酒绿、漫步海滩，大伙儿可根据自身需求做出选择。由于旅途劳累，我们都选择漫步海滩，领略一下热带雨林沙滩的夜色美景。

第八天一大早，我们都换上游泳便装，导游带我们乘快艇开启海岛之恋半日游。首先，我们前往水上浮台，有的团友自费体验降落伞，有的团友体验海底漫步，亲临海底欣赏热带海鱼和珊瑚礁。随后，我们继续前往浪漫潇洒的金沙岛。

金沙岛离芭堤雅海岸约 10 千米，是目前芭堤雅保护得最好的沙滩岛屿之一，这里的沙滩洁白，珊瑚绚丽、热带鱼活泼可爱，沙滩上排满了沙滩椅和色彩艳丽的太阳伞，给人舒适宁静的享受和无限的休闲惬意。沙滩拥抱着碧蓝的大海，洁白松软的沙滩，清澈透明的海水，相见恨晚的大伙儿都纷纷投入海的怀中……

我还看见其他团友中有的骑水上摩托车，寻找刺激；有的在沙滩上打排球，尽情沐浴阳光；有的租小船去海中享受潜水或垂钓的乐趣……我则先到海里游泳，后享受沙滩日光浴，尽情享受大自然的恩赐……在碧波中畅游，在细沙如银的沙滩上休憩，的确十分惬意！

据当地人介绍，金沙岛还是观看日出日落的好场地，我们可以在海边餐厅一边品尝美食，一边欣赏金沙岛日出日落的美丽景色呢！

中午，我们在岛上享用美味的海鲜餐。然后乘快艇返回芭堤雅。

傍晚时分，我们在离岸不远的船上观看了一场更加妩媚的人妖表演。

第九天，我们继续游览三大奇观、七珍佛山、九世皇庙及蜡像馆，随后参观水果园，并在果园尽情享用了各种泰国奇珍异果组合的水果大餐。下午，我们游览了香火最旺的宗教据点之一——有求必应的四面佛，后前往丛林骑大象和坐马车，体验从前泰国贵族才能享受到的特别待遇。

第十天清晨，我们告别了难忘多情的泰国，前往曼谷国际机场乘机返回香港，结束了浪漫刺激的马新泰之旅。

印象澳新行

一、自然生物的天府王国——澳大利亚

小时候，老师告诉我们，在南半球有两个岛国，大的叫澳大利亚，小的叫新西兰，北回归线穿越中国，南回归线也穿过澳大利亚与新西兰，他们的一年四季与我们中国恰好相反，当我们处于炎炎夏季时，他们却是寒冷冬天。他们的气候以温带海洋性气候为主。由于与其他陆地相隔，那里有许多如袋鼠、考拉等的原始动物。那时候我还小，总希望能踏上这些国家，亲自见识南半球的大千世界。2017年的冬天，我终于梦想成真，参加了澳大利亚大堡礁与新西兰北岛的精享游。

12月14日下午4点，我们一行18人在深圳蛇口游轮中心集合，一起前往香港，于下午6点半乘机飞往澳大利亚，开始了南半球探索之旅。

澳大利亚位于印度洋与太平洋之间，面积760余万平方千米，国土面积居世界第六，属英联邦国家。它由6个州及两个区组成，6个州分别为新南威尔士、维多利亚、昆士兰、南澳大利亚、西澳大利亚和塔斯马尼亚，两个地区分别是北方领土地区和首都地区。新南威尔士位于澳大利亚南部，是英国最早在澳大利亚建立的殖民地，属于温带，气候十分宜人，以其山海景观、海滩之美著称于世。澳大利亚是一片充满奇趣的大地，凭独有的自然美景和海洋资源闻名于世，当地的购物、美食、艺术、现代化建筑及休闲自在的气息吸引着全球各地的游客。

经过近 10 个小时的飞行，我们终于在 12 月 15 日早上 8 点半左右到达南半球，早餐后，我们前往被人们称为"真正度假天堂"的黄金海岸，这是一个充满活力的城市，明媚的阳光、连绵雪白的柔软海滩、湛蓝的海水、浪漫的棕榈树……是一个魅力无限的夏天休闲娱乐之地。这里的沙滩保护做得非常好，规划非常合理，公路离沙滩外 2000 米左右，公路两旁一边是高楼林立的商住区，一边是海边沙滩休闲度假区，沙滩上每相隔一段距离都安装有供游客免费饮用的直饮用水，建有固定的免费淡水沐浴间和更衣室等。有了完善的基础设施，前来游玩的大部分游客都会下海体验一下海绵般的沙滩和不一样的海水。每天，南太平洋湛蓝的海水轻轻拍打着海岸，洗去沙滩上的污垢，洗去都市人的烦恼与疲惫，远方的客人也在这里尽享沙滩的魅力，拥抱浪漫与阳光，忘情地留下行行脚印……

　　从黄金海岸沙滩回来，我们乘车前往可伦宾动物园，见到了朝思暮想的澳大利亚珍奇动物，如袋鼠、考拉、丁哥狗、树熊、澳大利亚鳄鱼、色彩斑斓的鹦鹉等，我们兴高采烈地与这些珍奇动物合影留念，努力把这美好一刻留住！

　　下午，我们来到一所私家直升机机场，人生第一次体验乘坐直升机。直升机的螺旋桨启动后风力很大，噪声很大，因此在靠近飞机前，机上人员都要戴上专用耳机，一来可以相互交流，二来可以保护耳朵。机舱不大，只可坐 5 人，前排坐一位驾驶员和一位游客，后排可坐 3 人。随着飞机慢慢升起，地面上建筑物渐渐远去，俯瞰脚下，一个美丽的滨海城市映入眼帘，飞机绕着城市海岸线转了一圈，我们也飘入天空与云朵握手……

　　下机后，我们带着一天的浪漫入住黄金海岸酒店。

　　12 月 16 日清晨，我们从黄金海岸乘一个半小时的车到达布里斯班。布里斯班是昆士兰州首府，是昆士兰州的经济文化中心，不但有现代繁忙的都市活力，也有乡郊城镇的悠然自得，清澈的河水倒映着耸立的高楼和周边的万紫千红。我们站在袋鼠角远眺布里斯班的城市风光和河流的旖旎激滟，将百里壮景尽收眼底。袋鼠角是布里斯班的制高点，侧面是悬崖峭壁。很久以前，这里生活着大量袋鼠，当地人为了捕捉袋鼠，便在山脚下把袋鼠追逼到山上，然后又在山上往下追赶，因为袋鼠前脚短后脚长，上山容易下山艰难，这样可以迫使袋鼠头重脚轻从山上滚下致死，猎人只需在山下守株待兔。由于这里是捕捉袋鼠的拐角处，故而得名"袋鼠角"。

下午，我们来到咸淡水混合的内港湾——澳大利亚昆士兰州河，这里游艇密布，河水清澈见底，几个船主在栈桥边投放鱼食，群群鱼儿在开心翻滚。我们第一次见到河里有如此多的生猛野生海鱼，它们竟然一点儿都不惧怕人，因为这里不但从来没有人捕捞过野生海鱼，反倒还经常有人给它们投喂饵料食物。

我们在导游的带领下登上了游船，并始顺河游览。布里斯班的城市建设很有特色，每座楼的外观造型各有千秋，因为这里的楼房在设计审批时就有规定，相同外观造型的楼不批，因此布里斯班简直就是楼房造型设计的万花筒，集锦汇！站在船舷眺望两岸，处处高楼处处美景，美轮美奂，叫人赞叹不已！船徐徐前行，一群群海鸥追着游船嘎嘎欢叫，导游告诉我们，它们是在叫唤我们给它们喂食呢！于是，我们纷纷拿着面包走出船舱，高高举起手中的食物，海鸥一边追赶一边选准角度、调整好速度，准确无误地将我们手中的食物叼走，飞向蓝天。看着一只只叼着食物远去的海鸥，我们心里有一种说不出的舒心与快乐！

午饭时间到了，船主给我们准备了野生大海虾（一只足有 100 克以上）、蟹、鱼、面食和香槟。正当我们一边品尝海鲜大餐，一边欣赏两岸风光时，突然，在船的两侧不远处有两群海豚在与船同行，不时地跳舞前进。我还是第一次近距离看到野生海豚，大伙儿都欢呼雀跃、兴奋不已，急忙拿出手机尽情拍摄！

快乐的时光总是过得很快，不知不觉又到了黄昏。我们从船上下来，用过晚饭后，带着一天的快乐入眠。

12 月 17 日清晨，经过两个半小时的飞行，我们离开黄金海岸，到了凯恩斯。

凯恩斯位于昆士兰州北部，城市不大，人口不多，但林荫满道，环境优美，充满休闲浪漫的热带风情，是前往大堡礁的必经城市，吸引了无数来自世界各地的游客。在这里，无论你是漫步街头，还是坐下品尝一杯香浓的咖啡，都有一种说不出的闲逸。

到了凯恩斯，我们乘坐水陆两用军车游览充满神秘的热带雨林。

凯恩斯地处热带海滨，气候温暖雨量充沛，这里是地球上最古老的热带雨林动植物生态保护区，存活着许多在其他大陆已经灭绝的珍稀生物。凯恩斯热带雨林公园位于澳大利亚北昆士兰州一个大型热带雨林旅游中心，总面积大约 40 公顷，是世界自然遗产重点保护之一，公园不仅旅游价值高，生物科研价值也非常高。据统计，这里一共自然生长着 200 多种不同品种的鸟类，聚集着整个澳大利亚大陆 60% 以上的蝴蝶种类，还生存着已有 1.5 万亿年历史的古老羊齿科植物和各种罕见的动物种类，如果在茂密的丛林中漫步，有时还会看到可爱的澳大利亚松鼠和蜥蜴。我们坐在改装后的军车顶上，系好安全带，从泥泞的山路上开始爬行。司机师傅一边开车，一边介绍，在茂密的深林里，我们看到了可爱的小松鼠在树上自由穿行；在山塘水池边，我们见识了五彩缤纷的蝴蝶，它们在丛林间翩翩起舞，我们向它们招手，有几只小家伙还朝我们的军车飞来，有的竟然落在我们的肩膀上……真的，这些小动物给这阴阴森森的雨林带来不少生机和幸福的气息！

突然，车从 4 米多高的路上掉到水池里，我们被吓得大声呼喊，但车并没有往下沉，很快又变成船在水中悠悠前行，到了湖边，车又以 60 度将我们从湖里拉上另一条山路，在返回的途中，车在崎岖的山路上几度颠簸，几度惊险！大伙儿的尖叫声、呼喊声响彻寂静的山谷……

经历了刚才的探险历程，我们又回到热带雨林文化村观看北昆士兰蛇族部落的民间舞蹈表演。他们用树叶轻打身体以驱散蚊子，用木棍敲打地下以警告外侵敌人，徒手合作狩猎雨林中最大的火鸡……

一场场表演还原了生产资料落后时期蛇族人民的智慧和力量，还原了人类为了生存与自然界斗争的残酷历史。

晚上，我们住在这浪漫休闲的小镇里，再次吸吸热带雨林带来的浓浓清香。

12 月 18 日上午，我们从镇上坐车前往大堡礁绿岛。

大堡礁是全球最大、最壮丽的海底花园，面积从昆士兰海岸延绵伸展 2000 多千米，孕育着无数海底珍奇，包括以前 500 多种鱼类、4000 多种软体生物及 400 多种珊瑚礁与活珊瑚，2000 多个珊瑚岛组成的礁群，其中最有代表性的是格林岛。我们乘直升机从空中俯瞰大堡礁，有的像块块璀璨的蓝宝石，有的像雪白的和氏璧，散落在南太平洋的大海里，借用高清望远镜从约 200 米的高空俯视，我清晰地看见在珊瑚边缘处，大量的海葵鱼身带着各不相同的海葵花纹，竞相在这片绝佳栖息地抢一席之地，色彩斑斓的软珊瑚在挪动，身穿靓丽龟壳的海龟在吃海草，体型超过 1 米，寿命超过 60 年的巨型蛤蚌在静静躺着，一群群可爱的小丑鱼群居在粉红色的海葵里，蓝绿光鱼在珊瑚群里出没闪光变色，扁形虫舞动着绚丽的西班牙裙摆，大堡礁沿线散落的许多船骸已被海洋小动物变成美好的家园……远处青山绿绿葱葱，脚下海水晶莹剔透，像滩，像画，更像诗，就连外星球神仙也会羡慕不已！

从飞机下来，我们乘游艇到绿岛近距离地欣赏这片人间仙境。整座岛屿完全由珊瑚礁组成，岛上生长着热带雨林，岛屿边缘是美丽洁白的沙滩。我们先沿绿岛木板栈道和沙滩漫步，海风送来阵阵清凉，树上硕果累累，一只只红眼斑秧鸡在丛林中穿梭，海浪在冲刷足底。我们不时站在沙滩远眺水里的珊瑚、空中飞翔的鱼鹰和海雕……

然后，我们坐上玻璃船，将自己沉浸在热带风情地表下美丽的水下奇幻世界，把海底七彩缤纷鱼群、色彩斑斓的珊瑚礁尽收眼底。透明的船底下，各种围绕在珊瑚岩附近色彩斑斓的热带鱼，生活在海草床附近的海龟，正在交配的裸鳃亚动物构成珊瑚礁的一道道绚丽风景。鱼群紧紧地追逐着我们，当船停下时，游客把手中的饵料撒向大海，便上演着一场场精彩的鱼群杂技表演……随后，团友们换上泳衣畅游世上最洁净的海水，享受最灿烂的热带阳光。

从绿岛归来，我们乘机飞往墨尔本。

墨尔本是维多利亚首府，有"澳大利亚伦敦"之称，市区随处可见歌德式维多利亚时期建筑。12 月 19 日上午，我们进入菲兹罗公园游览，园内林木青葱，花圃、小湖、步道、雕像、温室、喷泉等规划得当，是最热门的婚纱照取景地。库克船长小屋是澳大利亚最古老的房屋，库克船长是传奇人物，而圣派克大教堂却是庄严肃穆的，联邦广场又是一座结构和色彩都相当另类的建筑群，与周边古老建筑相映成趣。

库克船长是英国皇家海军军官、航海家、探险家和制图师，他曾经三度奉命出海前往太平洋，带领船员成为首批登陆澳大利亚东岸和夏威夷群岛的欧洲人，也创下首次有欧洲船只环绕新西兰航行的纪录。库克船长曾经三度出海前往太平洋地区，在数万米的航程途中深入不少地球上当时未为西方所知的地带。通过运用测绘仪，他为新西兰与夏威夷之间的太平洋岛屿绘制了大量地图，地图的精确度和规模皆为前人所不能及。在探索旅途中，库克船长也为不少新发现的岛屿和事物命名。

晚餐后，我们飞往澳大利亚最大城市——悉尼。它是南半球最现代化的大都市，拥有世界上最美丽的天然港湾，以及最让澳大利亚人引以为豪的繁华和热闹。

12月20日早餐后，我们前往悉尼著名的邦迪海滩。这里无论春夏秋冬，蓝色的大海与洁白的浪花交相辉映、美妙绝伦，是悉尼休闲散心的好地方。游览完邦迪海滩，汽车停在悉尼植物园，导游带着我们穿过绿草茵茵的草坪走向海滨。沿着港湾，我们看到了一张雕琢在岩石上，椅背写满英文，面朝港湾的椅子，导游介绍说这就是"麦奎里夫人石椅"。麦奎里是英国派往澳大利亚的第四任总督，是一位很有作为的领导人，被誉为"现代悉尼的缔造者"。按照英国皇室规定，总督每5年要回英国汇报一次工作。由于当时的交通不便，往返一次要花两年多时间。麦奎里回国后，麦奎里夫人便天天坐在海边，一边作画，一边盼望丈夫归航的船队。在漫长的等待中，麦奎里夫人的友善感染了周围的民众。后来，人们为了怀念这对为澳大利亚作出贡献的英国夫妇，特请石匠在海边的岩石上凿出一张椅子，并刻上文字，所以也叫"望夫椅"。

站在雕有麦奎理夫人椅子的小半岛上眺望对面港湾，举世闻名的悉尼歌剧院、横空出世的悉尼大桥及悉尼港湾如此唯美，而玛丽公园的庄严与海德公园的休闲宁静结合得十分完美，让我们深深喜爱上这美丽的城市。

站在海边眺望悉尼金融商务区一栋栋漂亮的建筑，从悉尼湾海面上看过去，一条挺拔秀美、层次分明的天际线展现在我们的眼前，这就是世界上为数不多的漂亮城市轮廓线。

悉尼歌剧院位于悉尼市区北部，是澳大利亚的地标性建筑，也是20世纪最具特色的建筑之一，2007年被联合国教科文组织评为世界文化遗产。它由丹麦建筑师设计，一座贝壳形屋顶下方是结合剧院和厅室的水上综合建筑。悉尼歌剧院的内部建筑结构则是仿玛雅文化和阿兹特克神庙。它于1959年3月开始动工，耗时14年，于1973年10月20日正式竣工交付使用。我们坐车前往悉尼歌剧院，在悉尼歌剧院一侧的港湾旁有许多露天酒吧，不少人在这里边品酒，边观赏悉尼湾的绮丽风光。走近悉尼歌剧院的台阶，仔细观察扇形壳顶的内饰，竟然全部为混凝土浇筑时的原浆，未加任何装饰，看上去却十分简朴大气，园内设有许多酒吧餐馆和各式各样的商店，每天晚上可以接纳 6000 多人，其他各种活动场所设在底层基座。剧院设有话剧厅、电影厅、大型陈列厅和接待厅、5 个排列厅、65 个化妆室、图书馆、展览馆、演员食堂、咖啡馆、酒吧间等大小厅室900 多间。10 个歌剧厅可容纳 1000 多名观众，整个场馆安排合理整洁、豪华气派，举世闻名！

随后我们又游览著名高等学府——悉尼大学，体念异国校园风情。悉尼大学始建于 1850 年，是坐落于南半球的金融、贸易与旅游中心，是世界著名公立研究型大学，是全澳大利亚历史最悠久的大学，是整个南半球首屈一指的学术殿堂和全球著名的高等学府之一。悉尼大学培养了历史上许多的重要人物，其毕业生一直牢牢掌控着澳大利亚政治与经济命脉。依托于极高的学术声誉和雇主评价，悉尼大学作为澳大利亚本土生源第一学府的纪录已保持数十年，是全世界学子梦寐以求的理想殿堂！

从书香飘逸的校园出来，中午我们又到南半球最大的悉尼鱼市场，充分体验澳大利亚当地平民百姓的生活情趣，在那里尽情享用各种深水生猛海鲜……

作为南半球最大的鱼市场，悉尼鱼市场海鲜种类数量世界排名第二。这里每天出售超过 100 种海鲜产品。每周四早晨，悉尼鱼市场就对公众开放，这里的海鲜又大又新鲜，龙虾最小的是 2 公斤，一只硕大的螃蟹足有10 多公斤，整个市场见不到小于 1 公斤的鱼，真让我们大开眼界！我们与东莞老乡 5 人挑了一只 3 公斤的生猛龙虾、1 公斤三文鱼和 1 公斤金鲳鱼。

在海湾的码头边，停泊着许多待出海的渔船，海风微凉。我们坐在人头攒动的市场边上的小吃店尽情享用南太平洋的特色海鲜。

下午，我们从悉尼码头上船，乘坐豪华游船一览气象万千的悉尼港区，欣赏悉尼港边的水岸住宅区、热闹繁华的都市景观、全世界最大单拱形铁桥——悉尼港湾大桥，从港湾再次眺望建筑群天际线、悉尼歌剧院、悉尼塔等，并在歌声香槟声中享用浪漫的游船海鲜晚餐……

二、绿草如茵的花园——新西兰

2017 年 12 月 21 日，我们乘车到悉尼机场办理离境出境手续，再乘机前往绿草如茵的新西兰，3 小时后抵达新西兰最大城市奥克兰。

新西兰面积 27 万多平方千米，人口约 450 万，华人约占 4%，白人占 75%。新西兰和澳大利亚两国都属于英联邦，签订塔斯马尼亚协定，所以长期共同生活，护照通用、福利通用，而新西兰更加淳朴，福利非常好，公立学校上学完全免费，人老了可以住老人院，养老政策先进，不用养子防老。由于畜牧业是新西兰的主要经济来源，海关安检非常严格，任何植物，甚至沾有泥土的鞋子都不可以入境。

新西兰与中国关系密切，也是承认中国是市场经济而非计划经济的国家，两国签订了自由贸易协定。新西兰物价不高，一般人的年薪是三万多澳元，500 平方米的独门独院房屋用三万多澳元就可以买到。

奥克兰是新西兰的首府，位于新西兰的北部，人口大约有 136 万，三面朝海，一面靠山，为全国工商业枢纽，城市码头停靠有 13 万多艘游艇，素有"帆船之都"美誉，地理位置优越，处在两个海湾之间，由于是在火山堆里建起来的，又有"火山城"之称。

12 月 22 日，我们游览市区的海港大桥、金融商业区、高级住宅区、战争湾、豪华游艇俱乐部及美国帆船比赛区。奥克兰海港大桥是奥克兰极富代表性的一处景致。大桥连接奥克兰最繁忙的港口——怀提玛塔海港，南北两岸全长 1000 多米。海港大桥与停泊在奥克兰艇俱乐部的万柱桅杆，组成了一幅壮观美丽的图画。

中午，我们来到位于市区中心以南大约 5000 米的著名死火山——伊甸山。伊甸山形成于两三万年以前，是奥克兰陆地火山带中最高的火山，高达 196 米，锥形的火山口在山顶脚下，嫩草悠悠，有时会看见觅食的牛群。伊甸山山顶设有瞭望台，视野开阔，是眺望市景的最佳地方。登上以后，还可见到 12 世纪时毛利人要塞的遗迹。山上有一个大型的固定罗盘，上面标有全世界主要国家和重要城市，顺着指针方向，可找到自己的国家和想找到的地方。

下午，我们来到摄影"发烧友"的天堂，奥克兰本地人的度假胜地，新西兰最美胜地之一——鸟岛。

鸟岛位于奥克兰以西45千米处，曾被《国家地理杂志》评为30大美景之一。这里海岸线极美，海上兀然矗立起两块巨型山石台，数以万计的塘鹅在台上挨个排队休息，咿咿呀呀的鸟叫声与海浪拍打悬崖的声音汇成一出美妙的交响乐。站在山上远眺，一只只白色塘鹅像天上的飘雪，有的向湛蓝的天空飞翔，有的落在海岸的悬崖巨石上，整座崖石白花点点，热闹非凡，此时正值塘鹅孵化期，雄鸟纹丝不动地趴在鸟蛋上，雌鸟则外出觅食，觅食回家的雌鸟将胃里中的食物慢慢地吐出，返喂雄鸟，此情此景让我们感动不已，鸟岛的美景真的让我们流连忘返……

太阳渐渐西斜，晚餐后，我们带着鸟儿的欢快甜蜜入眠，结束今天的行程。

12月23日早上，我们乘车前往著名火山地热城罗托鲁亚。罗托鲁亚有独特的地理环境及毛利人文化，在毛利人文化村，我们先观看了一出独特的毛利人的现场表演，粗略了解其历史文化。

然后，我们走进一个散发着硫磺味道、热气腾腾的村庄，近距离地欣赏火山地热喷泉奇观。一股股从地缝里冒出的火山泥浆混着水蒸气冲天而起，就像音乐喷泉一样，一波从天而降，另一波又从地里冲上云天，带着浓浓硫磺气味的水蒸气弥漫着整座山村。火山曾经爆发的熔岩泥浆已变成坚硬的地板，毛利人在离喷泉不远的地方将地板磨平，让游客们休息休闲，地面上是温热的，许多人都躺在地上，享受天然的温泉蒸汽浴，据说这样可以美容皮肤，治疗各种风湿病。我躺了十几分钟，手上皮肤明显光滑起来，旅游一天的疲惫也有所减轻。

温泉小路旁长满许多小树，导游在一棵带刺的树上摘下叶子放在嘴里，他说吃这种树叶可以清热解毒。我们也尝了尝，酸酸的，带点儿微苦，对咽喉疾病确有疗效。在荆棘丛林里，我们还有幸地看见新西兰的国宝奇异鸟呢！

吃完午餐，我们又继续前往新西兰最负盛名的爱歌顿农场，这是一个370多英亩的私人牧场。农场主为了表达对我们的热烈欢迎，早已在大门口迎候。一位年轻姑娘简单介绍了农场生产经营基本情况后，农场主与我们做了一个隆重的欢迎仪式——碰鼻礼，即主客相互拥抱，用彼此的鼻子轻轻点碰。据说，在新西兰，这是最隆重的欢迎仪式，就连接待友好的外国元首也常采用。

我们乘坐大型拖拉机进入农场，新西兰的牛羊全部是放养的，分20多个围栏，吃了这围栏的草，又赶去吃别的围栏的草。农场主不可以自己宰杀牲畜，统一由国家的专门机构收购并处理，以确保真正的无公害、无细菌传染，所以在新西兰从来没有禽流感一说，场内的青草不但不能用农药和除草剂，还要定时浇水、除草、翻土，将老去的草当作有机肥，让草场一直保持那样嫩绿，有的还装有音乐设备，让牛羊在歌声中吃草、睡觉。在观览中，我们不时下车去喂那些可爱的红鹿、梅花鹿、肉牛、乳牛、鸵鸟、鸵羊及小绵羊。在这里，我们不但了解到新西兰畜牧业的特色，还品尝了牧场酿制的100%纯天然奇异果蜜。

参观完特色农场，晚餐后我们返回酒店。

12月24日（到罗托鲁亚的第二天），我们在红木森林里，见到了巨大的森林，感觉到处洋溢着野趣与生机，到处散发着森林的新鲜空气和美妙的自然风光。在政府花园里，各种漂亮的鲜花、树木，与古朴建筑构成一幅恬静的英式乡村风情油画。在罗托鲁亚湖畔，我们见到许多美丽的野生黑天鹅和海鸟，它们悠然地漂游在湖面上……眼前的湖光山色让我们完全忘记世间所有俗世的烦嚣。

下午参观新西兰特产店后，我们开车三个半小时返回奥克兰，并在奥克兰度过了没有白雪的圣诞平安夜。圣诞节的早上，我们从奥克兰前往机场乘机返港，顺利地结束了浪漫欢乐的澳新之旅。

平凡

逸记

曾经的激动

2008年，当我的小诗《恬静心田》在《中国国家海洋报》副刊发表、散文《难忘的中秋夜》获得首届"爱我蓝色家园"全国网络征文优秀奖后，我开始尝试用笔留住自己的人生履印，抒发人生的情怀与感悟。

2011年6月17至19日是我难忘的几天。6月16日中午，我怀着激动的心情携妻子赶往深圳宝安国际机场，乘机前往首都北京参加由中国社会主义文艺学会《诗国》杂志社、中国当代文化促进会、全国诗词创作与发展论坛组委会、北京诗国文化艺术发展中心等单位主办的第二届全国诗词创作与发展论坛。

论坛开幕式暨颁奖仪式在庄严的全国政协礼堂举行。6月17日，组委会的工作人员一早便来到我们的住所，分发进入礼堂的邀请函和出席证，然后组织大家统一乘坐大巴车前往。从住所到礼堂需要一个多小时。一路上，大伙儿都很兴奋，我更是抱着朝圣般的心情激动不已。作为一位业余作者，虽然近年偶有作品在当地市级日报副刊发表，也曾获奖，但第一次到全国政协礼堂参加如此盛会，还获银奖，我的确是做梦都没有想到。又想到一会儿在会上将见到许多优秀作家、名人大腕，更是心潮激荡！

将近上午8点，车队到达目的地。全国政协礼堂占地面积5000多平方米，1954年春开始筹建，于1956年竣工，朴素典雅的民族风格与现代化建筑的非凡气派相结合，是举办中国人民政治协商会议、全国委员会会议的庄严场地，也是中国国家领导人和各民主党派举行政治、外交及文化活动的场所。在历史的长河中，它尽显庄严宏伟，见证了中国的崛起。

进入会场时，与会人员须先验证邀请函，再进行安检，通过后才能进入三楼会议室。一进大门，我就被会场的布置吸引住了：大厅铺了巨幅的红色地毯，讲台两侧站着自带"长枪短炮"的记者们，男服务员英俊潇洒，女服务员笑容可掬，主席台上"第二届全国诗词创作与发展论坛（主题：为了诗国的荣耀）"的巨型背景墙吸引眼球，恢宏的大厅、朱红色的大柱子、古色古香的宫灯、粉红色的靠背座椅等无不烘托吉祥和谐的氛围。

经过几分钟的等候，有关部门领导、与会人员和来自北京的10多家新闻媒体的记者先后到齐，大会秘书组便先组织大家到一楼合影，再返回会场正式开会。

开幕式由《诗国》杂志社社长王海峰主持，参加开幕式的领导有中华诗词学会顾问岳宣义，中国未来学会会长、走向崇高研究院院长贺茂之，中国大众文学学会会长赵铁信，中国社会主义文艺学会会长陈飞龙，中国作家协会诗刊社编审、《诗国》主编朱先树等，稍后，他们将为获奖作家颁奖。

主持人说，全国诗词创作与发展论坛自2010年10月在北京隆重召开之后，获得了广泛的关注和好评。因此，在《诗国》领导、编辑和其他工作人员的精心筹备及有关学术团体大力支持下，第二届全国诗词创作与发展论坛顺利召开。在全国各地以不同方式隆重庆祝中国共产党建党90周年之际，本次论坛的顺利开幕备受诗词界关注，这是《诗国》同仁以诗言志，以诗抒怀，向建党90周年献上的一份厚礼和祝福。同时，本次论坛也寄托着我们对伟大的党和祖国的深情，希望由此能唤起更多诗人的激情，把更多优秀作品献给和谐盛世。本次论坛以"为了诗国的荣耀"为主题，目前已收到来自全国各地的诗词组织、诗词家的贺信、贺诗60余件。

约上午11点半，大会开幕仪式结束。与会代表纷纷跟名人大腕合影，我也请著名诗人赵铁信、朱先树签名并合影留念。

开幕式结束后，17日下午到18日，大会秘书组又在酒店举行了高峰学术论坛。诗歌风格雄豪雅健的天山诗派领军人物、中华诗词学会顾问星汉教授开展了如何活用俗语新词化俗为雅创作、关于写诗的韵律问题、自身创作体会等方面的讲座。他以诙谐幽默的语言、渊博的知识征服了在场的每个人，大家茅塞顿开，掌声不断！著名诗人刘宝安则作了"诗词创作的理论与实践"及"《诗词家》办刊宗旨与发稿要求"等主题的讲座。他用具体的例子解剖了当前旧体诗词创作中存在的问题，如有的人不善于运用文言文，基本用口语，其中不乏行业术语和政治口号，豪情有余而形象不足；还有的人在写旧体诗的时候，选题过大，想用一首诗词来概括党90年的丰功伟绩，写出中国梦来，但很难写好。他提倡大家写诗词还是应该大处着眼，细处着手，以细节和形象说话。

其间，中华诗词学会顾问丁国成、中国作家协会诗刊社编审朱先树、中国诗词研究院研究员曾少立等分别作了学术报告，与会的30多位作家也做了学术和创作发言。整个论坛主题鲜明，内容丰富，规格高，得到大家的高度赞誉，与会人员都受益匪浅。作为一年一度的诗词界学术盛会，它深深地影响着当代诗歌文学的发展。

6月19日上午，与会作家参观了曹雪芹故居，拜谒了梁启超墓并敬献了花篮，随后在黄叶村酒家举行别具一格的诗词吟诵会。

6月的北京早晨，清凉的空气弥漫在每一个角落，阳光透过树枝温柔而闲散地洒落在四处。地处茂林中的黄叶村树木葳蕤，鲜花盛开，芳草碧绿，俨然一幅花红叶茂的水墨长卷。作家们把酒临风，吟诗颂词，在一代文学巨匠曹雪芹创作《红楼梦》的地方续写中华文脉。一群酷爱诗词的人沐浴在初夏和煦的阳光里，在悠悠的古韵里回味着，荡漾着，端一本古书，醉在字里行间，徜徉在诗的海洋，去寻找那希望的灯火。细缓而又深沉的字语，似雨滴，滋润着心田，时而稀稀疏疏，撒在一代文学巨匠创作的大地上，时而又密不可分，漫散在人们深邃而又坚定的瞳孔里，似银丝般的细细琴弦轻轻拨动内心最柔软的情愫，带着对新生活的憧憬，对青春的畅想，在这里起航，在历史传承的大洋里荡漾，让一颗颗带有爱的种子，在心底最柔软的土地上，悄悄发芽！

一声声响亮的吟诵，激情饱满；一首首优美的诗歌，抑扬顿挫；一张张青春的面孔，热情荡漾。作家们如叙如唱，我们陶醉在诗的海洋……

在这里，有激扬，有柔美，有对青春的书写，也有对祖国母爱的颂扬；在这里，有感恩，有梦想，有陶醉，有感悟，有文字与心灵的碰撞，有古典与现代的交融，这些浪漫与洒脱都随着响亮而又深沉的吟诵在蔚蓝的天空中飘扬……

这是诗的国度，这是文化的传承，这是心灵的洗礼，这是爱的升华，这是诗歌盛宴！高声吟诵吧，诗样的青春岁月；尽情挥洒吧，诗样的不老年华！让经典回归，让诗情绽放，让美驻足，让爱流淌！

直至日落西斜，作家们才恋恋不舍地离开，各自返回自己的家乡。

时间过得真快！一晃已是小八年，其间虽曾多次到京参加此类文化盛宴，但第一次的感动却是令人如此终生难忘！也是从那时起，工作之余，我开始步入高雅的文化长廊，去学习，去求索……

私家车咏叹调

周末，几位朋友相约在东平某酒家聚会。已是傍晚6点40分了，一位住在下角的朋友迟迟未到，电话催了几次，均答复"堵车"。于是，大家边等边聊起了"车"。在几位朋友中，阿旺是最早的有车族，聊起车来，他有更多感慨！

20世纪80年代，深圳百业待兴，需要大量的粮食和新鲜的农副产品，阿旺独具慧眼，瞄准这一商机，向亲朋好友借了5000多元买了一辆二手农用车，办起了一家小规模的农贸运输公司，从农村老家收购苦瓜、青椒等农产品到深圳布吉农贸市场批发。公司只有三个人，他既是经理又是司机。那时的柏油路和水泥路比较少，也没有高速公路，从惠东沿海到深圳要绕过惠城、陈江等地，从凌晨1点出发，一路颠簸，直到早上6点半左右才能到达布吉，来回一趟要花上一整天。但只要拥有一辆运输车，就有了致富的希望。转眼到了90年代，阿旺由于勤奋又善于经营，生意越做越大，慢慢涉足房地产、进出口贸易等行业。他也拥有了私家车，曾几易坐骑，先是桑塔纳、皇冠，再后来是奔驰。那时名车和大哥大很大程度上是老板的象征，个别商人往往"以车取人"，从乘坐的车辆去推测一个人的经济实力。

进入21世纪后，一切都变了，网络的普及使许多人足不出户便可完成一单生意。在商场上，人们也不再"以车取人"，最看重的是真正的实力和诚信。私家车也再不是老板的专用，款式美观的各类私家车已陆续步入平常百姓家。如今，城里的有车族经常组团自驾外游，农村的则开着私家车到城里游玩购物。

私家车数量的增加在方便人们生活工作的同时，也带来一些烦恼。在这短短的几年里，市区的私家车越来越多，堵车成了家常便饭。假如遇到急事，更是让人心急如焚。除此之外，最让人头疼的是停车位。有些单位的车位本来就很少，随着有车族数量猛增，大家每天也只好提前上班，以便能占一个好位置。对此，有的人开玩笑说，这样才有利于调动大家的上班积极性呢！一位居住在某花园的朋友说，他那一栋楼共有200多套房，现有小车170多辆，而停车位只有90个，供求比例严重失调，因而他只好像其他人一样将新买的皇冠车停在楼下或路旁，不但日晒雨淋，还不安全，不符合市容管理规定。购买新车的第二天，一位骑着自行车的行人不小心把他崭新的后车灯撞坏了，望着那位衣着朴素的行人，他哭笑不得，自认倒霉。一位新婚不久的朋友说，过去他很羡慕有车族，觉得他们潇洒风光，他贷款买了一辆私家车，提车的那天，夫妻俩像孩子过年般欢喜！而打那时起，他们只好节衣缩食。没办法，每月的房贷、车贷得按时缴纳啊。他说，原本想在股市上有所建树，不想今年股票狂跌，一蹶不振，让人心寒！而目前油价高，加上每月养车的各种费用，夫妻俩工资微薄，早已捉襟见肘。他苦笑着说，他走进了有车族，同时也进入"负翁"群。

聚会结束，在回家的路上，我开着自己的私家车，望着四处穿行的车辆，想了许多……

那些楼盘中的袖珍山水

三四月，南风天，又闷又潮湿。晚上我辗转难眠，于是一大清早起床想到外面走走。但天公不作美，突然下起毛毛雨，我只好跑到空中花园去呼吸室外的新鲜空气。

我居住的地方有一个漂亮的花园，那假山"层峦叠嶂"，旁边种着竹子和其他花木。走在"山间"，见那用鹅卵石砌成的池沼或小溪，高低曲折任其自然，间或布置几块玲珑的石头，池中群鱼戏水。到了夏秋季节，睡莲盛开，鱼戏莲叶，那又是另一番别有情趣的景色，让人情不自禁想起那首"鱼戏莲叶东，鱼戏莲叶西"的古诗来。

看到这番景象，我便会觉得我们楼盘的开发商是一个很精明的人。他非常了解人们的需求，大家久居用钢筋水泥筑起的现代化都市，都渴望能见到大自然的青山绿水。因此，从20世纪80年代开始，他开发的楼盘便开始增设假山、鱼池甚至是音乐喷泉，即便是单体楼，他也会腾出一整层来建造集休闲娱乐于一体的公寓会所，并精心挑选上乘材料"建造"小溪流水、石径小亭，种上嫩绿的小草和各种花卉。为了采集这些花草树木，这位老板跑遍了许多地方，经常亲自到现场挑选，花了不少心思。由于他独具慧眼，他的楼盘常常还未开盘就被抢购一空。

看着眼前的人造美景，我心里着实感受到一丝大自然的清新，但看不到大山的青、山野花的艳，总觉得缺少了点儿什么，找不到家乡山泉那种天籁。于是，我闲时邀请了另两位儿时伙伴，一起回家乡走走。

我的家乡从前有一道小水坝，四面环山，青山郁郁葱葱，溪水清澈凉爽。年少时，一到夏日天黑时分，我就常常跟村里的小伙伴在水里戏耍，一直玩到月亮初上，才恋恋不舍地回家。旁边还有一株木棉树，南方的树木四季变化一般不是很明显，但木棉花树却四季分明：冬天秃枝寒树，秋天枝叶枯黄，夏天绿树成荫，到了春天的三四月间，先开花后长叶，一树橙红，那景色极为绚丽。

　　记得改革开放初期，一些人为了赚钱，在河床里私自采挖河砂，有的还在河堤边挖掘裸露的树根去制作根雕，造成河床坑坑洼洼的，连我心爱的"英雄树"也不见了。于是，我们找到了时任村支书的老同学，聊起了中国沿海珊瑚礁的故事。

　　珊瑚礁区是各种鱼类和海洋微生物栖息的好地方，老去的珊瑚礁也是建造园林假山的好材料。据说，历代封建王朝的皇亲国戚和权贵为了建造自己的亭台楼阁、微型景观，经常花重金派人到全国各海域寻找、掠取珊瑚礁，致使珊瑚礁遭受几乎灭绝的厄运。可以说，一些地方美丽园林的湖山奇石、假山溪流的背后，流淌着自然生态被无情破坏的辛酸泪……谈到这里，大家都沉默了。第二天，村支书马上召开会议，严禁村民私采河砂、破坏环境。

　　不到一个小时的车程，我们便回到昔日的家乡，见到了魂牵梦绕的水坝。多年不见了，那里已经变成了一座大水库，坝堤两旁还修建起了花圃，栽上了各种花儿，四面青山更加苍翠，湖水更加碧绿清澈。在水库上游，一条直径一米左右的输水管道直通远方的城里……水库管理人员还高兴地告诉我们，现在的村民都知道"既要金山银山，又要绿水青山"的道理了。自从建起了水库和输水工程后，村民的腰包鼓了，下游的2000多亩地也不怕天旱了。

　　回到城里，望着窗外的钢筋水泥丛林，我感慨万千。这些年来，因为我们目光短视，过于看重经济利益，许多山村的山体被破坏，溪水断流；而在城里，为了营造卖点，许多开发商仍在不遗余力地建造袖珍版的假山、小溪。这些袖珍版的山水真的能与大自然赋予我们的自然山水相比吗？即便我能在自家花园里看到"鱼戏莲叶东，鱼戏莲叶西"的景象，也哪有"莲叶何田田"的那般意境？！

临街而居

　　每次听到窗外那纷乱的嘈杂声，我的心里便会冒出一个字——"烦"！

　　于是，刚写完一半的年初工作计划，又被我一张张地撕碎扔进了垃圾桶里。唉，人人都说城里好，大伙儿都千方百计往城里挤。可城市的地方有限，只好往天上要空间，因此栋栋像蜜蜂箱似的高楼拔地而起、耸天而立，都快挤到月亮上面了。叫我说，城市也有不好的地方。我的家就在市中心，窗临着街道，从早到晚，每天热闹非凡。刚住进来的头几天，全家也觉得还舒适，新房子装潢得也不错，全新的家具、柔和的灯饰着实让人感到温馨。可没过多久，正在上学的孩子便首先感到不适应，紧接着大家也有同感：白天，人群熙熙攘攘，车辆的鸣笛声还有不知从哪儿传来的噪声连绵不断，此起彼伏；傍晚，楼下的大排档、酒吧和迪斯科又开始营业了，于是炒菜声、叫卖声和疯狂的劲舞声又声声入耳……劳累奔波了一天，当拖着疲惫至极的身心，伴随着"大合唱的歌声"刚刚合上眼时，一辆烂了排气管的摩托车又鸣着刺耳的呼啸声使我从梦中惊醒……

　　头沉沉的，脑子一片空白，写不下去了。于是，我起身走出门外。已是万家灯火时分，许多人吃完晚饭在街上闲逛，部分上班族在公园的灯光下做运动。我顺着人流来到了下埔滨江公园的江堤，在朦胧的月色下，几位游泳爱好者正在波光潋滟的西枝江里搏击；堤边的小路挤满了人，有的在小跑，有的在散心，还有的带着宠物在溜达；不远处，音乐悠扬，灯光把整个广场照得如同白昼，宽大的电视荧屏在播放电视剧，一位中年武术

x

教练正指导几个少年习武，旁边还有几位中年人在切磋着太极拳；广场戏台正前面，黑压压的两大队人马在各自教练的带领下，随着音乐的节拍正在跳起热情奔放的健美操。

忽然，我感到脚下一滑，低头一看，发现地上有闪闪发光的水迹，我感到很纳闷，天没有下雨，地上怎么会湿漉漉的？再仔细一瞧，发现那是一篇用清水书写的书法作品。我循迹望去，只见一个60岁开外的老人，左手提着一只小桶，右手握着一支一米长的大毛笔，正聚精会神地挥毫，他的神情是那样专注。一撇一捺，没有半点儿含糊，笔锋过后，便是一幅"书法作品"。功底之深，应是几十年历练所成。我止步欣赏，惊叹不已。

趁着老人休息，我壮着胆子上前请教。老人笑着说，其实你也能够做到，不信你也来试试？他边说边把那粗长的大笔交给我，推辞了一会儿，在他的鼓励下，我还是接过了笔。由于自己没有书法功底，旁边又有一大群人围观，接过大笔时，我心里便开始有一些紧张，手也颤抖着。刚沾上水，还来不及书写，地上已滴下了一汪水。我老想让自己尽快平静下来，但周围的嘈杂声让我心里怦怦直跳。这时，老人似乎看出了我的心思，于是叫我停下来，让我跟他一起深呼吸，然后，他边写边示范起来。他还很认真地告诉我，创作作品之前，要气定神闲、心无旁骛，对每个字的结构、整个作品的布局等做到胸有成竹；练习时要把臂和腕间的力运到笔尖。只有这样，写出来的字才有神，才能让人品味无穷。老人的一番话让我茅塞顿开，我刚刚平静下来的心仿佛得到了一次春雨般的沐浴。

回到家里，已是晚上10点半了。我顾不得沐浴，赶忙把刚出门时收起的工作计划找出来，认真地思考着、写着……窗外虽然噪声依旧，但我的心却异常平静。

歌声飘过伶仃洋

2017 年 11 月 15 日，经过风景秀丽的喇叭形河口湾，船来到珠江口外波光粼粼的海面，初秋的中山伶仃洋微风清爽，白帆点点，与天上朵朵白云相映生辉，几只海鸥正迎风飞舞。

来自粤港澳大湾区九市诗歌学会和香港、澳门两个特别行政区的诗歌机构的诗人代表齐聚中山伶仃洋，吟游唱诗。活动现场设在一艘两层豪华海事观光的游艇上，下层船舱为接待休息交流场地，船顶布置成一个小巧雅致可纳 40 多人的活动现场。朗诵会分为"一衣带水情""海纳容百川""天下向蔚蓝"三个章节。朗诵家们满怀诗心，放歌大海，吟唱出对大海的无限向往。广东省作家协会原党组成员、专职副主席杨克在发言中说，中国一直特别强调黄土地，对蓝色国度的表达不够，在海上举办这个诗会，特别有意义和价值，在全国是首次，可以说是诗歌研讨会的一个创举。

随着中国作家协会诗歌创作委员会主任、《诗刊》原主编叶延滨，广东省作家协会副主席、中山市政协主席丘树宏，广东省作家协会原党组成员、专职副主席杨克，孙中山先生曾孙、孙中山中心基金会主席孙国雄等嘉宾徐徐拉开红色绸布，5 艘船模展示在大家面前（这 5 艘船分别是郑和宝船，以及 4 艘以中山命名的船——"中山舰""中山号"高速客船，"中山轮"应急搜救拖轮和中山海事局自行设计的中山海事概念船）。中国首个海洋诗会——2017 粤港澳大湾区海洋诗会（以下简称"海洋诗会")正式开始。主持人首先介绍了参会的各位领导、嘉宾和诗人，随后现场宣布了"古代十佳海洋诗歌""中外十佳海洋诗歌"和"当代十佳海洋诗歌"的评选结果。

紧接着，伴随着中山开发区歌舞团演员的轻盈舞姿和《海之情》歌曲的优美曼妙旋律，广东省朗诵协会、中山市朗诵艺术学会的各位朗诵家为大家深情吟诵海洋诗歌的代表作品，如陈美华的《海的召唤》、杨克的《海路》、叶延滨的《浪花上的阳光》及丘树宏的《天下向蓝》等，一首首抑扬顿挫的海洋诗歌在伶仃洋的海面上吟唱飘扬……

受惠州市作家协会主席陈雪的举荐，我和副主席刘腾云荣幸参加了本次海洋文化盛宴。11月14日下午，我们来到美丽的中山市，除了见到叶延滨、丘树宏、杨克等领导外，还有广东省作家协会专业作家诗人黄金明，《南方日报》文化体育新闻部主任编辑、作家、诗人陈美华和《作品》杂志社副社长、作家、诗人郑小琼等文化名人，晚上还有幸地与他们一起用膳。餐后与名家一起散步，我们讨论分析当前社会及文学创作目前遇到的难题。各位名家对社会现象和事物的见解真是高屋建瓴，分析入木三分。更让我感到意外的是，这些大名鼎鼎的作家、诗人，不但没有一点儿架子，还主动跟我加微信以加强日后在写作上的联系与指导，并在朗诵现场与我合影留念。

坐在船上，听着这一首首浪漫深情的海洋诗，我一会儿仿佛看见大海的双眸，郁郁地闪烁着，诉说着，低语着，沉默着；一会儿仿佛看见盈盈海水一片金光，在夕阳的照耀下，微波像顽皮的小孩子跳跃不定；一会儿又仿佛看见夕阳西下，天空还燃烧着一片橘红色晚霞。伴着激滟的波光，一排排波浪涌起，映照在浪峰上的霞光，又红又亮，就像燃烧的火焰，闪烁着，滚动着！前面的霞光刚消失，后面的霞光又闪烁着，滚滚而来……

这充满诗意的想象与创造，蔚蓝的海水、粼粼的波涛、辽阔的海面，都是自然的妙音，生态的和弦。它们被这充满奇幻的蓝色世界所吸引，化作中国新诗，奏出最为动人的旋律。海洋日益成为人类活动新的场域，古老的海上丝绸之路将再度焕发活力。21世纪海上丝绸之路从古丝绸之路中汲取智慧和力量，本着和平合作、开放包容、互学互鉴、互利共赢的丝路精神，推动人类命运共同体的构建。

真的，站在船顶，眺向远方，白茫茫的大海与天空已融为一体。大海与世界各地紧紧相连，穿越海洋，世界将变成一个个相邻的自然生态村。在波光粼粼的蔚蓝大海之中，倾听一首首如此富有哲理且耐人寻味的海洋诗篇，真让我耳目一新，如痴如醉。

活动当天下午，中山火炬职业技术学院举办了"新诗百年：2017 粤港澳大湾区海洋诗会诗歌进校园"暨"诗润初心，雅溢校园"中山火炬职业技术学院首届校园诗歌文化节活动，与会诗人全部应邀进入校园与大学生面对面交流。学院还邀请著名诗人举办以"新诗百年"和"海洋诗歌"为主题的讲座，"情归荷趣——2017 全国《荷花颂》获奖诗词楹联书法联展"等，展现孙中山先生生前的荷花情缘。

在通往会议和学院饭堂的道路两旁摆满了这次参会诗人的作品，步入校园，一股浓浓的诗情画意扑面而来，让人感受诗意盎然和青春律动。

在校园诗歌节启动仪式上，中山火炬职业技术学院院长王春旭还为我们 16 人颁发了"校园文化顾问"证书，中山市诗歌学会会长王晓波等三人也获颁"驻校诗人"证书。中山市政协主席丘树宏表示："这是中山高校开展的第一个诗歌文化节，起点很高，希望火炬职院能继续坚持办下去，办出艺术特色和校园文化特色，将影响力扩展到全省。"

中山火炬职业技术学院党委书记林艳芬表示，诗歌进入大学校园，不仅是传统文化的回归，更是在校生的爱国主题教育和思想政治教育的加强，有利于养成正确的人生观、世界观。对于学院而言，则更有特殊的意义。

最后，叶延滨深情地对学生们说："你们走向的是一个美好生活的时代，而诗歌会告诉你什么是美好的生活。"丘树宏还特别用了一首小诗歌鼓励大家："远方之所以为远方，是因为你在遥望。出发吧，只要你抬腿，远方就在你的脚下！"

启动仪式后，与会诗人还与学生代表一起进行了诗歌创作交流。他们分别对活动前期学院的 80 多篇以对故乡的思念、友情、爱情及亲情等为主题的参赛作品进行评选，最终评选出来 10 多首校园诗，并进行点评，还针对学生对自己作品提出的问题各自解答。两个小时的交流会热烈欢畅，学生与诗人还纷纷留下日后交流的方式。

太阳西斜，我们在学校里进行了浪漫的晚餐，大伙儿纷纷举杯感谢主办方的领导们，祝愿海洋诗会路走得更远，明天更好！此时此刻，我作为一个从事20余年海洋工作，深深喜爱海洋诗歌的作者，甚为激动，对大海的爱恋情怀更是难以言表！大海是诗情中的哲学，我神往大海的冷峻与和顺，神往大海的辽阔与深奥，神往大海的一帆风顺与波涛汹涌！大海以她独有的神韵吸引着我，召唤着我，叫我身不由己地飞向她、朝拜她。正如俄国诗人普希金所写的一样："大海啊大海，天使也不知道，我为何对你如此迷恋，未来的未来，我还要为你献上我对海的祝福。大海宽广无垠，无遮无拦，能够让人们的心胸变得开阔，也能让人们的痛苦得到缓冲和解脱。"

第二天，我们带着伶仃洋深情的海洋诗篇，依依不舍地离开了美丽的中山。

龙舞东江唱大风

——惠州市第六届运动会开幕式侧记

2024 年 8 月 8 日上午，由惠州市文化广电旅游体育局等单位联合主办的惠州市第六届运动会开幕式在惠州体育馆隆重举行。这是一场惠州人民期盼已久的文体盛宴。

当阳光洒满运动场，激动人心的开幕式开始拉开帷幕。我走进惠州体育馆观众席，只见对面的大屏幕写着"惠州市第六届运动会"几个大字，此刻，每个人的脸上都洋溢着期待和热情，仿佛在诉说着运动会的魅力和意义。

惠州市运动会每 4 年举办一届，是惠州市内水平最高、规模最大的综合性运动会。据悉，本届运动会将持续至 11 月，分为老年组、县区组、市直机关组、企业组 4 个组别，设篮球、足球、乒乓球、羽毛球、网球、象棋、太极拳等 12 个大项，86 个小项，目前已有 120 支队伍报名参加。本届运动会首次增设大众项目，面向个人开放报名参赛，全民健身社区运动会、飞镖、徒步、定向、飞盘、无人机竞速、平衡车、三人篮球、匹克球都有望成为大众项目比赛，预计参与人数达 1 万人。

近年来，惠州的体育基础设施不断完善，全市拥有体育场地 1.6 万多个，体育场地面积达到 1700 多平方米，人均体育场地面积为 2.83 平方米。近三年，惠州市累计向广东省专业运动队输送运动员 27 人，向广东省体校输送运动员 11 人，向广州、深圳"省级示范基地"输送运动员 44 人。2024 年，11 岁的惠州滑板小将郑好好将作为中国女子碗池项目唯一参赛选手参加巴黎奥运会。在 2023 年杭州亚运会中，由惠州输送的滑板运动员陈烨获得男子碗池项目金牌，这是中国滑板运动的首枚亚运金牌。

表演场上，只见身穿黄色衣袍、手执印有龙样旌旗的 40 多名青少年演员，挥舞着手中旌旗，整齐划一地变换着各种队列，舞动青春，畅想未来，展示着中华龙的传人的英姿和威武。伴随着热烈的掌声和欢呼声，各个方阵代表先后入场。首先入场的是国旗方阵，6 个运动员托举着鲜艳的五星红旗，踏着整齐有劲的步伐，雄赳赳、气昂昂地向会场走来；接着是会旗方阵、裁判方阵和运动员方阵依序进场。

入场式上，运动健儿们个个精神抖擞，充满自信和活力，迈步前进，展现出他们的个人魅力和团队精神。全场观众都被运动员的精神风貌所感染，纷纷挥着双手和五星红旗，大声呐喊欢呼，为体育健将们点赞、鼓劲、加油！在运动员进场方阵中，有两支队伍特别引人注目，那就是老年组的惠州市太极拳协会方阵和健身气功方阵。

惠州市太极拳协会于 1994 年成立，现有 2000 多名会员，34 个辅导站，是惠州最大的群众体育组织，也是惠州全民健身运动和精神文明建设的一道亮丽风景线。30 年来，协会坚持以人为本，与时俱进，脚踏实地，弘扬太极文化精神，倡导科学健身，努力提高太极拳的技术水平，不断发展壮大太极拳运动队伍，多次代表惠州参加省级、国家级乃至国际级的比赛，硕果累累，为惠州人民赢得荣耀与辉煌。

据了解，惠州市太极拳协会共派出 200 多位运动员参加本届运动会，健身气功协会派出 160 多位运动员，他们是一批退休老同志，年龄最小的女运动员为 55 岁、男运动员为 60 岁，最大的近 70 岁。接下来，他们将参加太极拳大项中的太极拳、太极剑和健身气功等比赛项目，届时与来自全市各县（区）、市直机关、企业各单位的太极拳运动员同台竞技。现在，这些老当益壮的运动员们精神矍铄，正穿着统一的运动服装，迈着矫健的步伐入场，诠释"友谊第一，比赛第二"的宗旨。

随后，在庄严的国歌中，运动会的开幕式正式开始。首先，由市领导作运动会开幕式致辞；接着，裁判员和运动员先后宣誓；最后，由副市长宣布惠州市第六届运动会正式开始！

接着，开幕式文体节目正式开始展演。首先出场的是中华武术《龙舞东江》表演。我坐在观众席上，只见一个穿白色衣服的小伙举着龙头领头，数名身穿红色衣服的女孩和白色衣服的男孩举着"红色龙身"紧跟其后，龙的全身红彤彤的，它身披金麟，头顶金角在广场上飞舞着，长长的龙身交错缠绕，龙尾在不停摇摆，整条龙在空中上下飞舞、翻腾，最终盘旋在一起，似在烈火中舞蹈，灵活地"飞跃"在场上。两旁的年轻人飞舞着手中的剑、枪，变换着各种方阵，仿佛述说着惠州人民在几十年的改革浪潮中，"勇立潮头唱大风"的故事，形象地舞出了惠州人民"勇立潮头唱大风"的雄武之姿。

随后，是激情澎湃、活力四射的拉丁舞与街舞的酷炫表演《起舞飞扬》。演员们用拉丁舞和街舞诠释了生命的活力，用独特动感的节奏展现出无尽的魅力。他们的每一个转身、每一个摆动都展现了优美的线条和姿态，犹如一首流动的诗，每个动作都有其独特的韵律和力度。快速踢腿、扭腰，矫健又柔美，展现出活力热情的拉丁风情。

接下来，花式篮球《逐梦湾区》则展现了湾区人民的创新与活力。最让大伙儿叫绝的是几个小运动员表演的《极速接力》。在宽阔的体育馆内，只见小运动员们如同离弦之箭般蹿出，小轮车在他们的操控下仿佛拥有了生命，他们骑着小轮车翻越几乎垂直的 2 米多高的赛道，极速腾空飞跃，旋转、空翻、转车……他们一个接一个地极速翻越几乎垂直的跑道，灵活地在曲折的赛道上穿梭，每一次跳跃、每一个转弯都精确无误，展现出极高的技巧与速度。车轮与地面的摩擦声，伴随着风的呼啸，构成了一曲动人心魄的交响乐。全场弥漫着紧张与激情的混合气息。观众都为这场精彩绝伦的小轮车极速表演而欢呼，为运动员们的出色表现而喝彩。观众的欢呼声、加油声，此起彼伏，仿佛要将天际也掀翻一般。在这场速度与激情的较量中，小运动员不仅展现了小轮车的魅力与风采，更是展现了年轻一代惠州人在极限运动项目上的实力和勇于拼搏的体育精神！

节目最后，在由两位男演员领唱，全体参演的运动员和演员合唱的《我爱我的祖国》的歌声中，慢慢落下帷幕。惠州市第六届运动会开幕式真是一场视觉和听觉的盛宴，让人陶醉，让人难以忘怀！

一个充满欢笑和泪水的赛场、一个展现拼搏和奋斗精神的舞台即将开始，让我们在此感受竞技体育的力量和魅力，感受竞技体育的荣誉和责任，展现全民健身的成果和收获！最后，祝愿所有参赛运动员在这次运动会体育竞技中，发挥出自身最佳水平，取得最好成绩！祝惠州市第六届运动会取得圆满成功！

群雄逐鹿英雄会

——惠州市第六届运动会太极拳比赛侧记

2024年8月8日上午，惠州市第六届运动会开幕式在惠州体育馆隆重举行。根据组委会比赛的时间安排，太极拳和健身气功的比赛时间分别是8月14日和8月16日。

8月14日清晨，当阳光洒满运动场，我走进宽敞明亮的惠州体育馆C馆，看见对面的大屏幕上，赫然写着"惠州市第六届运动会太极拳比赛"几个大字。

在这个充满活力的夏季，阳光洒落在四十二式太极拳竞技场上，为这场传统与现代交织的盛会披上了一层金色的光辉。中央空调能吹散暑气，却吹不散空气中弥漫的浓厚武术氛围。

观众席上，早已是人头攒动，来自全市各地的武术爱好者、太极拳传承人和慕名而来的游客或坐或立，眼神中满是对即将上演的精彩对决的期待与敬仰。

参加比赛的18支队伍来自全市各县（区）、市直机关、企业各单位等，他们中有拳技过硬，久经沙场，多次替惠州出征国内外战场，为惠州市争得荣耀与辉煌的老将；也有初学太极拳，不求名次，贵在参与的新学员。一致的是，他们都将以自身实力诠释"友谊第一，比赛第二"的宗旨，一起同台竞技，燃爆比赛现场。

上午8点，惠州市太极拳协会领导组织全体参赛运动员，分别在惠州市第六届运动会会场和中国体育彩票2024年广东省老年人太极大联动活动惠州会场进行太极拳集体展演。

展演结束，待裁判进场后，各支参赛队伍按照抽签顺序先后入场，在广场中央面对裁判员和观众，开始竞技四十二式太极拳。

四十二式太极拳是大众强身健体、修身养性的热门套路，它既保持了太极拳的传统，又有了新的发展。其由于动作数量、组别、时间等均符合竞赛规则的要求，适用于在同等条件下进行的国际性比赛活动，是武术比赛中的指定套路。以四十二式太极拳为指定套路的国际标准的太极拳竞赛，套路内容充实、风格突出、动作规范、结构严谨、布局合理，同时又增加了难度，能够全面均衡地锻炼身体。四十二式太极拳以杨式太极拳为主，吸取陈式、吴式、孙式太极拳之长，动作严格规范、舒展大方。该套路结构严谨，内容充实，是广大太极拳爱好者的必练套路，不仅是一种武术套路。

随着裁判的一声令下，选手们先后走上场地中央，身着各队统一的太极拳服装，步伐稳健，神态自若地开始随音乐展演。

第八个出场的是惠州市老干部大学促进会选手，他们身穿红色衣服，脚穿太极鞋，步伐稳健，宛如从古代画卷中走出的红衣侠客。这是一支数月前临时组建的参赛队伍，8 名参赛选手来自 6 个不同的太极拳站点。

集训组建初始，由于他们从来没有一起集训过，所以彼此的协调性、动作规范性及音乐踩点等方面都需要老师花大力气来改变和提高，因此，在一个多月的集训中，老师都认真细致地纠正、指导每个动作，选手们不论烈日酷暑还是沥沥雨天都坚持每天出操，不厌其烦地反复操练每一个动作，做到动作规范、整齐划一为止。一个多月来，晨曦时分的匆匆身影和路边青草露珠、江北体育馆二楼雨棚的太极乐曲、集训初时不太协调的脚步、老师的谆谆教导，以及被太阳亲吻而黝黑的面孔令人难忘。

今天，随着音乐悠扬响起，选手们施展的四十二式太极拳动作流畅而连贯，每一招、每一式都蕴含着无穷的力量。他们或推或拉，或踢或蹬，身体与音乐融为一体，每一个节拍都与他们的动作紧密相连，充满韵律感和美感。他们身形微动，行云流水般展开攻势。他们的动作既刚劲有力，又不失柔美圆活，每一个招式都蕴含着太极的精髓——阴阳相济，刚柔并济。一个"白鹤亮翅"起手，身形轻盈，仿佛真的要化作一群展飞的白鹤；一个"揽雀尾"，双手如抱球状，缓缓推出，既守又攻，尽显太极之奥妙。

观众席上，大伙儿目不转睛，全神贯注，唯恐错失每一个精彩瞬间，他们被选手们精湛的技艺和深厚的内功所震撼，眼神中充满了惊叹和赞赏。

随着第十三个拳技过硬，经验丰富的队伍进场表演，竞技逐渐进入高潮。选手们的动作时缓时急，快慢有序，缓中有力，他们的身体化为一道道流动的风景线，让人目不暇接。而此时的观众情绪也被完全点燃，他们为选手们的精彩表现而欢呼，为太极拳的魅力而倾倒。

就这样，表演场上，一批选手们刚刚退场，下一批选手又接着上场，直到18批选手全部展演完毕。最终，比赛在一阵热烈的掌声和欢呼声中结束，选手们的精湛技艺和太极拳的无穷魅力久久留在人们的心中，让人难以忘怀。

在紧张激烈的比赛中，裁判员以极高的专业水平严守公正公平的原则，根据国家评分标准对每一支参赛队的太极拳技术动作和细节进行评定打分。最终，8支参赛队伍脱颖而出，获奖情况如下：惠州市太极拳协会荣获第一名、惠城区老体协荣获第二名、惠州市老干部大学促进会荣获第三名、惠东县老体协荣获第四名、博罗县老体协荣获第五名、大亚湾老体协荣获第六名、惠州市茶都太极队荣获第七名、惠州市太极拳老干拳剑队荣获第八名。

在当天下午的四十二式太极剑比赛中，惠州市太极拳协会又夺得太极剑第一名，在本届运动会太极拳比赛中获双冠军。

8月14日下午，在万众瞩目的太极拳竞技场上，8支太极拳队的选手登上了领奖台。这一刻，他们每个人都收获了荣耀和骄傲，展现了勇往直前的拼搏精神，真正体会到"台上三分钟，台下十年功"的含义，感受到了竞技体育的荣誉和责任。奖杯、奖牌的后面记录的是他们一个多月来集训的汗水与泪花、往日的努力和艰辛！

据悉，在8月16日举行的惠州市健身气功比赛中，惠州市健身气功协会凭《八段锦》荣获第一名。

惠州市第六届运动会太极拳比赛是一场群雄逐鹿的英雄际会，祝愿我们从此以后与承载着传统文化精髓和智慧的太极拳如影随形，将太极进行到底！

　　谨此向所有在惠州市第六届运动会太极拳比赛中获奖的运动员们表示热烈的祝贺，向所有贡献出精彩表演的太极拳参赛者表示崇高的敬意！

山水空灵

浮生

第五辑

随记

太极拳随笔（外一则）

我在东江河畔的夜色中沉思遐想，这是岭南冬日的五彩斑斓，硕果芬芳的家园，这是东方玉晓梦醒时分的思念，太极狂人的相约，时间虽短暂，情义却连绵不断，欢乐与幸福一起砸向我，而我却失眠在这个夜晚。一朝一夕的转换间，我发现了细微的美好，人们不再有年龄、性别的阻碍，有的是永葆健康的心态。

太极是心灵深处的一片净土，是一场身心的修行与净化，是一种美好优雅的生活方式，是健康主动的生活态度，是尘世纷扰下的些许清明，是行色匆匆下浮生半日的悠闲，是疲惫已久的灵魂归宿，是我们心灵深处的世外桃源。我们通过太极拳养生养心的同时，受益于太极智慧。

太极拳是一种拳术运动，符合拳理，具有技击性。这里的拳理是指太极拳的动作本身符合攻防规律，能够产生一定的攻防实效，这既是太极拳动作与体操、舞蹈等其他运动的基本区别，也是本质区别之一。受传统哲学渗透影响，太极拳具有哲理性，充满辩证思想。从哲学角度来看，太极拳被誉为"哲拳"，这不仅是因为太极拳的称谓带有浓厚的哲学意味，其动作要领蕴含着深刻的哲学意味，还因为传统哲学思想对太极拳的全面渗透形成了独特的运动思想、特别的技术要求与突出的价值功能。

太极拳的曲线运动和圆润发力彰显了一种柔中带刚、刚柔相济的优雅之美。它的每一个动作都充满了浓厚的哲学韵味，动静之间，阴阳互生，虚实相映，似天地之妙，尽显中国文化的博大精深，是中国文化的瑰宝。

在习拳演练中，彼此推手对练的眼神便是最美的风景，彼此相知的心灵便是最温暖的感觉。懂你的人，也许不在身边，但一定会在心里，在生命里。其实是因为懂得，所以美好相伴，弯弓射虎在手中，风景在远方，金鸡独立在脚上，诗意在心中。

我深知，风景和诗意不会理所当然地出现在每个人的生命里，只有专心潜练，勇敢穿越的人，才能达到梦想飞翔的地方。

我爱太极行云流水轻灵悠扬的招式，也爱太极浓厚的哲学韵味；我爱梦醒时分的思念，也爱太极狂人的相约。我听惯东江波涛的絮语，也听惯太极的悠扬乐曲。粗糙的晨练路、坚硬的地板磨砺着我的记忆。记忆中，中正、放松、弯腰、压腿，填写了我的太极人生的空白履历……

从炎炎夏日到寒风凛冽，学不完指导老师的言传身教，听不完老师曾经刻苦习拳的故事，从旭日初升直到太阳高挂，才姗姗回家里……

曾几许，我离开家乡，在人生的跑道上艰难前行，独自品评人生的酸甜苦辣。写满峥嵘岁月的退休黄页记录着眼角鱼尾纹的如流岁月，风烛残年的人生已变成一道成长季节的风景线。

我曾翘望那遥空里的星辰，幻出缥缈模糊的故事，游荡不羁的誓言收起了翅膀，静静地栖息在人生的旷野上，唯有高榜山顶上的高榜阁，在聆听一颗心的低唱。

曾经的荣誉已在云烟之外，掌声也早已远离而去，如远去的青山，远了淡了，一切如风，如风一样匆匆走过。只有太极乐曲仍在悠扬，生命之歌仍在欢唱……

拳剑飞扬夕阳红

——太极拳健友站成立 20 周年

从 2000 年开始，滨江公园就一直拳剑飞扬。每天清晨，健友站的新老拳友们都在。用太极来丰富精神生活，告别无聊与迷茫；用太极来增强体质，让病魔无处下手。太极是一种饱含东方包容理念的运动形式，一项群众性体育运动，宛如一坛诗酿的陈年酒，那样甘醇芳香，因为有它，我们的生活一切都变得如此灿烂。

锻炼身体贵坚持，闻鸡起舞福安康，借问幸福今何在，师徒公园健身忙。20 个春秋的清晨，拳剑送暖一路芬芳。太极让拳友们清空岁月的痕迹，收藏心灵的一抹幽香，用一颗感恩的心装点了路途风光，面对风云变幻和波涛起伏能笑靥如花，开启心窗让心底洒满明媚阳光。太极让每天的晨曦变得那么有期望，让单调的晨运、枯燥琐碎的生活片段有了写意春光，就连满地瓜子壳都带着太阳的香，我们忘掉所有烦恼与忧伤，不再惆怅。

我忘不了初学太极时的狼狈，僵硬的拳脚和蹲不直的腰；忘不了每次动作纠正后的进步与提高；忘不了每次比赛选手们凯旋，脖子挂满奖牌的大合照；忘不了《天鹅舞》中男士们的嘻哈扮相和自编自导的太极串烧；忘不了红花湖的身影、霍山旅游的背包和"萝卜蹲"游戏的欢笑；更忘不了老师的循循善诱和浸满汗水的辛劳。

悠悠东江水流过斑驳岁月，流过曾经的青春年少，过去的所有的荣誉都已被回忆吃掉，唯有悠扬的太极乐曲仍在心中燃烧！谢谢你们，尊敬的老师！感谢你们带领我们走进太极，分享太极的美好，寻找到幸福一生的金元宝。

随笔于 2022 年冬

故乡情随笔（外七则）

月是故乡明，情是故乡浓。纵然时光荏苒，岁月如梭，故乡的影子却始终如影随形。故乡之情如岁月般悠长，如流水般纯净，深深地烙印在我们心中，宛如一曲悠扬的旋律，总能唤起我们内心最深处有关温暖与幸福的回忆。

我的家乡在稔平半岛的南部，那里有湛蓝的海水、美丽的岛屿和飞翔的鸥群。孩提时，我常常漫步在洁白如银的沙滩上，清爽的海风吹拂着我的脸，海浪亲吻着我的脚。我和伙伴们观海听涛、下海捕蟹，欣赏日出的晨曦和落日的晚霞……就连沙滩边上的野花和小草也在一直陪伴着我们成长。

长大后，为了梦想，我独自在人生路上展翅翱翔。多少个明月高悬的晚上，我一个人在他乡的海边，望着月光轻泻在微波荡漾的海面上，打开心窗独自疗伤，对月明无限思乡。明月承载着我对故乡的思念。

阔别30多载，今天重回故乡。在村子里，我见到当年的同桌，如今我们都满头白银，再难觅少年的意气风发和青春活力。望着双手长满老茧的同桌，我们感叹人生沧桑，岁月无情。然，岁月易老，乡音不改，轻抚饱受风霜的老茧，心潮激荡天宇间，熟悉的乡音、曾经的童年故事是我们永远聊不完的话题。我们回顾风雨人生路，将曾经艰难走过的行行履印凝成不散的音韵，回荡在人生中。

迷人的大亚湾

　　一点渔火把情思融进黄昏，波峰浪谷间浮起浅浅的微笑。美丽的海湾静候着满载而归的艘艘渔船，古老的渔村翎翔着幽雅与热情，抒写多彩的情调。大亚湾呵，深藏新颖的豪迈，展示着它的婀娜妖娆。

　　山的耸立，庇佑着它宁静的摇篮；水的流动，润湿着它裸露的筋骨。针头岩岛，指尖拈起的一支星簪，曾是明代郑和航海的地望，而他当年所见的那一方礁石，如今是中国的领海基点，是中国海洋权益和宣示主权的重要标志。

　　呵，大亚湾！南海水产资源的摇篮和种苗库展示着蓝色国土的活力，海龟国家级自然保护区、水产资源省级自然保护区和生长在海岸泥滩上的红树林等构成道道绿色防线，守护着这片海域。

　　令人惊叹的海岸风景承载着蓝色的过往和绿色的使命，成就了大美中国的绝妙一隅，从流淌香料白银的丝绸之路到瀚海如蓝钢的国土防线。大海，不曾停止金色的歌唱。那些曾经被春风掩埋的已在大海重生，像曙光中的蓝马在海里漫步，心灵贴着细沙装满狂浪和激流，捂紧沸腾和荒芜。

　　宛如柔婉佛手的大亚湾历经百年风雨、时代变迁，见证古今于此扬帆起航、无数物种生灭更迭。人们顺着洋流千帆竞发，与孤悬的岛礁贯连成蓝色的幸福。

水天共融双月湾

　　站在星山，远眺夕阳下的双月湾，这样的海景实属罕见奇观：一弯海水两勾月，两座星山浪翻卷。左边，夕阳含着碧海，雀跃的浪花迷恋着无垠的浩瀚；右边，暮色笼罩着青山，群山延绵，郁郁葱葱；正前方是千年古城，古香古色，映照着暗绿的高岸。点点归航，缓缓入港，渔舟摇动着波涛，海鸥横飞暮天。

　　待远山，化作朦胧的蓝烟，夜幕垂落海面，古城渔家灯火，又照彻海湾的幸福夜。

渔　民

艄公，就这样喊你，我的渔家兄弟，一叶小舟载我与你相识。我知道，你是梨海人。对大海，你就像农夫对土地一样的忠诚，总把蓝色的浩瀚，当作自己的母亲。

醉了，渔港

古老的渔港，树木花草在微风中摇曳婆娑，蓝天白云和妩媚的阳光在轻吻着大海。

每天清晨，鸡鸣、鸟语、狗吠叩击着渔村的心扉，在蓝色的浪涛声中，马达声声千帆竞发。

待太阳西斜，点点归航，将如云的海鲜收入囊中，饱了，倦了，便拖着沉甸甸的身躯，在茫茫的蓝布里，披着落日吐出的星月，缓缓而归。

在港湾，牛饮的归航，开口笑了！宽敞的码头，银鳞雀跃，渔获成山，古老的渔村瞬间被装点成盛开的大菊花，真是"机鸣人嚣打鱼归，车水马龙御渔获"。

渔夫笑了，渔港笑了！一壶丰收酿酒灌醉了天宇星月……

渔村夕照杨柳飘

休渔日，我走进惠州双月湾新寮村，只见港内停满艘艘渔船和挂在门前的张张渔网，这也许是世上最美的渔村，"月落港湾起鳞波，熙熙桅杆千百错"。廊桥般的渔港、潮汛后的归航，休渔时节，渔船凝聚相会。曾几时，晨光熹微，人们还在梦中，声声海鸥叫，阵阵汽笛鸣，孤单空落的堤坎，人去楼空……

渔村的画趣渐渐融入我的血液。渔网、桅杆还有那马达桨，每一种渔家用具都透出深深的诗意。马路边伸展着草蓝或酱红色的渔具，头系毛巾、手拿梭罗的渔家女坐在小板凳上，任由梭罗穿梭渔网……

门前树荫下坐着摇着蒲扇的老人，隐遁的期待重于生命，就像母亲盼望游子远归。唠嗑的家乡土话，点缀着浓厚的渔家风情！

夕阳西下，久经风雨的渔舟，载着期待，载着幸福，胜利而归。

随笔于 2021 年夏

相约在西湖

在惠州，即便是入冬也是鲜花盛开，为冬天点缀了艳丽的红。然而，今年的深冬却有点儿冻，经过连续几天的降温，北方在飘雪，惠州则遍地落红，微风拂过，花瓣温柔款款，花香弥漫着整片鹅城天空。小年的南风驱走了冷飕飕的寒冻，一群女拳友闲庭经历严寒的西子湖。

一帧帧的仙境，叫她们真不知道如何描绘。有文豪苏轼坐镇，引来六湖九桥十八景，招来无数文武英雄，舞尽千年繁华锦绣，留下脍炙人口诗颂。不施脂粉的西湖，四季永春，不输钱塘江美，不逊武汉东湖，朝代更迭，日换星移，始终洋溢着经久不衰的春意葱茏。隔着沉默的文字与之交谈，仍能感受到西湖的诗情画意和柳绿桃红。

翠绿丛中，傲骨的花朵出奇娇艳，美丽的白菊、艳丽的一串红和到处散发着醉人浓香的桂花。别有禅意的残荷池中，几朵睡莲静静地躺在水面荡漾，亭亭玉立的花骨朵顶着露珠悄悄绽放，烂漫西湖的宫粉紫荆和异木棉不期而遇，少了些雨水的滋润，多了一点儿梦幻隆冬。落英缤纷的花景，沾满衣襟的心香，不摇香已乱，无风花自飞。花草丛间蜂蝶缠绵，船桨激起水纹，剪开一条条雪白的梨花路。

我捧着素心在潋滟的波心寻觅圣人名句，几只水鸟贴着水面飞翔。风姑娘提着裙子在碧波间游戏，荡起的波纹宛如无数透明的丝带在飘舞。

大地哺育灌木，鸟儿在此筑成美丽的温情屋。微风颤动，金叶离开了自己的妈妈树，飘洒金黄一片落土，点缀着半城山色半城湖。

当暮色掩去容颜，湖水倒映着流光溢彩的灯光，犹如水晶宫般的晶莹朦胧。你头戴全国文明城市桂冠，胸佩国家 AAAAA 级景区勋章，舞动两江霓虹彩带，与高榜祥云相映生辉。站在湖边的康帝酒店和有浓郁现代化气息的江北群楼，也列队为之致意，欢呼！

这，繁华万千，不用大江斟酒，长矛吟诗之情，也不用破荆州，下江陵之势。只借用西湖柳丝，拂净世间尘土，掬一泓西湖清泉，酿造惠民之州福禄……

沿着曲折幽深的丰湖路，到游客如织的苏堤路，从丰湖书院的文化历史，到荷花池的残荷傲骨，品不完湖中的仙境，收不尽鬼斧神工的美景，说不完太极话，畅享不尽太极路。欢歌笑语，洋溢着整个温暖的上午……真的，寻找快乐幸福，我们相约在西湖！

随笔于 2023 年春

一颗璀璨的南海明珠

——西沙群岛游有感

带着西沙情结，怀揣少年梦想，穿越惊涛骇浪，横渡万里汪洋，只为目睹西沙仙女的模样——看，海天一色渺茫茫，白玉般的沙滩、透明的海水在微风中荡漾；色彩斑斓的珊瑚礁、五颜六色的热带鱼，还有那清晨渔翁用鱼竿钓起的太阳和埋在海洋深处无尽的珍奇宝藏……南海的一颗璀璨明珠，一处如梦如幻的水云乡。

忆往昔，西沙群岛，天涯海角甚荒凉，台风、外寇常嚣张。岛上居民，灾难来临却无处躲藏；看今朝，吹沙填海建机场，三沙设市，宾客漫步从容赏夕阳。雄壮的国歌声中，五星红旗在大小岛屿冉冉升起，高高飘扬，战士们的铿锵誓言在南海天宇，久久回荡……

今天的西沙群岛，真可谓是"美酒迎宾客，利剑送豺狼"，强我海疆威武扬，神仙嫉妒又仰望，是我中华神威而美丽的故乡！

随笔于 2023 年秋南海邮轮上

生活篇随笔（外三则）

总是在黄昏的光线里、夜色的虚无间，任由流水线的工作台噬咬自己，在苍茫而荒凉的夜色、暗淡的灯火中闪动着疲惫的影子……

总想仰头生活，像喜光的植物般生长，成为茂密的森林；总想把生活做到精致，像地上的陀螺旋转……屈身劳作、低头做事，奢望从大地挖出金子般的果实，直到把头缩进自己的胸膛。

多想涤除心灵和身体的黑暗，卸下血液的喧响，可是生活有时如酒，可辣可苦；有时如茶，苦中有甜；有时也如海沙，握得太紧则流失的是细腻，留下的是粗糙，随意摊开双手，沙子就会随风而去，所有的细节都没了，只剩下一些粗枝大叶。

多少次，我独自翘望遥远太空里的星辰，幻想出缥缈模糊的故事，而游荡不羁的誓言收起了翅膀，静静地栖息在人生的旷野上，唯有高榜山上的挂榜阁，一直在聆听一颗心的低唱……

一切如风，如风一样匆匆走过！

错　觉

我下楼取快递，是远方友人的诗集。在电梯口有点儿尴尬，遇见一个叫不上名字的邻居。我看看邻居，又看看手中的诗集，他是楼上的邻居，我咋觉得他是那样远，而她却是那样近？

逐　梦

人们总希望儿孙同堂，生活温馨；总希望身居宽阔楼宇，阳光倾泻，清风穿堂而过，在岁月平仄的页脚书写生活的舒心与安然；总希望与草木为邻，与花鸟做伴，与清风吟唱，生活从容雅致如诗如画，感受被自然雅静宠慢的节奏，享受被鲜氧包围时的舒畅与快乐。

寻觅多年，我从乡下来到梦中的鹅城。惠州是千年文明的城市，是诗的故乡，是孕育文人墨客的胜地。曾经有多少圣人在此抛开宦海，荡漾在景色秀丽的西子湖，以哲学的方式怀想，像苏轼一样来一樽醉人的酿酒，任由甘醇的香味持久不散，踩着文字的猫步，醉着排列文字，抒发世间感悟，传播丝丝缕缕独特轻盈，不求进官爵，只求荔枝香，留下千古名诗，万人争诵。

千年的文化名城绵延千年的诗意，鹅城浓缩成可品读的辞章诗句。新时代的惠州蕴含着新的诗意，诗人们正拂历史尘埃，再现诗词华彩。壬寅盛夏，一位文学泰斗来惠授了一堂妙趣横生的课，诗人们如饮佳酿，如痴如醉，泼墨吟诗，颂唱诗意飘香的惠州。罗浮之仙，西子之秀，翠峰如簇，杨柳堆烟，首首沁人肺腑的情诗，撩起多少诗人对家乡的爱恋。燕子衔泥，寻家路，锦城虽乐，不如家乡美。抑扬顿挫的诗颂声回荡在鹅城的天空，曲水流觞，附庸风雅，别样的酒醉诗浓。

在阅客书筑

7月，属火。在阅客书筑，只见文山书海、典藏云集，俱寂的书海长廊，只有沙沙书声觅精灵。在河流之上、密林之中寻觅泉水淙淙、山冈明月还有东篱下的秋菊。用荧光的眼睛，让理想的翅膀腾空而起。

那些重于岁月的信条，老人与少年的轻声细语，却没人能猜透其深意……

在阅客书筑，书屋的画趣融进了我的血液，这些书籍斑斓的封面是知识殿堂的大门。我蹑手蹑脚，仿佛一个贪婪的偷盗者，要掠夺眼前的财宝。

在阅客书筑，一场诗歌活动炸裂天空。阅客会诗意惠州，用诗意对抗时间的虚无，诗人杨克的讲座如此妙趣横生，诗人们或吟或唱，仿佛时光的歌者。

在阅客书筑，我看见渔舟归帆，杨柳堆烟，我看见一些秘密正烟消云散……

随笔于 2022 年夏

魂驰梦想夏至日

从立夏开始，北半球"日始长时夜伊短"，进入夏季，夏至是白天最长、黑夜最短的一天。在夏至这天，人们总会觉得时间特别漫长，好像白天永远不会结束，黑夜永远不会到来，甚至会产生一种莫名的"奢望"。而吃过夏至面，一天短一线，北半球则变为"夜始长时日伊短"，但炎热天气仍持续到立秋，特别是我们惠州地区，往往要到过了中秋，才会感到秋高气爽。

"夏日云低境暗浓，雷鸣电闪裂天空"。夏季是雨水最为充沛的季节，倘遇夏至下雨，更显其豪爽霸气。倾盆的暴雨，豆大的雨点打得你晕头转向、措手不及。幸好大多时间都是"晨晴暮雨新欢事，水携清凉溢满胸"，大雨往往来也匆匆，去也匆匆，给我们带来丰沛雨水，驱走夏季酷暑炎热的同时，也带来丝丝凉意。

如约而至的夏至总是让我钟情眼前的绿意，不禁想念从前的夏至，想起小时候农村生活的点滴。古朴的山村，一片热情与朝气，艳阳高照，树木蓊郁的绿荫下，蝉鸣聒噪；手握冰棍或冰激凌的午后，与好友谈天说地，甜甜的味道从嘴角一直蔓延到心底；不知疲惫的顽童们在操场上开心地蹦跳，为了乘凉，在为数不多的电风扇前你推我挤，发出的欢笑；独自坐在木板凳上，仰望繁星璀璨的乡村夜色，看母亲手里轻轻摇着的蒲叶扇，垂涎白瓷碗里仅存的几块要留给弟弟妹妹吃的冰冻西瓜……这就是20世纪七八十年代的夏季中，我最甜蜜的回忆。

同时，夏至也有不少淡淡的苦涩，如不舍的校园、难舍的别离。前一秒大家还在为高考备战拼搏，下一秒就悲唱离歌《送别》。虽然我们在太阳底下拼出"我毕业了"的样式，让盛夏深情地见证了我们的成长，毕业照上我们也笑靥如花，但却看不见道别背后藏着的难舍的泪花……

弹指间，40多年过去，回望那一场转折性的高考，我依然心潮澎湃，感慨万千。热血偾张的万千考生，个个披星戴月，翻阅书卷，时间就是生命，秣马厉兵，抓紧复习，考场如战场，丢掉迷惘，亡羊补牢，抛弃彷徨，扶犁拓荒，憧憬不再屡成虚幻，希望绝非一枕黄粱，命运幸遇重大拐点，人生终迎灿烂曙光，奋力拼搏，交一份满意答卷，追求卓越，圆一个绚丽梦想。但由于20世纪70年代末的高考，能顺利通过"独木桥"的幸运者凤毛麟角，寥寥无几，真是万里挑一甚至是十万里挑一。不要说能考上名牌大学，能考上中专的已是喜鹊登枝了。金榜题名的，无不欣喜若狂，那当然是鸿雁传书，一声鸣叫报佳讯，一纸通知惊四方；而名落孙山的自然黯然神伤，但考场不相信眼泪，蝴蝶多追逐花香。然条条大路通罗马，落榜生中的绝大部分人都会正视自己的不足，丢掉迷惘，抛弃彷徨，在学业和工作事业上亡羊补牢，更加努力拼搏。

毕业了，在高考的夏日，同学们挥泪告别，各奔前程；多年后，在庆功台上的秋天，曾经的同窗喜悦重逢，分享各自的硕果与辉煌！几十年的事实证明，后来这些落榜生不但文化学历跟上来了，有的还超越同届科班生，成为建设社会主义的主力军和领头羊，有的甚至还成为国家栋梁。真正验证了"条条大路通罗马""塞翁失马，焉知非福"的哲理。

夏至除了会让我想起这些刻骨铭心、难以忘怀的故事外，还会让我想起夏至食物。全国的夏至风俗食物各有不同，主要有面条、馄饨、夏至饼、粽子、樱桃、鸭肉、苦瓜、荔枝、西瓜和清补凉汤等。

清补凉汤是广东地区夏季特有的糖水，主要用于清热解暑。清补凉汤的口感与绿豆汤截然不同，味道也比绿豆汤更加清甜滋润，不仅能解渴、满足口腹之欲，还能有效补充水分。它的配方因地域而异，但主要食材基本一样，如红枣、莲子、绿豆、薏米、百合和芡实等。这些食材十分常见，广东家庭常会制作。

此外，老鸭冬瓜汤也是惠州人的至爱，具有促进消化、补充营养和增进食欲等多种健康益处。

惠州有在夏至当天吃荔枝、吃狗肉等习俗，惠州人认为荔枝和狗肉不但大补，在夏至当天食用还不会"热气上火"。

荔枝也是一个特别的夏季食物，味甘、酸，主要有促进食欲、补充能量、补虚益肺的功效。荔枝分布于中国的南方，其中广东和福建南部栽培最盛，其营养丰富，除了含有葡萄糖、蔗糖、蛋白质、脂肪、维生素 A、维生素 C 等，还含有叶酸、精氨酸、色氨酸等。

而在夏至，吃狗肉这一习俗有着深厚的历史和文化背景，主要分布在岭南地区，尤其是广州、钦州、玉林等地。民间认为，在夏至吃狗肉可以祛邪补身、抵御瘟疫、强壮身体等，人们常说的"吃了夏至狗，西风绕道走"就是指在夏至这一天吃了狗肉，身体就能够抗病毒侵害，抵抗疾风恶雨的入侵，减少生病的次数。据载，这一观念早在战国时期已经存在，秦德公即位次年的 6 月，盛夏，天气非常炎热，瘟疫横生。在这样的情况下，秦德公想到"狗为阳畜，能辟不祥"之说，便下令要求群臣百姓杀狗避邪。之后，这一习俗逐渐演变成了在夏至杀狗吃肉的习俗。如广西玉林的"荔枝狗肉节"，与夏至同天，是当地人民自发形成的节日，反映了当地人对这一习俗的重视。

我的老家惠东也有一些地方擅吃狗肉，如多祝、安墩等。光阴似箭，前年夏至，我受在安墩工作的好友阿军的邀约，一起享用过这道味道鲜美、口感独特的安墩狗肉。

安墩位于惠东县北部，拥有丰富的自然资源和文化历史。用过午饭，办完入住手续后，离吃晚饭还有 4 个多小时，于是阿军带我们欣赏清澈见底、造型独特的"鱼鳞"水坝溪流。小溪河鱼鳞坝在老楼村和营田村之间，远远就能看到错落有致的"鱼鳞片"分布在河坝上，清澈的河水漫过"鳞片"，带着"刷刷"的溪流声，波光粼粼，与蓝天白云相映成趣。我们逆溪流而上，来到位于安墩河老楼村河段的"隔水坝"下面，在透明而清澈的浅水河上，沉醉在大自然的怀抱中，尽情享受流动的山水画卷……

直到晚饭时间，我们才回到水美村委，在青山环绕、空气清香的村民家里享用独特的狗肉佳肴。晚上，我们在四面环山、风光秀丽的水美温泉度假村入住，体验夏季温泉。

翌日，我告别阿军，自行前往白盆珠水库、新庵镇等地参观，在溪水飞溅的石涧饭店午餐后，返回惠州。

日月如梭，一晃两年过去了。今年夏至，我们又在果树蓊郁的惠州水口某饭店享用狗肉盛宴。当我们到达饭店，打开车门一瞬间，一股狗肉香扑鼻而来，我又一次体会到什么叫作"垂涎三尺""闻到狗肉香，神仙要跳墙"。

进店后，只见餐桌上摆着肉质饱满、汁甜如蜜的贵妃荔枝和鲜嫩可口的狗肉佳肴。我夹一小块狗肉放入口中慢慢咀嚼，顿时感受到其醇厚的香味和鲜美多汁，真是"狗肉滚三滚，神仙站不稳""不食狗肉，不知天下大味"也。它的美味让我如痴如醉，就像是在欣赏一首优雅的交响乐，走进了美味的梦境中……

岭南夏季，总是绿意盎然，花香袭人，阳光明媚，蝉声阵阵，让人游目骋怀，心旷神怡；魂驰梦想夏至日，是那样香飘四溢，美食繁多，八珍玉食；虽是炎炎烈日，但炽热阳光透过绿叶洒落，斑驳光影映照着大地，这大自然的杰作，让人悠然自得，赏心悦目！

随笔于 2024 年夏至

故人

第六辑

往事

琴与房子的故事

搬家了，终于从租赁的楼梯房搬到了带电梯的花园小区了。这是琴第三次乔迁新居，提起房子的她有太多感慨！

20世纪60年代，正月的一个深夜，昏暗的煤油灯摇曳着山村的黑暗，随着一声清脆的啼哭，琴诞生在一间矮小潮湿又透风的农家土屋里。虽然当时的生活极其艰苦，虚弱的母亲那干瘪的乳房也挤不出更多的奶水，但婴儿的哭声却给这对苦命的父母带来了无限的快乐和希望！后来，两个妹妹先后降临，渐渐长大，从房内看得见太阳的小屋逐渐拥挤了。

琴11岁那年，父母卖了一头猪自筹建房子。建材除了屋顶上的瓦是从生产队买的之外，其余都是父母自己采集的。父母把干稻草和泥搅踩拌匀，然后制成泥砖，作为砌墙的主材料；在山上的松林中采集所需木料，用贝壳烧制灰，制成灰沙土，用木桩作为墙体和地基。建房时，村里人都会来帮忙。那时虽生活艰苦，村民却非常团结，村里谁家有事，大伙儿都会伸出热情的手。经过10多天的努力，一间造价100多元，50多平方米的瓦房很快就建好了。

鞭炮声中，琴的全家第一次搬进了亮堂堂的新房，再也不怕风吹雨淋了。那是琴孩时难忘的幸福日子，母亲用一把破旧的芭蕉扇摇出了清凉，她们三姐妹躺在木床上，在母亲的絮叨声中酣然入睡……

大学毕业后，琴走出了家乡的蜿蜒小路，来到县城里工作，成为一名干部。那时的干部享有许多优越的待遇，如可分到用钢筋水泥建成的免费公产房。房子是按职务、工作年限和婚否进行打分决定的，琴工作 5 年，又是已婚的中层干部，最后分到了 70 多平方米的三房一厅，房间虽小，但还实用，夫妻、小孩各一间，由于父母和妹妹都住在乡下，另一间作为书房。下班后，琴常常在书房享受那用文字编织的文学世界。不久还装上了电脑，上小学的儿子也常常来这小天地寻找他的快乐。后来，单位公产房实行房改，琴幸运地成为私房一族。随着两个妹妹先后成家并到外地谋生，琴的父母才离开有着甜蜜和苦涩记忆的山村，来到县城。琴于是赶忙腾出书房，让两位老人住。从此，拥有一间书房便成了她的梦想。

一天，我在街上见到面色憔悴的琴，开始我以为她生病了，后来才知道她是因为没有书房，闷出来的。我想，这也许是钢筋混凝土的错，把人与人的心隔绝了，久居城里，许多人都会患上现代城市人常犯的病——孤独病。他们总是找不到自己心里的春天，常感孤独与寂寞。于是，我邀她到农村走了一趟，见到了人们在田间地头劳作的满足身影，见到了嬉戏的小孩和张张幸福的笑脸……她终于明白：书房只是一个概念，快乐是一种感觉，与其他无关，这里没有风筝，没有玩具，更没有书房和电脑，但快乐依然！从此，忧郁的她笑了。

2004 年，琴调到市里工作，此时单位已没有公产房，她只好租房。没有房就像没有巢穴的流浪鸟一样，于是，琴夫妻俩又马上计划起购房的事来。当时，惠州经济飞速发展，林立高楼和拔地而起的楼盘随处可见，房均价每平方米约 2000 元，并可办银行按揭。他们跑了许多楼盘，最终选中了一套 120 平方米、南北通、三房一厅、价值 30 多万元的花园小区房。他们卖掉在县城的房子交首期，剩下贷款按揭。从此，夫妻俩每月节衣缩食还贷。尽管如此，他们却感到非常幸运，因为购房后的短短几年，房价比 5 年前翻了两三倍，有的甚至高达五六倍。现在买一套全新商品房，对工薪族可谓是一件不易之事，还有多少人还在望楼兴叹呢！琴办完购房按揭手续，钱已不足，装修只能暂搁下，经过近几年的节俭和东借西凑，直到今年年初，他们才开始动工。为了圆梦，琴将三房改成了四房，装修时尽量把房间布置得既实用又温馨。搬进新房又实现了书房梦，琴开心得像一只快乐鸟！闲时，或看看书架上那些创建人类文明的圣哲留下的箴言，或写写日记、小诗，或打开电脑了解外面缤纷的世界……是啊，房是那遮风挡雨的港湾、身心疲惫的栖息地，不论外面是风雨波澜，还是快乐忧愁，永远都会向你敞开温暖的大门！有房的日子，真好！

　　"我想有个家，一个不需要多大的地方……"晚饭后，听着这首歌，望着窗外旧城贫民区和还在街灯下忙碌的身影，我思绪万千……

农民阿昌的幸福生活

近日，老同学阿昌说，他马上要重新签订农村土地承包合同责任书了。他邀我回趟老家。多年没有回去，我也很想再去看看。凑巧第二天休息，我马上应允了。

翌日，当朝霞染红东方，阿昌的天籁便在广汕公路上奔驰着。路上，车轮飞转，我的思绪回到了30年前的那个冬天。

山麓下，一个小山村，寒风吹动着晾在竹竿上的汗渍斑斑的衣服，屋前的荔枝树下，被寒风吹落的叶子在翻卷。风吹过田野，寂寥、荒芜。贫瘠的田边地头，农民们在寒风中瑟缩着，看着夕阳被暮霭慢慢吞没，心中黯然。

那时我们常站在屋后的山顶上眺望村外，幻想外面的世界。终于，一张大学录取通知书让我带着希望离开了这个贫瘠的小山村，而阿昌因高考落榜，只好抡起锄头，继续耕耘自己的一亩三分地。

提起往事，大家都很激动，阿昌更是感慨万千。他曾到广州、深圳打工，后因父母年迈，家里没有劳力，无奈又重回故土。父母为了稳住他，早早托人做媒让他结婚了。打那时起，他的肩上便担起全家人的希望。为此，他曾哭过、怨过、恨过！

后来，他终于认命了，慢慢地"研究"起这块土地，也渐渐爱上了妻子，适应了生活。再后来，他把其他农民闲置的田地承包了下来，尝试种植各类经济作物，年年丰收。之后，他又办起了农贸加工厂和运输公司，在惠城拥有了自己的洋楼和小轿车，还被推选为村委会主任。在他的带领下，全村也逐渐地走上了富裕之路。

光阴似箭，一晃过了30年。不久前，党的十七届三中全会召开，为深入推进农村改革指明了方向。阿昌心里美滋滋的，他打算等在华南农业大学读书的儿子毕业后，再办一个大型的农业生态园。他还建议我参股，退休后回老家颐养天年。

是啊，如今故乡比30年前好了不知多少倍：清新的空气、没有受到污染的瓜菜，还有医疗保险、免费上学等，让我好生羡慕！

谈话间，不一会儿便来到了阔别多年的老家，见到了昔日的邻里，大家甚是亲热。时值农闲季节，听说我们回来，几个儿时伙伴都过来一起聊天。我们聊儿时的顽皮，聊各自的家庭生活和儿女们的状况，聊党和国家对农民的关心。提起家乡变化，大家都如数家珍，阿昌诗兴大发，张口就来一首顺口溜："山村面貌大变样，日子更比过去强；家家装上自来水，漂亮洋楼换瓦房；满山翠绿果满坡，钢筋水泥铺桥梁；稻田金穗笑弯腰，池中鱼肥谷满仓；勤劳俭朴新农民，致富大道征途忙；风流人物数咱村，幸福美满奔小康。"

阿昌话音刚落，大伙儿都热烈鼓掌，笑逐颜开。时值冬天，我却感到春意浓浓！望着阿昌，我感到很惊讶，他用一首顺口溜把农村新貌描述得淋漓尽致。阿昌说，近几年来生活好了，为了提高自己的文化素养，他在空闲时间读了一些书，也开始学写一些东西。

聊着聊着，不知不觉太阳已西斜。我站在村口望去，夕阳映红了山村，农家炊烟正袅袅升起。那一片片望不尽的冬种土豆，在微风吹动下笑吟吟地向我们点头。在村水泥路上，一辆农用车正披着彩霞载着丰收的果实归来……

30年了，一切都变了，没有变的是阿昌和无数像他那样对故土怀有深深眷恋的农民！

孤岛枪声

——记港口小星山战斗暨一级战斗英雄李灶先生

这件事发生在 20 世纪 60 年代初的广东稔平半岛滨海小镇——港口。

那时候，新中国刚刚成立不久，全国正百废待兴，国家面临许多困难，同时，由于国内连续发生了三年的自然大灾害，苏联又撕毁合同，撤走在华的所有专家，新中国的状况更是雪上加霜。因此，当时国际的反华气焰十分猖獗，台湾当局乘机派出了大批武装特务，企图窜扰中国沿海地区，窃取情报，破坏新中国的建设。为了清匪反特，进一步加强和保护国家和人民群众生命的安全，1961 年，惠阳县将"惠阳县港口人民公社警卫连"40 人扩编成三个排 83 人，更名为"惠阳港口人民公社基干民兵连"。该连除了要在白天完成正常的生产建设，还要在晚上承担海陆巡逻执勤任务，保障渔民的生产和生命安全。

1962 年 10 月 7 日清晨，在港口炮台山完成执勤任务后，时任民兵连班长的李灶沿着蜿蜒的山径匆匆地往家里赶。由于近段海防任务比较紧张，他已有两天没回家了，心里非常惦记着家中的妻子和两个小宝贝，特别是那刚刚满周岁的小女儿，每次出门，她都缠住父亲嚷着要出去玩。李灶已经两天没有见到小宝贝了，心里很是挂念。一路上，一想到马上就要见到一对小宝贝，他的脸上洋溢着幸福的笑容。

不一会儿，便到了家门口。突然，一阵紧急集合的哨声从码头方向传来，只见一个个民兵手持武器朝码头方向急奔。

"不好，有情况！"凭着战士的警觉，李灶马上意识到镇上有重大事情发生，于是他立即转身朝码头疾奔而去。

原来，时值鱼汛季节，东方还未露出鱼肚白，港口公社马宫大队机帆船生产队群众便在港口小星山岛附近海域捕捞作业了。突然，有人发现岛礁附近的海面上有可疑的漂浮物体，于是他们前往侦察，发现是一条印着"国军"字样的橡皮艇。警惕的群众立即向时任港口武装部部长兼港口人民公社基干民兵连连长的张苞报告。听完报告后，张苞经初步分析推断认为，有一股国民党特务已潜入中国沿海，并在港口沿海一带活动。他立即向上级请示报告并组织武装骨干召开紧急会议，会议由党委书记兼民兵连指导员的李茂荣主持。听完张苞通报民兵的发现及相关情况后，大家认真分析，确定了敌特已经潜登小星山岛的事实，制定了围歼敌人的具体作战方案。

一场新中国成立以来由民兵建制独立作战的战斗，在港口小星山孤岛拉开了序幕。

一声令下，80多名来自各行各业的基干民兵，有的放下打铁的锤子，有的放下补网的梭，有的放下赶集的扁担，有的扔下刚理发理到一半的剪刀，从四面八方奔向集中地点。不出一个小时，三个排的民兵战士已齐刷刷地站在码头，整装待命。张苞来到民兵队伍的前面，挥动着拳头严肃认真地说："同志们，敌人已闯进了我们的小星山岛，我们要坚决、彻底地消灭他！按照党委制定的作战方案，下面由我来布置具体的作战任务。"

"副指导员林冯添同志。"

"到！"

"你带领二排民兵在公路设卡，盘查可疑人员。"

"是！"

"三排排长。"

"到！"

"你带领三排民兵在沙咀尾海域盘查可疑的船只，严防敌人登陆。"

"是！"

"一排全体民兵。"

"到！"

"我带领你们到小星山岛围歼敌人。"

"是！"

"大敌当前，我们一定要高度警惕，充分做好围歼敌特的战斗准备，出发！"

话音刚落，20多名民兵和两名边防民警全部登上了早已待命的两艘机帆渔船，雄赳赳气昂昂地向小星山岛进发。

小星山岛位于港口的南面，离镇约4海里，与大星山半岛隔海相望，面积约1平方千米，最高海拔150多米，是一座无人居住的孤岛。整个岛屿山势崎岖，沟谷长满灌丛林，北、东、南三面陡崖直临深海，只有西南较平坦，有小路可达主峰。

20世纪60年代初，当地的渔船设备相当落后，港口和小星山虽然只相距短短的4海里，两艘渔船却经过两个多小时才艰难到达。登岛后，张苞和李灶再次组织民兵分析敌情，部署战斗任务，提出战斗要求，然后分三个小组分别从山脚、海边、崖洞进行拉网式搜查。

"部长，你看！"一个民兵在山洞发现了印有"台湾"字样的烟盒。

"瞧，烟头！"另一位民兵在通往山顶的小路上发现刚被丢弃的香烟。

看着烟盒和烟头，张苞沉思起来。"不好！"他机警地说，"敌人已在山顶，但他们很有可能要逃跑。"

"二班长。"

"到！"

"你马上带领二班到海边，严密控制海面，严防敌人乘机从海上潜逃。"

"是！"

"一班长。"

"到！"

"你带领一班从山腰搜索，向敌人发起进攻，并快速占领制高点。"

"是！"

"我和李灶带领三班搜查崖洞。大家要仔细搜查并做好战斗准备，做到既要消灭敌人又要保护好自己。"

正当张苞和李灶带领民兵在山崖搜查时，山顶的战斗打响了。一班的民兵与两名企图将信息发报给台湾当局的特务短兵相接，激战中，英勇的民兵击毙了一位敌电台台长并俘虏了一名敌人。经审问，获悉这是国民党派遣大陆执行"海威"计划的第一特遣队，共有12人，具体任务是炸毁桥梁、粮食仓库等，然后潜伏下来收集我方情报并伺机进行破坏活动，登陆目的地本是在澳头沿海，但由于夜间海雾太重误登小星山岛，为了把这里发生的情况及时向台湾报告，天刚蒙蒙亮，敌电台台长便带着一名特务爬上山顶观察地形并准备向台湾报告，正巧与搜山的民兵相遇，于是双方发生枪战。

山顶上的枪声惊醒了还在山洞的敌人，他们立刻组织武装力量，占领有利地形，凭借居高临下的山势向正在接近山洞搜查的张苞带领的民兵小分队反扑。由于地势不利，敌人又手持新式美式武器，战斗打得非常艰苦和激烈，为了扭转战机，张苞独自爬上洞口对面的小山坡，借芒草堆为掩体引开敌人的火力，掩护李灶和其他民兵占领有利战斗位置，但由于岛上悬崖陡峭，崖下波涛汹涌，徐景松、马德强两位民兵在转移时不幸坠落悬崖，英勇牺牲。看见两位战友罹难，张苞怒发冲冠，手持冲锋枪从草丛中站起向敌人猛烈射击。突然，他感到右手一阵剧痛，鲜血直流……

"部长，你怎么啦？"不远处，李灶一边向敌人反击，一边向张苞方向靠拢。

"没什么，可能挂彩了，不用管我，集中火力消灭敌人！"张苞强忍着痛楚简单包扎了一下，左手又从腰间拔出手枪，继续指挥战斗。这时，敌我之间的距离不到50米，彼此的举动都能看见，敌人发现受伤的张苞手持手枪继续指挥战斗，又听见民兵叫他"部长"，猜想他一定是一位"大军官"，擒贼先擒王，敌人于是集中火力朝张苞射击。突然，两颗罪恶的子弹击中了张苞，他一个跟跄倒在地上。

"部长，部长！"李灶和两位民兵冲到张苞身边，扶起受伤的张苞。由于被击中胸部要害，张苞一下子昏死过去，过一会儿，他听见战友的呼喊，才微微地睁开双眼，望着李灶，断断续续地说："不……要……紧。李灶……同……志，我……现在……命令你……代理排长，带领……全体民兵……坚决……彻底地……消灭……敌人，为牺牲的……战友……报仇！"

"请部长放心，我保证坚决完成任务！"李灶扶着张苞，泪流满面，点了点头。

听到李灶的回答，张苞放心地慢慢闭上了双眼……

"张部长，你不能走呀！张部长！"在场的民兵战士都悲痛地呼喊着！但这位参加过解放战争，身经百战，身上还残留着许多枪痕的英雄战士再也听不见战友们的声音了……

只有愤怒的海涛和悲怆的海鸥在孤岛的上空呜咽着……

"同志们，为张部长报仇，冲啊！"李灶悲痛万分，两眼喷射出仇恨的怒火，他边喊边冲向敌人。

"为部长报仇，冲啊！"战士们个个义愤填膺，向敌人发起了猛烈的射击。

顿时，千年的孤岛杀声震天！

这时，机智勇敢的李灶既当指挥员又当战斗员，他借着山体掩护迂绕到离敌人只有30米左右的地方。突然，他发现洞外的左前上方躲着两个敌人，而敌人却没有发现他，正当想举枪射击时，他感到不妥。他想，一旦开火，两个敌人就会借山石为掩护，居高临下向他射击，他意识到：如果这样，自己会处在十分不利的位置。于是，他悄悄地爬到离敌人只有10米左右的右上方，借着岩石为掩体，瞄准敌人，拉响扳机。随着"砰"的一声枪响，一个敌人应声倒地，而当另一个敌人刚缓过神来，说时迟，那时快，从天而降的李灶便一个箭步冲到敌人面前，大声喊道："缴枪不杀！"就这样，还在云雾里的敌人便当了俘虏。

李灶带着缴获的武器，押着俘虏，回到了战斗中的队伍。

愤怒的民兵们个个英勇善战，很快便把敌人的炮火压了下去，狡猾的敌人只好躲在山洞负隅顽抗，做最后的垂死挣扎。为了减少伤亡并彻底地消灭敌人，李灶决定停止射击，对山洞的敌人进行政治攻势。这时，增援作战的人民解放军的炮艇也奉命赶到小星山岛附近海面，粉碎了敌人从海上逃跑的企图，经半个小时的政治攻势，无路可逃的敌人只好缴械投降。经战场清点，小星山战斗共打死敌特两人，活捉10人（其中重伤1人），缴获枪支23支、电台1部和其他战利品。

台湾当局的"海威"计划宣告彻底失败。

小星山战斗结束了，但港口民兵连、张苞和李灶的英雄事迹传遍了祖国大地。1962 年 12 月，张苞、徐景松、马德强被广东省委、省政府、省军区追认为革命烈士并记一等功，追授张苞为"民兵战斗英雄"，李灶等 3 位同志荣获一等功臣称号，另外 5 位同志荣获二等功，7 位同志荣获三等功。1963 年 2 月，李灶等 6 位参战民兵英雄组成的战斗事迹报告团分别在广西、广东、湖南、湖北、江西等地做了 30 多场报告会，得到了无数军民的热烈欢迎、歌颂和赞扬。1964 年 8 月 5 日，中共中央中南局，中国人民解放军广州军区在广州隆重举行命名大会，授予港口人民公社基干民兵连"英雄民兵连"荣誉称号。同年 12 月，一等功臣李灶开始出席第三届全国人民代表大会。

小星山精神与山河共存，英雄伟业与日月同辉。荣获"英雄民兵连"荣誉称号以后，港口民兵连全连指战员一如既往地发扬革命传统，保持英雄本色，珍惜荣誉，坚持与时俱进，在社会主义建设事业中勇当先锋，在各级党委的领导下，认真贯彻党中央、国务院中央军委关于加强民兵预备役建设的指示精神，积极投身国防建设，不怕牺牲，勇于奉献，涌现出一批批可歌可泣的先进个人，谱写了连队建设发展的动人篇章。

李灶同志战后居功不骄，组织曾多次调他到上级单位任职，他却没有上任，仍然留在港口，仍坚持树立艰苦奋斗和为人民服务的思想，继续保持英雄本色不褪色，连任英雄民兵连连长一职 10 年（1968—1978），带领全连指战员，不畏艰难险阻，团结一致，齐心协力，出色地完成上级交给的各项任务。1965 年 3 月，他光荣地加入了中国共产党，还被推选为第三、第四、第五、第六连续 4 届全国人大代表，并到北京出席全国人大代表大会。历任惠东县革命委员会副主任、中共惠阳地委委员、惠阳（专）区革命委员会委员和惠东港口搬运站站长等职。1977 年被国务院评为全国先进生产者。1997 年因病逝世，享年 64 岁。

——人民英雄永垂不朽，小星山战斗精神世代传颂。谨此献给纪念惠东县港口英雄民兵连小星山战斗胜利 48 周年；李灶先生逝世 13 周年。

虎胆英雄

——记一级战斗英雄袁带基

1951年5月10日是一个喜庆的日子。

随着一阵清脆的婴儿啼哭声，一个皱巴巴的男婴诞生在广东一个滨海小镇上的港口区港尾村。男婴的降临，乐坏了老袁夫妇。夫妇俩给孩子取名"带基"，是希望他能给袁家带来好运。

袁带基天资聪慧，上学后一直品学兼优，老师和同学们都非常喜爱他。1967年，因学校停课，袁带基回到了家乡当民办教师。由于家乡地处海边防，他加入了村民兵组织，每天除了教学，还要到海边站岗放哨。袁带基生性耿直、乐于助人，同时有很强的组织才干，不久被推选为民兵排长。

1976年，为了保家卫国，他积极响应党的号召，应征入伍，成为一名光荣的解放军战士。入伍后，他勤学苦练，各方面都严格要求自己，多次出色地完成上级交代的任务，很快被提拔为某部指导员。

20世纪70年代末，越南反动政府地区霸权主义势力日益膨胀，不断蚕食我中越边境，三番四次挑起边界事端，严重扰乱了中国边民的日常生活和生产活动。

1978年，越军又悍然入侵中国南方盟友柬埔寨，对中国周边安全造成严重威胁。

中国一再发出警告，但越南却置若罔闻，一意孤行。对越南的反华行径，广大边民和边防战士都义愤填膺。为了支援柬埔寨的反侵略斗争，维护边界安全，中国在忍无可忍的情况下，于 1978 年 12 月 7 日，中央军委召开会议，并于 8 日下达了对越自卫反击作战的命令。

袁带基带领全连指战员多次主动请战，得到了上级的批准。同年 12 月中旬，袁带基奉命带领部队开拔到广西中越边境。

在待命期间，袁带基和战友们从新闻报道中了解越军对中国侨民和边境军民犯下的种种滔天罪行，愤慨不已，更是摩拳擦掌！

是可忍，孰不可忍！ 1979 年 2 月 17 日，在中越两国延绵 500 多千米的边界线上，中国云南、广西边防部队终于万炮齐发，拉响了对越自卫反击战的序幕……

袁带基所在的部队是第一批进入主要战场的主攻部队。战斗中，我军虽然采用了火力压制摧毁，步兵配属坦克突击，炮击过后，部队迅速进入越境的作战方法，但中越边境属高山热带雨林地貌，山高陡峭，密林丛生，荆棘难行，岩洞多且复杂，易守难攻，越军的防御工事又十分坚固，因此我军进入越境后，便遭到疯狂阻击。

经过激烈的战斗，我军攻克同登，敲开了通往谅山省会的大门。

谅山是越南首都河内的门户，北临山岳，南接平原，市郊据点林立，扼守交通要道，是拱卫谅山市的主要屏障。负隅顽抗的越军在城外沿山岳丛林地带一线摆开，妄图阻止我军的进攻。

根据中央军委坚决歼灭谅山地区越军主力部队，夺取谅山市，威震河内的命令，我军组成两个梯队，袁带基所在部主攻扣马山，另一部攻打417 高地。

那是一个阴雨浓雾的清晨。

连长带领一个排的战士首先从东侧沿长形高地发起攻击，以分散越军的注意力。袁带基则带领其他战士从北侧秘密接近敌营，用小剪刀剪断地雷绊线，在敌雷场中开辟了一条 50 多米宽的通道，让全连战士迅速攀上长形高地北侧陡坡，出其不意地一举攻占高地，然后，再带领战士沿另一高地向山的西南方向迂回参加夺取主峰的战斗。

当行至西侧无名高地时，他们突然遭到躲在暗堡的敌人的阻击，战士们几次冲锋都没有成功。袁带基机智勇敢，用 8 颗手榴弹连续炸毁了敌人4 个暗堡，为部队扫清了障碍。

我军立刻分别从西侧、西南侧向主峰发起冲锋，很快摧毁了敌炮兵阵地，成功占领了主峰。但狡猾的敌人不甘受挫，赶忙调集兵力，气势汹汹地向主峰阵地猛扑过来。由于敌众我寡，阵地的一个缺口被敌人突破。

"同志们！"袁带基站起高声地喊道，"一定要封锁突破口，人在阵地在，坚决消灭敌人！"

一位战友冲上去，负伤倒地……又一位战友冲上去，中弹牺牲……

怒火万丈的袁带基把压满子弹的两条弹链挂在脖子上，端着机枪向敌人猛烈扫射。正当袁带基杀得起劲的时候，他突然发现，一位战士在打倒了突入的三名越军后被侧面的敌人击中，两名越军乘机扑上去将他从背后死死抱住，勇敢的战士与敌人展开了殊死搏斗，眼看又有几个敌人爬上来。

"指导员，向我投弹！"战友向袁带基高喊。这时，他距战友有10多米远，已来不及冲出堑壕抢救战友，机智的他将没有拉弦的手榴弹投向战友身边的越军，敌人一见手榴弹吓得魂飞魄散，立刻四处逃散，袁带基趁机扣响扳机，全歼突入之敌，牢牢地守卫着阵地……

不久，我援军赶到。

"同志们，冲啊！"

袁带基正要带领战士冲出战壕，杀向敌人时，一颗手榴弹正好落在一排排长的身边。他身负重伤倒下，这位坚强的共产党员想用手支起身子继续冲锋，但已经不行了。

"一排排长！"袁带基边喊边冲过去。

刚扶起战友，一颗罪恶的子弹击中了他的胸部，他一个趔趄倒在地上，再也没有站起来。年仅29岁的他，用火红的青春和沸腾的鲜血捍卫了阵地，铺平了通往胜利的道路。

"为指导员报仇，冲啊，杀！"看见指导员牺牲，全连战士悲愤交集，怒火万丈，跳出堑壕一起冲向敌人。不一会儿，敌人被全部消灭了。

在硝烟弥漫的阵地上，战友们含着眼泪把袁带基和其他牺牲的战友遗体背回部队，运回祖国。

道别的那天，天掉着淅淅悲雨。全连战士早早排好队，没有哭声，也没有更多告别的话语，任由泪水默默地流……

"鸣枪，为战友送行！"连长一声令下。

肃穆的天空，战士们一齐举起手，为指导员和牺牲的战友敬上最后的军礼，目送战友的英灵。

战斗结束了，但袁带基的英雄事迹感动着中华大地。上级党委号召全军指战员向战斗英雄袁带基学习，追认袁带基为革命烈士并追记一等功。

当袁带基牺牲的消息传回袁家时，其儿子还没有满月。噩耗传来，全村悲痛万分，袁家人更是痛不欲生！但当部队首长和当地政府问起，需要政府为他们家解决什么困难时，其妻却擦擦眼泪，说："没什么困难！"年迈的父亲则捧着儿子的遗像和勋章，站在列祖列宗牌位面前，骄傲地说："列祖列宗在上，孙儿带基没有给袁家祖宗丢脸。他曾说过，为保卫祖国和人民，愿献出自己的一切！今天，他做到了！"

是啊，阿基，你是好样的，我们为你感到骄傲和自豪！你是党的好儿女，人民永远不会忘记你！

何香凝在 1922

1922 年，夏，广州。盛夏的南粤骄阳似火，北伐正如火如荼。

由于北洋军阀背弃信义，孙中山先生组织的中华革命军正挥师北上，时任北伐军"出征军人慰劳会"总干事的何香凝真是忙得不可开交。

1922 年 6 月 14 日是一个难忘的日子。何香凝一大早便送丈夫廖仲恺到惠州商议国家要事。直到下午，何香凝把最后一项工作交办完，才独自来到她从小喜爱的书房。作为出身豪门的大家闺秀，她从小喜爱书画，其作品造诣高深，是中华民族画苑中的瑰宝。画作讲究立意，何香凝常借松、梅、狮、虎及山川等抒情明志，是一位杰出的美术家，其画作既记录着 20 世纪初叶以来中国社会的变幻风云，又是中国现代史的缩影，同时也是她革命生涯和高尚品德、人格的生动写照。何香凝有一个习惯，她每天只要有空都要到书房练习绘画。北伐开始后，她忙于工作，好久没有拿起画笔了。于是，她处理完慰劳会的事情，又来到书房完成她前几天还没有完成的作品。不一会儿，一幅惟妙惟肖的山水国画便完成了。

"不好了！不好了！"正当何香凝还陶醉于自己的作品时，门外突然传来一阵叫喊声，她来不及放下画笔，匆忙走出画室，只见时任军政府财政部次长廖仲恺的副官急匆匆地跑来："夫人，不好了，陈炯明叛变了，次长先生被陈炯明拘禁了！"惊慌失措的副官气喘吁吁地向何香凝报告。

"什么？先生被陈炯明拘禁了！"听到陈炯明叛变，感情甚笃的丈夫被拘禁的突发消息，何香凝顿时如同五雷轰顶，手中的画笔掉落在地。

原来，在孙中山领导的辛亥革命推翻腐朽的清王朝后，盘踞在北方的北洋军阀自恃实力，妄图鲸吞全国。孙中山针锋相对，在南方广州组成了中华民国军政府，出任"非常大总统"，挥师北伐。不料，留守广州的粤军总司令陈炯明暗中勾结北洋军阀，阴谋叛乱，想置孙中山于死地。时任军政财政部次长、孙中山的助手廖仲恺于6月14日突然接到陈炯明从惠州打来的电报，要他前去相商要事。廖仲恺明知有诈，但为了革命，还是毅然别了爱妻前往惠州。车刚离开广州，心狠手辣的叛徒陈炯明便命令叛军在途中将廖仲恺扣押，将其拘禁在石井兵工厂。两天后，气焰嚣张的陈炯明公然下令炮轰孙中山办公的观音山总统府，并发布悬赏：活捉孙中山，赏洋20万元！

面对这惊天突变，何香凝虽然痛苦万分，但她跟随孙中山和廖仲恺多年，早已锻炼出临危不惧的性格。她强忍着对丈夫廖仲恺处于危境的担忧，先为孙中山、宋庆龄的安全四处奔走，直到她得悉孙中山与宋庆龄已经安全脱险并在岭南大学和永丰舰上见面后，才开始打听廖仲恺的下落。

廖仲恺被扣押已是第十天了。何香凝走遍了陈炯明的所有部队营地，但廖仲恺仍是杳无音讯。陈炯明叛军严密封锁消息，营救的计划无处下手，大家都为廖仲恺的安危捏了一把汗。正当大家一筹莫展的时候，突然从陈炯明的部下熊略处传来一个好消息：廖仲恺还活着，被拘禁在石井的兵工厂里。得知这一好消息，何香凝又喜又忧，担心事久多变，于是，她决定只身前往虎穴搭救。当她把这个想法告诉大家时，大家都认为这样做实在是太危险了，都建议她最好另想办法。但何香凝主意已决，去意已定，第二天一早便带着副官和侍从一起前往。

囚禁廖仲恺的地方看守特别严密，何香凝通过熊略，千方百计才找到兵工厂的守卫人员了解情况，并做好探监的准备。何香凝的真情终于打动了看守官，他答应让她与她丈夫悄悄见面，但不能交谈说话。于是，何香凝在熊略的帮助下，乘着小艇秘密地进了兵工厂，一起来到囚室前。

岭南的六月骄阳似火，火般烤过的土地异常闷热。在一幢小楼的西室，她见到了日夜思念的丈夫。只见他的手、腰和脚被三道铁链捆着，并紧锁在一张铁床上。囚室的窗户非常小，空气流通极不畅，室内更是闷热难当！看到心爱的丈夫被可恶的叛军折磨得不成人样，她心如刀绞，但为了援救自己的亲人，只好强忍悲愤。由于看守官规定了她只能看，不许说话，她只好默默地走到廖仲恺的身边，用手抚摸着廖仲恺被铁链磨出的累累伤痕和被汗污浸透的褴褛衣衫，四目相对，泪湿衣襟……过了几天，何香凝再次探监，给廖仲恺带了替换的衣服。可是，没有长官的允许，看守官不敢把廖仲恺的锁链解开。何香凝便一边用剪刀把廖仲恺的脏衣服从背后剪开脱下，一边向叛军士兵讲述陈炯明部队当年困守在福建漳州时，廖仲恺设法四处筹借粮饷支援的感人故事，廖仲恺的英勇行为深深地感动了士兵们，于是他们主动和熊略一起向叛军首领说情，得到首肯后，马上解开廖仲恺身上的锁，让何香凝替他换上干净的衣服。

为了打击叛军的嚣张气焰，严惩陈炯明的叛变行为，革命党人在香港处决了陈炯明的一个同宗兄弟。革命党人这一举动让陈炯明恼羞成怒，气急败坏的他准备杀害廖仲恺，对革命党人进行报复。守卫的士兵马上把这个消息透露给了廖仲恺。廖仲恺听说后，心里没有一点儿恐惧和害怕。对他来说，为革命而死是一件非常光荣的事，但当他想到战友们，想到革命尚未成功，心中不免有些难舍。吃饭的时候，他向士兵要来纸笔，连写了4首诗。

听到这一消息，生病住院的何香凝顾不得病体虚弱，急急奔往石井囚室探望。这时的石井囚室已是警戒森严，看守士兵由2个增加到5个。守卫士兵不但不准何香凝跟廖仲恺谈话，还不准他们近距离接触了，只能远远地相互对看。看见何香凝来了，廖仲恺立即向她挥手，何香凝正想冲上前去，却被卫兵用枪挡住。何香凝伸出右手把一支枪抢在手里，大声说："革命党人不怕死，你们把枪放下！"几个士兵被何香凝镇住了，不知如何是好。趁此机会，何香凝立刻冲到廖仲恺身边，廖仲恺机警地把一个小纸团递给了何香凝……回来后，何香凝默默地打开小纸团，才知是诀别诗。其中两首诗的内容是回顾20年参加革命的经验教训，怀念孙中山和痛斥陈炯明的；另外两首诗是写给她和儿女的，只见留给何香凝的诗中写道："后事凭君独任劳，莫教辜负女中豪。"给女儿梦醒和儿子承志的诗中写着："女勿悲，儿勿啼，阿爹去矣不言归，欲要阿爹喜，阿女阿儿惜身体。欲要阿爹乐，阿女阿儿勤苦学……人生最重是精神，精神日新德日新。尚有一言须记取，留汝哀思事母亲。"看完诀别诗，坚强的何香凝被丈夫高尚的革命情操和视死如归的革命精神所感动，再也控制不住心中的痛苦，失声痛哭起来。

为了革命的胜利果实，为了早日解救生死与共的战友，脱离危险的孙中山立即指挥革命军向叛军进行猛烈的炮击。企图谋害孙中山的陈炯明不但竹篮打水一场空，还受到全国人民的唾骂。但他贼心不死，趁何香凝回到广州时，派洪兆麟跟踪何香凝来到家里，要求何香凝陪他去永丰舰面见孙中山，并表示若孙中山肯不再向叛军开炮，他就立即释放廖仲恺。警惕性特高的何香凝马上感到这又是一个加害孙中山的阴谋，她断然回绝道："我是不会离开广州的。你们想什么时候派人来抓我，我也不怕！我不能为了仲恺的性命而加害孙先生的！"无计可施的洪兆麟只好灰溜溜地走了。

已有两个月零三天了，廖仲恺在牢里受尽了折磨和痛苦，何香凝为营救丈夫已是精疲力竭。8月17日早晨，一夜没睡的何香凝早早起床，又召集人员准备寻找营救办法。"廖夫人在家吗？"突然，门外传来一道熟悉的声音，她抬头望去，只见一位身穿戎装的军人正从门外走进来，原来是她在日本留学时的老同学龙荣轩。龙荣轩是陈炯明部下，他非常敬仰孙中山与廖仲恺，对陈炯明叛变革命的行为感到十分不满。当看到憔悴的老同学，龙荣轩愤怒地痛斥陈炯明的叛变行为。今天他来的目的，一是看望老同学；二是向何香凝透露：明天陈炯明在白云山开会，粤军高级军官都将出席会议，他自己准备在会上拼死力争，提出释放廖仲恺的建议，并就此征询何香凝的意见。听到这一消息，何香凝非常高兴，她抓住机会要求龙荣轩带她一起到白云山，龙荣轩当即同意了。

第二天，何香凝乘坐龙荣轩的汽车一起来到白云山，冒雨来到叛军指挥部。

军事会议大厅乌烟瘴气，人声鼎沸，陈炯明和他的部下正在开会。何香凝的突然出现，一下子把陈炯明惊呆了。良久，他才缓过神来，他假惺惺地站起身，搬来一把藤椅，倒了一杯酒，走到何香凝身旁，虚情假意地说："来，夫人！先喝点儿酒暖暖身子。瞧，你全身都淋湿了。"何香凝一脸怒气，二话没说，接过酒杯，一饮而尽，当着全体军官的面喝问陈炯明："我问你，孙先生有什么对你不起，仲恺有什么对你不起？！民国 9 年，你们兵困漳州，士兵粮饷都发不出，要不是仲恺四处借款，孙先生把上海莫利爱路的房子拿出来抵押借款帮助你，你难道还有今天吗？今天，我来到这里，没有再打算回去，你把我砍成肉酱我也不怕。仲恺是杀是放，你今天一定要给我一个答案。这衣服淋湿有什么要紧！"被斥骂得狗血淋头的陈炯明哑口无言，连声道歉："好，好！对不起！是部下做的，详情我不太清楚。"他一边说，一边命人立即把廖仲恺带到白云山来。何香凝又责问道："不行，你今天一定要给我个明确的答复，是杀？还是放？"叛军中的一位军官十分钦佩何香凝的胆略，但又怕事情闹僵，就过来劝道："把廖先生带到白云山来就是放他，你何必再对总司令发脾气？"何香凝仍不让："这是明放暗杀。要放他，就让他跟我回家去；要杀他，就留他在白云山上。"狡猾的陈炯明只好小声问道："依你所见，怎么办才好？"何香凝直截了当地说："你做事要磊磊落落，要杀仲恺，就随你的便，我也做好准备，要杀一起杀了，也成全我的意愿。要放他，就叫他和我一同回家，没有必要再把他带到白云山来。"终于，无可奈何的陈炯明只好下令释放廖仲恺。

智勇双全的何香凝非常清楚，陈炯明是一位心肠狠毒，言而无信的人。尽管她从石井兵工厂将廖仲恺带回到广州时已是深夜了，但她仍果敢地在当夜和两位老同盟会会员一起驾船离开广州。不出所料，次日上午 10 点，陈炯明又下令逮捕廖仲恺。而这次叛军只能扑了一个空！这时的何香凝夫妇早已行进在北伐的路上了……

节庆
感记

童年的年味

今年是牛年，春天来得早，才2月3日就已立春。立春之后，一年一度的春节序幕也就拉开了。瞧，元旦刚过，在滨江公园中心广场，师傅们便顶着严寒围起工作棚，制作各式各样的大型迎春花灯彩模，并将它们的成品一个个送往南湖公园和其他景区，将整个惠城重新装扮一新，喜庆盈盈。走进大街小巷，满眼都是喜庆春联、灯笼鞭炮、各样花卉、柑橘年货，它们早已融入人们对新春佳节的期盼、兴奋和幸福！眼前琳琅满目的节日繁荣，令人不禁怀念起小时候。

春节是咱们中华民族的传统节日，也是我小时候最期盼的佳节。那时中秋刚过不久，我总是翻开日历，细数着春节的到来。因为只有在春节这几天，我可以放下紧张的学习，尽情放松自己的心情，享受一年中最欢乐的时光。盼啊，盼啊，伴随着时钟的敲响，我终于迎来了春节。我和小伙伴都抑制不住心中的喜悦，激动而兴奋地在村里来回跑着，追逐着……虽然春节时还带着微微寒意，但春风拂过牵挂的梦湾，却足以温暖被渴望和爱包围的心扉，我总是把虔诚腼腆的心事悄悄写满新年的首页，愿来年心海充满诗意生机！

腊月廿五，农村俗话说，入年架了。记忆中的童年时代，入年架就意味着进入了过年程序，要讲"好话"，不能说不吉利的话。同时，要做好过年的准备工作，全村要花两三天时间，把公共场地彻底清洁一番，每家都要给家里家外进行大扫除，随后把所有常用的家具拿到河里或水塘里洗刷干净。

20世纪70年代，物资仍很匮乏。由于农民没有正常的资金收入，从农历十二月开始，村民便把农产品挑到镇上换钱，筹备春节的费用，把辛辛苦苦养了一年的家鸡、家鸭抓到镇上卖，换取家中所需物。在我们老家，为了准备过年走亲戚的礼物，全村都会组织起来，互相帮助制作水糍粑，每家都会根据自己的具体情况确定制作数量。水糍粑制作过程还是挺讲究的，首先要将糯米蒸熟，然后将其放入干净的石米臼，数人用春米杵将其春碎、春烂，再和成一个个小面团。为了防止水糍粑相互粘连，日后能长时间存放，要先用花生油抚摸面团，再用擀面木棍将其擀成一个个圆圆的"月亮"，风干后，将其放入水缸里浸泡，其间，每两天换一次干净水。一周后要吃时，将其从水缸捞出，清洗干净，切成条形或别的形状，放在锅里煮，等水开后数分钟，加上佐料，便可以直接享用，也可以与鸡蛋、鱼和肉等一起煎煮，更香更美味。刚从水缸里捞出来的"水糍粑"有一种腐烂米水的臭味，洗干净煮熟后却挺好吃的，那时乡下没有更值钱的东西，只能用它来送礼了。现在，酒店里的糍粑是用米粉制成的，方便制作，但没有"水糍粑"的别样好味道。

而到了年二十七、二十八，大部分人家都会蒸一盆糯米年糕、印粄和喜粄，还会做一至两床花生糖和泡米花糖等。家境条件好些的会踏粉蒸粄子做煎堆。那时虽然物资不丰富，但过春节，人们仍很讲究，白天男人都会到街上理发，女人则在家中修饰面容，以崭新整洁的面貌迎接新春佳节的到来。

小时候，每到大年三十的清晨，父亲都会到镇上把家人不舍得吃的鸡鸭卖掉换钱，以买过年所需物。我和其他小伙伴们则一大早到后山小溪里，采集晚上洗澡用的青草。据老人说，洗了这种青草泡的澡，来年一定健健康康、好运连连。随后，我帮母亲剐鸡宰鸭，待父亲回到家里，又和妈妈兴高采烈地将物品分类、清洗，准备做年夜饭。

后来，我外出工作，都说"有钱没钱，回家过年"，没什么特殊情况我都会回家。每年年关将至，母亲的电话不断。是的，除夕是天下母亲渴盼的眼睛，千万里外的游子为了她归心似箭、日夜兼程；除夕是一艘艘大船，停泊在腊月的港湾，让心事通通化为开心的，将这一年的爱与希望攒在手里，借阳光与春风，洒下万里的蓬勃与苗壮；除夕也是最幸福和激动人心的时刻，因为可以大吃一顿，尽管要早起做事，却浑身是劲，往往早餐随便吃点儿，午餐吃一点儿白粥，父辈们在有条不紊地忙着准备菜肴，我们小孩只好打下手做杂工。大年三十晚上，大伙儿都早早地洗了用小溪生长的青草和桃叶等泡的温水澡，有的还穿上了新衣服。

晚饭后，孩子们便开启了幸福的时刻。那时，每户人家通常是用鞭炮来迎接农历新年，孩子们成群结队，听到村里哪家放鞭炮便马上跑过去捡没有引爆的，整夜从村头跑到村尾，一个晚上下来，新衫袋里全是纸炮子。

到了20世纪80年代中期，村里除了燃放鞭炮外，有的还开始放起烟花。瞧，漆黑的夜空突然升起了一个"大火球"，嘭的一声，"火球""开花"了，变成许多小星星，很快地消失在夜空。接着，又升起了一个"火箭"，在空中啪的一声，绽开金色的"菊花"，盛开的花朵在空中没开多久，又变成一个个"小流星"掉了下来，在空中画了一条金色的弧线，只剩几颗小星在空中飘浮，最后才慢慢隐去。过了一会儿，天空中又飞起了一条金绿色的"小蛇"，然后又分成一条条"小虫"坠落天空。这时天慢慢黑了下来，突然，一条金光划破夜空，变成一棵"小柳树"，很快也消遁在茫茫的夜色中。过了会儿，几个"小星点"飚上了夜空，接着绽开五颜六色的花，布满天空的花朵像"仙女散花"一样在黑夜的天空慢慢飘落……真的，此时全村成了烟花的世界，火树银花，格外绚丽！那千姿百态的烟花，有的像"铁树银花"，有的像"大红花"，有的像"满天繁星"，整个宇宙就像一个"空中花园"。五颜六色、千姿百态的礼花，把古老乡村的除夕之夜装饰得绚丽夺目……而孩子们就这样一直玩到晚上12点的鞭炮高峰，饿了回家吃块冷喜粄，渴了喝一口冷开水，不亦乐乎！

小时候，年初一至初三是我全年最幸福时光，好吃好喝还不用干活。大年初一，男女老少穿戴一新，吃汤团和年糕，希望"团团圆圆、年年高"；吃完汤圆和早餐，全村除了老人和特殊情况外，都成群结队前往镇上逛街玩耍，观看舞龙舞狮表演或其他节目。我们村离镇上有八九千米，步行大约要一个小时。那时没有先进的交通工具，全村400多人才有几辆自行车，因此大家都步行前往。沿途有三个村子，人们也是纷纷穿着整洁漂亮的新衣一道前行，公路上到处都洋溢着喜庆的节日气氛，到处都是手中挥舞着各种彩色气球，兴高采烈、喜上眉梢的村民和孩子。到了中午，大伙儿饿了，有的在街边小摊随便吃点儿便饭，有的买一段甘蔗充饥，待回到家里再把早上的剩菜饭一扫而光。大年初二开始走亲戚，亲朋好友们相邀做客——拜年。其间，有的继续到镇上玩耍，有的在打麻将，有的在打扑克，为增加气氛，赌用纸条贴花脸或赌一分钱一个的水果糖，技术高、运气好的话，到最后可以赢到几十颗水果糖，不过都是转来转去转到糖纸都变了色的，但并不影响食欲，因为那时还没有细菌这个概念。后来随着生活水平的提高，人们骑自行车到镇上逛街，再后来开着摩托车和小车前往。

那时，大年初四跟母亲回姥姥家也是幸福的，可以享受贵宾式待遇大吃大喝，说不定还有一两毛的利是可收呢，那时没有利是封，只用红纸包，或直接拿钱派。到了年初七八，准备的年货也吃得差不多了，兄妹多的家庭年粄也只剩下樵叶了。因此长辈们开始谋划新年后的生财之道，有的已开始外出谋生了。到了正月十五，即使个别家里仍库存有年粄，年粄也长毛了，为了节日气氛，父辈们依然会想尽一切办法弄一桌相对丰盛的晚餐，因为它是人们心中的"亲情节"，吃完这顿新年的团圆饭就算过完年了。

后来，随改革开放不断深入，日子越来越富裕。春节来临，人们个个都喜气洋洋、精神饱满。逛街的人们络绎不绝，有的在为家人买新衣裳，有的在买年画，有的在添置各种年货……商人则利用这挣钱的大好时机，日夜加班，镇上各种各样的货物都非常齐全，琳琅满目。大街小巷洋溢着节日的气息，各个商场里人山人海，热闹非凡，不管是老人还是小孩子，手里都是大包小包的，脸上洋溢着快乐的笑容，大伙儿都在抢购过新年的水果、蔬菜、糖果、饮料……可不，咱几百人的村子这期间也变得冷冷清清，因为人都跑到镇上采购年货去了。

这就是我童年记忆中的故乡年味！这些经历也许是当下人们都在讨论寻找的年味，也许是下一代乃至以后的人们都难以体会的。有了春节，生活不再乏味，人生才有真正的意义。每至年关，不管离得多远，我们的第一个念头肯定是归返，回到熟悉的亲人身边，回到一辈子也忘不了的家乡。也许家乡已物是人非，不复旧时模样；也许依然落后，更显荒凉；也许难觅孩儿时味，相聚无趣寡淡；也许我们所怀念的、所奔波的，只是内心所渴望的一份纯净、朴素和温暖。每至年关，我们不辞辛苦去折腾的无非是那解不开的情结，那放不下的牵绊，以及那烙印在骨子里的依恋和渴望。真的，年是什么？它是风，是雪，是吸着故乡氧吧般的空气，吐着热气的呼吸；是有无穷乐趣而别致的红灯笼；是倒贴福的渴望；是热腾腾的馒头上鲜艳的红点，把问候和祝福捎给每一盏不眠的花灯，把温馨和感动送进人们的心扉；是人们新一年的期待和希望……

三月的思念雨

　　和风摸着三月的脑袋，思念在花朵芽苞里生长，宁静的花儿悄悄地在丘坡爬长，积攒一冬力气的花儿，将清明从古老的土地盛开在人们的胸前。

　　随着清明的思念，我们爬过蜿蜒山径，来到思念的跟前，摆上供品斟上酒，将鲜花摆在您的床，您却卧躺荒丘，孤听蚯蚓翻泥、小草吸水，叫纸钱儿缓缓地飞……

　　细雨纷纷，行人断肠，袅袅香烟倾诉无限衷肠……10年前，您和父亲先后不到两年撒下我们而去，但您的音容仍留在儿的心中，多少次在梦中叫醒，多少次对着遗像落泪，幕幕难忘的故事犹如昨天……

　　您曾经辛苦带大的两个孙子结婚时，我们都非常遗憾您的缺席，我们大家多么怀念您，但我知道您在遥远的地方默默地祝福、保佑他们。现如今，恭喜您已有三个曾孙了，他们正快高长大，活泼可爱。

　　去年，我临时独自做了一次全天候保姆，才知道母亲当年为我带儿子的辛劳！农历鼠年春节将近，孩子家两个保姆都回老家了，她们刚走，突然风雨来袭。儿媳要加班，儿子也被抽调到入深高速路口值班，都不能回家，我们夫妻俩只好从惠州前往深圳帮忙带小孩。

　　那段时间，我和妻子既辛苦又烦恼，因为我们俩不能见面，只能靠手机聊天问候，相互安慰。每当我哄骗不住孙女时，我是多么想念远去的您，体会到当年您独自带大两个孙子是多么不容易……

烈日炎炎当头照，谁知灶前无炭烧；千辛万苦把柴砍，精疲力竭受煎熬。这是少年时代母亲留给我难以抹去的记忆。在那个艰苦年代，生活资料的分配方法是统一以生产队为单位，以出勤记工分的形式配给的。由于当时的生产力低，单靠在队里挣下的工分远不够养家糊口，母亲经常利用午饭休息时间，顶着烈日跑到山上砍柴拾松枝，除部分用作柴火外，其余都卖给生产队的砖瓦窑换钱补贴家用。她总是急急上山，匆匆下山，因为怕生产队开工的哨子响，耽误了正经工分；经常是来不及卸下柴担，就顺手操起出勤工具，啃着带皮的地瓜，急速地消失在村口……

　　母亲是一位老实、善良、勤俭的乡村妇女，从小一直居住在乡下老家。20世纪80年代初，我结婚后正为生活而拼搏，当第一个孩子降临时，我们夫妻俩遇到难以解决的困难，母亲毅然放下用汗水换来的瓜果，离开熟悉的老家，到镇上帮我带小孩。那时，我还误认为她是在享清福呢，因为很多人都认为带孙子是天伦之乐，我没有真正体恤到她的艰辛。现在，我才明白：母亲是在默默无私地燃烧自己！后来，父亲也出来帮忙替妻子打理小生意，两个小孩长大后随我到了县、市，而不愿远离故土的父母却留在镇上，后来，80多岁的双亲先后离我们远去……

　　年轻时，我以为您很美丽神气，带着两个孙子如小鸟般飞来飞去。那时候，我以为您很轻松潇洒，退休后我就成了您，才知道放飞的是希望，守巢的是白发染青丝，才知道那"爷孙乐"是汗水浇灌的花圃地，是在快乐中，默默无闻地奉献燃烧自己；那时候，我以为您年轻有力，您总喜欢把孙子们高高举起，退休后我就成了您，才知道举起的是希望彩虹，放下的是腰酸腿疼和汗滴；虽然那时，我们节假日都有回家探望，但远远报答不了父母的恩情！多少次，我冥想着心中那熟悉的背影，歉意地喊一声："爸妈，对不起！"

　　忘不了，病床那一双布满血丝的眼睛，曾在酷暑黑夜用老蒲扇驱蚊的故事；忘不了，佝偻的身体，蹒跚的脚步，丝丝银发记着的风雨艰辛；思念如蛇，爬进我今生余痛的残墨，麦秆编织的草帽总漏出在山路上挑着柴火的身影；殷殷叮咛下藏着的泪水浸湿枕巾多少次，儿飞千里，线的那头系着的是慈祥的双亲。

　　曾几许，滨江公园的木棉花谢了，我总把落红葬在梦里。啊，慈祥伟大的父母亲，呼唤纵然能够穿透黄土，怎敢惊动您的安眠；花木掩映中的枯井，讲不出滴血的伤痛，只能悲哀地凝眸遗像；把甜柔深邃的怀念，变成溪流，露水和山花永远陪伴你们……

难忘的中秋夜

这是一个难忘的中秋夜。

晚上9点左右，我和小李开车匆匆地赶往医院，探望因公受伤的某执法队队长。在医院，我一边慰问队长，一边与他儿子聊起了队长与海的感人故事。

小朋友说，在他的印象中，每逢中秋节，在海洋与渔业局做执法工作的父亲总是要值班或执行公务，全家没有一起赏过月，吃过一顿真正的团圆饭。昨天晚上，父亲说，领导特批准他休息，这可乐坏了全家。因是公休假，他也不用上学。今天一早，他和母亲便开始忙着准备晚上的佳肴和赏月的东西了。而父亲总是离不开他的执法船，说要到船上看看值班的战友。天还不到断黑的时候，他打电话催了不知多少遍，父亲的电话总是无人接，或忙音。母亲不断地催，他的心里都感到不耐烦了。于是，他又走到阳台张望，看父亲的坐骑回来没有。他猛地抬头，看见月亮从东方悄悄地露了出来，圆圆的，好亮好亮。淡淡的瓦蓝色天空，静静的，没有一缕云。大人们常说中秋的月亮圆，真是一点儿都不假。这么美好的夜晚，怎能缺少辛劳的父亲呢？他越是这样想，心里就越焦急。后来，他干脆下楼，站在路口，瞪大眼睛，使劲地往前瞅。远远看见一辆车过来，就一直盯着，可到了眼前一看，又不是。一次次的失望，他气馁了，最终只好又折回上楼。

看见他垂头丧气地只身一人回来，母亲虽然也很失望，但仍安慰他说："不要紧，再等等，你爸回不来，一定是有事了。也许就在回家的路上呢。"而他心里却感到不痛快，抱怨说："今天是中秋节，领导又已安排他休息，还跑到船上干啥？再说，回不来也要打个电话嘛。我都快初中毕业了，哪年中秋节，爸爸是在家里跟我们一起过的？你瞧，邻居家不但吃完团圆饭，连赏月的月饼、果盘都端上阳台了，而爸爸连人影都见不到。"他越说越激动，差点连眼泪都掉了下来。母亲什么也没说，只低着头，默默地做她的事。

突然，电话铃响了，他急忙拿起电话接听，是父亲的同事打来的。原来，父亲刚到船上，便接到一艘遇险渔船的紧急求救电话。当时，值班人员只有两个人，父亲来不及向家里说明情况，急忙一边向领导报告一边组织营救。在抢救中，父亲不幸头部受伤，现正在医院。听到父亲受伤的消息，他们母子来不及多想，急忙朝医院赶。在医院，他见到了头缠着纱布，脸色苍白的父亲。病床边，高高地悬吊着注射液，见母子俩进来，父亲无力地点了点头。见到此情景，他一阵揪心，刚才的怨气早不知跑到哪里去了。心想："辛苦啊，父亲！我原来还想给您敬一杯酒哩，可是，这阵……"

见眼前的情景，父亲往日的执法故事，又幕幕再现：在执法中，父亲不仅严肃认真，而且铁面无私，违法分子对他又恼又惧。有一次，在放学回家的路上，两位不明身份的人突然将他劫持到一条偏僻的小巷，警告说："告诉你父亲，要识相些，否则，对你家人不客气！"原来，在前几天的巡航执法中，父亲又查获了他们的违法倾废船。开始，他们想贿赂父亲，遭到拒绝后便恼羞成怒，在船被押送回单位协助调查的途中，他们露出了凶恶的面孔，威胁说，假如不立刻放船，便把押送的执法人员扔进大海。当时，执法人员只有三人，面对敌强我弱的境况，父亲巧妙地与之周旋，最终把船扣押回港，接受处理。黔驴技穷的违法分子企图通过威胁家属来达到目的。对此，父亲毫不畏惧。在警方的协助下，最终将违法分子绳之以法。

谈到这里，小朋友瞧了瞧病床上的父亲，满脸露出了难以言表的敬意和自豪。他停了停，接着又继续说，父亲对违法分子深恶痛绝，但对他的海洋事业和渔民却爱惜有加，甚至胜过家人。

记得在一次体育课中，他不小心从双杠上摔了下来，腰间顿时感到一阵剧痛，随后发现小便时尿血。当时，大家都焦急如焚，母亲难过得流下了泪水，急忙将他送到市医院，经诊断是肾表层受伤破裂出血。经过三天的治疗，他的病情基本稳定，但医生说仍处危险期，要悉心照顾。恰巧时值台风高发季节，根据气象台的预报，一个强台风正威风凛凛地横跨太平洋，已到达我国南海海域，预计两天内正面袭击惠州。顿时，沿海海岛纷纷规避，游鱼疾速深潜，海域的胸膛在汹涌地起伏着……电视台每隔两小时，便播放一次市三防指挥部的防台紧急通知。据报道，全市沿海抗台风的工作非常艰巨，到目前为止，仍有 800 多艘渔船没有及时安全返港。而在这关键时刻，他偏偏又……

此时，只见父亲眉头紧锁，坐立不安，一会儿看看电视，一会儿又看看病床上的儿子。在走廊上，父亲又与母亲嘀咕了老半天，回到病房，只见母亲情绪激动，一脸难色，父亲不知所措。最后，父亲考虑再三，还是决定去参加抗台抢险工作。父亲走到他的身边歉意地说："儿子，对不起了。在这危难关头，爸爸必须去抗台风。等抗台风的工作结束后，我一定好好地陪你。"望着父亲，他无言……因为从懂事开始，他就知道，父亲心里装的是海洋和渔民！他最珍爱的是那银洁的沙滩、蓝色的海洋和钢柱丛林的世界石化名城！望着那匆匆离去的熟悉背影，母亲和他都忍不住流下了泪水……

听到这里，躺在病床上的执法队队长歉意地笑了："Sorry，宝贝！"然后，他又很认真地对我们说，"保护海洋和渔民的生命安全是我们海洋执法工作者的天职。因为我们是生在海浪中的海洋的儿子。大海就是我们的母亲。对她，我们有作为人子的深情！为了惠州海洋经济的腾飞和渔民的生命安全，无论海洋执法工作路途多么荆棘丛生，我们早已心凝海洋情，心系海洋魂。我们一定会用生命去维护广大渔民的生命安全，保护好这片碧海蓝天！"听完队长的故事和他的铿锵誓言，大家都非常感动。我的心也久久不能平静——这就是我们的海洋执法战士——一位已将生命与爱奉献给蓝色大海的海洋人！

当我们把执法队队长从医院送回家时，已是深夜 10 点半了。可是小朋友一家仍没有吃饭呢。于是，我们赶忙把桌椅搬到阳台上。在银色微茫中，我们一起面对阳台外的大海，倾听海浪那恬美多情的萨克斯曲；欣赏那海天交融，深邃和谐的中秋夜色……

父亲燃放开门炮

2003年春节，我们全家是在惠东平海老家过的。父母和孩子都说，这是全家过得最高兴、最愉快的一个节日。每提到此事，年迈的父亲总是乐得合不拢嘴，看着父母乐开了花的笑脸，我的心里也惬意极了。我明白父亲为何如此高兴，除了儿孙团圆、家庭和睦外，更重要的是遂了他多年的心愿——亲自燃放了"开门炮"。

燃放"开门炮"是老家的一个习俗。"开门炮"又叫"开门红"，正月初一的早上，各家各户都燃放鞭炮，祈求开门大吉、紫气东来，用鞭炮来辞旧迎新。记得孩提时代，大年三十的晌午刚过，大人们便催促我们洗用桃叶、芒草（或柑皮）泡过的"温水澡"（意思是把过去的晦气洗干净，来迎接新年的到来），给我们穿上新鞋袜和新衣服。傍晚，我们吃过团圆饭便揣上压岁钱，三五成群、兴高采烈地商量当晚到第二天早上的工作——捡鞭炮。时间尚早，孩子们有的挨家挨户去欣赏邻居新贴上墙的春联，有的玩"跳飞机"、捉迷藏。直到谁家的第一挂鞭炮响起，孩子们才从四面八方朝着那家疾奔，去寻捡散落在地上仍没有响过的鞭炮。大年三十的晚上，我们常常彻夜未眠，整夜，我们这支队伍总是从一个鞭炮声刚息的地方奔向另一个地方，直到全村的鞭炮都平息了声响，才各自清点自己的战利品，看谁的收获最大，然后各自交换。20世纪70年代物资匮乏、生活艰苦，买一挂较大的鞭炮来燃放是很奢侈的事，孩子们去捡未燃放的鞭炮来取乐，也算一种苦中作乐吧。

那时我还小，"开门炮"都是父亲燃放的。后来我长大了，父亲便把这个光荣的任务交给了我。时光荏苒，弹指一挥间，30多年过去了。去年春节前夕，已70多岁的父亲童心未泯，他对我说，改革开放快30年了，现在的生活和居住条件都很好，什么都不用操心，他想再试着燃放"开门炮"，寻找年轻时的感觉。我看着他说："行，那您就放吧。"母亲却笑着说："不要信他，他是闹着玩的！"吃过团圆饭，全家都像往年一样，观看中央电视台的春晚节目，晚上12点后，我们才去休息。

正月初一的早上，天还未亮，父亲不知什么时候已起床，将30万响的红鞭炮挂在庭院门前的小树上，我赶忙起床帮忙。我把打火机交给他，手捏着捻子让他点。"不用，我自己来！"他把捻子捏在自己的手里。他打着了火，也许是太激动，也许是有点儿胆怯，他的手在颤抖着，火苗一闪一闪的……着了，终于点着了！"快跑，小孩快捂着自己的耳朵！"我对着父亲和孩子大声喊道。顷刻间，鞭炮声连成了一片，父亲先是一怔，然后两脚用力一蹦，跳开了。他两眼盯着鞭炮，一边哈哈大笑，一边向阳台上"观战"的母亲和孙子们挥手。大家都被父亲充满童趣的动作逗乐了，开心地笑了起来，小小庭院顿时一片欢声！

不久，邻居的鞭炮也响起了，接着一家连着一家，直到太阳的光辉洒满了古老的山村。当父亲点燃的鞭炮燃完时，院子里覆盖着一层厚厚的、象征着吉祥的"紫红花"。妻子刚想打扫一下，母亲赶忙上前制止说，让这吉祥的"紫红花"留到明天吧。这是乡下老家的风俗：为了留住财气，大年初一不扫除。父亲看着遍地"紫红花"，兴致勃勃地对我说，明年他还要继续燃放"开门炮"，正月初一晚上要燃放烟花。难得父亲如此高兴，我笑着随口答应了，但并没有放在心上。

眨眼间，春节又快到了。我想在春节前回一趟老家，把一些年货和给两位老人的新衣服、烟酒等送回家，特地打电话问父亲还需要买些啥？他说，家里什么都有，不需要再买别的。他吩咐我回家时带上浏阳鞭炮和烟花。我一听，这才慌了神，原来他压根儿就不是开玩笑。于是，我急忙开车到郊外的鞭炮烟花销售点购买了鞭炮和烟花。

过几天春节便到了，我想，过年时老家门前那满地红花和初一晚上绚丽缤纷的天空，一定会把父亲的笑脸映照得更灿烂。

节日忧思

　　当门前的桃花树爬满了迎春的花蕾，枝头间偷偷长出了嫩叶尖儿时，新春佳节的脚步便越来越近了。人们匆忙购买年货，打扫庭院，迎接吉祥欢庆的日子。看吧，今年金牛的迎春花市又在惠城大街上出现了，人们的脸上都洋溢着新年的喜悦！

　　想当年，我们还是孩子时，吃过中秋月饼之后，我们便扳着手指头盼着春节的到来，期盼能天天过上新年的好日子。临近春节，大伙儿都会将全村及各自庭院彻底打扫一遍。到了年三十傍晚，洗过吉祥澡，吃过团圆饭后，大人们都纷纷走出家门，到邻居家串门，相互祝贺道喜，并给他们的小孩派发利是，彼此亲密无间。为了活跃丰富春节期间的文化生活，村里每年都组织篮球比赛和醒狮表演。在春节文体比赛中，我们小小的自然村曾经获得过全镇篮球比赛第一、第二名的殊荣；醒狮队还几次代表镇里到县里参加表演呢。

　　孩子们都穿上新衣服，揣上压岁钱，不但能高高兴兴地同伙伴们一起玩乐，还可以跟着大人学写春联。我记得第一次学写春联是在小学五年级的时候，正值"文革"，连春联都带有很强的政治性。为了把"兴无灭资掌印把，战天斗地夺丰收"和"能文能武干革命，半工半读育新人"两副春联写好，我从中秋开始便认真练习书写。到了春节，看着自己苦练了近半年写出来的春联挂在大门两旁时，我感到无比兴奋。后来，我慢慢长大并成家立业，总忘不了春节给我童年带来的欢乐。

前年大年三十到正月初二，我们兄弟三家是在镇上和年迈的双亲一起过的，年初三我回了趟家乡。离别家乡多年，佳节相见，大家甚是高兴、亲热。傍晚，大伙儿正忙着准备节日盛宴，就我一个人闲着，于是我在村口转悠。望着阔别多年的家乡，我不由自主地赞叹起改革开放 30 年带来的巨变和故乡自然和谐的美来。停放着私家车、贴着新春联的小洋房门前，一群穿着新衣服的孩子手里拿着烟花在嬉戏；宽敞的水泥村道，满坡的荔枝园，绿油油的冬种土豆和那鱼群跳跃的鱼塘组成了一派生机勃勃、春意盎然的景象，活脱脱一幅山村咏春图。我来时烦躁不安的心情，竟奇迹般地平静了下来，迫切地想找人分享心里的喜悦。

晚饭后，从东莞打工回来的老表儿子和几个朋友出去玩了，读初中的女儿则跑上楼玩电脑。这时，刚好对门的邻居表叔也来了，我们就新年趣闻和农村的变化侃了起来。他说，如今家乡变化可大了，新农村优惠政策、农村医疗保险、现代化的耕种工具的使用、养殖业的发展、各种经济农作物的收入等，让广大农民口袋鼓鼓的。

在聊的时候，我总觉得门外有声响，不时地朝门外瞅，但不见人进来。正当我感到困惑时，老表看出了我的心思，说我也许是听错了。如今农村人过年，和从前不太一样，不兴串门了。由于现代化耕种大大解放了农村劳动力，过去一个星期才能完成的工作，现在一天便可完成了，富余的劳动力都外出打工，生活富裕了，天天都像在过年，渐渐地对过传统节日淡薄了。一部分待在家里的人，每天一门心思只想找人打牌、喝酒、闲聊。一些年轻人对过西方节日的兴趣浓于过传统节日。说到这里，表叔感慨万千。他说，如今农闲季节，大伙儿除了打麻将，就喜欢看电视消遣，而小孩则恋上了电脑，即使过节也忙得乐不思蜀。他们对发生在大洋彼岸的新闻了如指掌，却对隔壁邻居的事情模糊、生疏。

第二天早上，正当我要离开老表家时，邻居家突然传来一阵吵闹声。我循声望去，只见邻居低垂着头，媳妇在掩面哭泣……原来，邻居在春节这几天打麻将，竟将孩子的学费也输掉了。我听后心里感到一阵沉重……

节日的山村，令人向往，让人忧思！

又闻中秋月饼香

　　桂花飘香，点缀着清爽的南粤秋天，中秋月饼香让秋天增添更多欢乐气氛，让秋天更具有无穷的节日魅力！

　　半月前，我在西湖边上的某酒店吃饭，看见酒店大堂一角在摆卖的月饼，又闻到了中秋的月饼香。

　　月饼是我小时候的最爱，特别是中秋赏月，更是难忘。中秋节那天，我觉得白天特别漫长，好不容易等到太阳落山，吃完晚饭，又盼月亮早点儿升起，因为母亲要待月亮升起，才开始张罗赏月，我才可以尝到期盼已久的月饼和水果。赏月时，母亲告诫我们不准用手指着月亮，每人上香后，檀香必须燃烧到大半以后才可以吃赏月贡品，否则就是对月亮不敬，保佑我们的月亮老爷是有灵性的，他正看着我们呢！

　　20世纪60年代至70年代初，生产物资还特别匮乏，不像今天有各种水果和月饼，生活在农村的人们更是贫瘠苦涩。父亲用两元钱买了4个用纸包裹的月饼，贡品也只有自家做的爆米花糖、花生糖，水果是柚子和香蕉等。

　　赏完月，首先送外婆一个月饼（我5岁那年，爷爷奶奶已故，只剩外婆），剩下三个由父母和我们姐弟4人，每人分半个。虽然只有半个，但我心里特别高兴，揣着半边月饼闻了闻，却不舍得马上吃，便向村里的大晒谷场奔去，与同伴们分享节日的快乐！

　　满月下，我们有的玩起了跳绳，有的在追逐，有的在稻草堆里捉迷藏，大家无忧无虑，天真烂漫……

　　"小时不识月，呼作白玉盘。又疑瑶台镜，飞在青云端。"弯弯的月亮，圆圆的太阳，这是我小时候对日月的最初的印象。后来，母亲告诉我，月亮其实是圆的，由于它受到地球的遮挡，所以我们常常只能看到不全的月亮，每月只有在农历十五、十六两晚，才能见到月亮的全貌。我心存疑虑，8岁那年中秋赏月时，我认真观察了天上的月亮。只见它高高挂在天空，宛如一个圆润亮泽的白玉宝石，偶遇几朵云彩飘过，天瞬间变成深蓝色，只有星星在眨眼。不一会儿，月亮穿透云层又伸出圆圆的头，一个巨大的圆圆的银盘悄悄地挂在深邃的天空。这时，大地仿佛被披上一层朦胧透明的白纱，编织着一个优雅的迷离幻梦……

　　我一边抬头观察着明月的变化，一边听爸爸讲中秋的由来和嫦娥奔月的故事。

　　拜月由祭月而来，中秋祭月是为了向月神表达敬意，源于古代先民对月亮的自然崇拜和神化。相传在周代，每逢中秋夜都要举行迎寒和祭月的仪式，《礼记》中就记载有"秋暮夕月"，即祭拜月神。周代以后，对日月的随意性跪拜演变为固定时间、场所、程序的祭祀制度，成为皇权的象征。拜月是一种礼拜月亮的信仰风俗。魏晋之时，民间便开始有了中秋赏月之举。到了唐代，中秋赏月、玩月颇为盛行。唐代初年，中秋节被正式定为节日，盛行始于宋代，至明清时，已与元旦齐名，成为我国仅次于春节的第二大传统节日。中秋是秋收节，春播夏种的谷物到了秋天就该收获了，古代的人们在这个季节饮酒起舞，喜气洋洋地庆祝丰收。

　　父亲讲完中秋的由来，又讲起另一个嫦娥奔月的传说故事。

　　相传，远古时候，天上出现了10个太阳，烤得大地冒烟，民不聊生。这时，一个名叫后羿的英雄，他登上昆仑山顶，运足神力拉开神弓，射下9个多余的太阳，还世间一个正常。后羿立下盖世神功，受到百姓的尊敬和爱戴。不久，后羿娶了个美丽善良的妻子——嫦娥，夫妻恩爱有加。

　　一天，后羿向王母求得一包不死药，服后可升天成仙。然而后羿舍不得妻子，只好把不死药交给爱妻珍藏，不料被坏人蓬蒙发现。他趁后羿率众徒外出狩猎时，手持宝剑威逼嫦娥交出不死药。危急之下，嫦娥一口吞了不死药。服药后，嫦娥立刻飘逸升天，但她牵挂着丈夫，便飞落到离人间最近的月亮成了仙。

得知消息的后羿又怒又恨，提剑去找恶徒，但恶徒早逃走了。悲痛欲绝的后羿，仰望着夜空呼唤爱妻的名字，突然，他惊奇地发现，皎洁明亮的月亮中有个晃动的身影酷似嫦娥。于是，他忙到后花园摆香案遥祭。百姓们闻讯后，也纷纷在月下拜祭。后来，中秋夜赏月的风俗在民间就这样传开了。

听着父亲讲故事，嫦娥奔月的爱情故事让我非常感动，难以忘怀。打那以后，我便更加喜欢上中秋赏月了。

中秋的月亮是团圆的寄托，是幸福的象征。小时候盼中秋是为了解馋和果腹。月饼是一滴滴口水，花生糖是期盼的眼睛，水果是奢侈品，嫦娥的美好故事是童年神秘的探求，而台湾中秋思乡诗，牵动着两岸少年心。在星空中剪下一片月光，在相聚与别离时，月缺月圆。

后来，我成家立业，父母也从农村迁到镇上。不久，我离开学校，先后到县、市工作，而父母却不愿离开小镇，留了下来，但在每个传统节日，我都会回到父母居住的小屋。特别是中秋和春节，无论多忙，我们姐弟4人都要和父母在一起吃个团圆饭。特别是中秋节，吃完晚饭，赏完月，还燃放五彩缤纷的烟花。每年父母都是高兴得合不拢嘴！

后来，80多岁高龄的双亲先后离开了我们。原来热闹非凡的小屋一下子冷清了下来。

去年中秋夜，我坐在小院，清风轻拂，一抹月光悬挂在门前的树梢上，月光清凉如水，记忆在指尖跳动……入夜，虫声稠密起来，伏行的藤蔓浸透了汗水，爬过斑驳的岁月，踏遍人生的旅途。我独自翘望那遥远太空里的星辰，幻想出缥缈模糊的故事，放荡不羁的理想收起了翅膀，静静地栖息在人生的旷野上，唯有门前那棵荔枝树在聆听一颗心的低唱。一切如风，如风一样，匆匆走过……

曾几许，我枕着圆月在东江边上吹箫，每一个音符都把乡愁缭绕。中秋节团圆了世间男女老少，家乡的月亮也许此际正挂上树梢，童年的月饼早已被回忆吃掉，唯有那彩灯的烛光，一直在漂泊的心中燃烧……

今年中秋是国庆和传统节日相遇的双喜日子，当天早上，在深圳工作的儿子花了近6个小时才赶回来吃团圆饭，一起赏月。

2020 年是一个不平凡的年，我们正在经历一场严峻的考验，面对挑战，以习近平同志为核心的党中央带领 14 亿中国人民万众一心，共克时艰，风雨同舟。

　　在院子中央，妻子刚把赏月贡品摆好，燃起红烛，点上檀香。突然，圆圆的月亮被几缕白云遮挡，大地瞬间沉了下来。不一会儿，云层散去，又白玉高挂。于是，我举起手中檀香，双手合十，虔诚地祈祷。

　　在朦胧的月色下，我仿佛看见群群快乐的蝴蝶在桂馥兰馨的大陆城乡飞舞……海峡对面，一只被折断了回家翅膀的归燕，在海边痛苦呻吟……

后　记

　　1993 年，我第一次到北京，游览了天安门城楼、故宫、十三陵、颐和园和万里长城等景点，认真仔细地聆听了导游的介绍，并简单阅览了这些景点的文史资料，不禁对古代伟大的建设者们肃然起敬！

　　同时，我深深地认识到：人的一生从自己哭着、挣扎着来到世上，到被别人哭着送别离世，短短几十年。作为一位平民百姓（伟人们除外），百年后，能传承和留在世上的东西，只有血缘、固定财产和那用文字记录下行旅足迹的书籍了。

　　因为文字如彩笔，美妙得无法用言语来表达，它能描绘出千山万水、勾勒出人物的轮廓、深入到人性的最深处，还能将思想、感情和意境完美地融合在一起，将心灵深处的情感和思想展现得淋漓尽致，让读者产生强烈的共鸣。于是，我从 2008 年开始学习写作，同年开始发表作品。工作之余，我常常将自己内心的故事或旅行的足迹，用细腻而神奇的文字挥笔写成散文、诗歌，将触动生命灵魂的故事一一注记，用它的宁静优雅来凿穿世界。

　　在写作中，我分两部分同时进行。

　　一是用诗歌来描述、书写自己的人生迷茫与拼搏追求。我出生在海边，又从事海洋管理工作多年，因此，大海便成为我的诗歌意象和抒情对象。人生五十已是翁，人生社会大学已将一个头脑简单、质朴单纯的愣头小伙，变成一个头脑复杂、心思缜密的中老年人。此时的我，做任何事时都要思前想后，每前进一步都要小心翼翼，如履薄冰，即使心里因此受伤，也只能独自舔血前行。因此，我用一颗饱经沧桑的心去倾听大海的波涛，借用大海的复杂性和博大精深，将自己在人生奋斗中发出的搏击声、呐喊声及峥嵘岁月的经历，用诗歌的形式表达出来，让痛苦与快乐，生活与梦幻，摆脱与追求，都在海浪声中，交织！终于，在 2022 年，我出版了个人诗集《蓝色的呼唤》。

二是用散文来记述超越现实的体验与对人生的感恩。说真的，我要感恩自己的父母，他们把我带到地大物博、国泰民安、繁荣昌盛、江山如画的中华国度。因此，在接近六十花甲的年纪时，趁自己身体尚可，我便开始认真地欣赏祖国的锦绣河山，用双脚去丈量自己居住的地球，游历国内外的自然风光，感受本地与异域的人文风情。探索自然之美，畅游在山水之间，在神奇的土地上，发现壮丽景观和自然奇观，享受大自然带来的神奇和美丽，沿用细腻而神奇的文字记录下这些行旅足迹，并以散文的形式表现出来。于是，如今的我又多了这本《山水空灵》。

通过对自然山水的描绘，我希望我能在游览秀丽山水的同时，更多地学会爱惜生命、放松自己，不再局限于眼前的实体，而是要超越，尝试一种让传统文化与哲学思想超越现实的体验，展现宽广的胸襟和对他人感情的调平，做到头脑空、身体松，让精神得到满足与升华，从而找回曾经质朴单纯的自己，尽情享受人生留给自己的有限的后半生，享受美好的幸福。

与此同时，我也希望这本以高山大川为意象和抒情对象的散文集《山水空灵》，既可让一些没能亲自游览这些山水风光的读者，随着文字叙述间接饱览书中山水的风光秀色、领略不同地域的别样风情，又能让那些与我去过同一处的读者回味曾经的快乐、忆起当时的潇洒。

我的游记散文有一个共同主题——生命。充满灵性的大自然，宏大雄奇，无须人力加工，自然而成，与人类和其他生物之间存在着神秘的联系与共鸣。大自然的每一朵花、每一株草，都是对生命的一种礼赞、一种诠释。这就是书名《山水空灵》的由来。

到目前为止，我共完成了习作散文 20 多万字、诗歌近 200 首，大部分作品已在多家媒体发表，诸如《青年文学家》《中国海洋报》《惠州日报》《东江文学》《诗词世界》《美文杂志》《精短小说》《作家平台》等。

本书收录了我的 40 多篇作品，全书分为"神州行记""粤游趣记""异国漫记""平凡逸记""浮生随记""故人往事""节庆感记"7 辑，主要记录了我在游历国内外的自然风光与人文风情时和在日常生活中的所思所想。

为了写出好作品，在创作中，我会主动地将自己的习作拿去向前辈老师们请教，让他们对我的习作提出修改意见，还常常参加全市、全省、全国的各种创作论坛、讲座及征文比赛等，以文会友，借此提高自己的写作水平。

从 2016 年开始，我多次参加由中国散文网举办的中华情全国诗歌散文讲座，也曾多次进京，参加全国散文诗词创作与发展论坛研讨。2017 年，我参加了"新诗百年之粤港澳大湾区海洋诗会"等活动，并多次参加全国各类散文比赛，也取得一些成绩，如 2011 年 9 月，在由中国大众文学学会和《散文选刊》杂志社联合举办的"美文天下·首届全国旅游散文大赛"中，《那些楼盘中的袖珍山水》荣获金奖；2013 年，荣获由惠州市作家协会评选的"六如轩"文学奖；2014 年 6 月，《归雁声声台湾行》荣获由《散文选刊》《人民文学》和中国散文学会联合举办的中国年度散文家奖；2020 年 12 月，《又闻中秋月饼香》荣获由中国散文网和北京华夏博学国际文化交流中心联合举办的第六届"中华情"全国诗歌散文大赛金奖和最美散文奖等。

在此，我要感谢曾经指导、帮助过我的所有前辈，感谢他们的鼎力支持、鼓励和帮助！尤其要感谢杨克老师，感谢杨克老师对我的特别指导，并且在百忙中抽空为本书作序。

由于水平有限，作品比较粗糙，敬请各位读者海涵。

罗华顺

2024 年 12 月写于惠州

后记